产品伤害监测概论

王忠敏　王赟松　等　编译

清华大学出版社
北京

内容简介

本书系统地介绍了美国、欧盟、英国、日本、澳大利亚等发达国家和地区的伤害监测系统与工作模式，简单介绍了刚刚建立的我国产品伤害监测系统试点工作情况，对读者较全面地了解产品伤害和产品伤害监测系统运行原理具有一定的指导意义。

本书可供从事产品质量和安全监管、标准制定、科研的技术人员阅读，也可供企业从事质量安全管理的技术人员和消费者参考。

图书在版编目(CIP)数据

产品伤害监测概论/王忠敏，王贇松等编译. --北京：清华大学出版社，2011.1

ISBN 978-7-302-23281-0

Ⅰ. ①产… Ⅱ. ①王… ②王… Ⅲ. ①产品质量—监督管理—简介—世界 Ⅳ. ①F273.2

中国版本图书馆CIP数据核字(2010)第147623号

责任编辑：梁恩忠
责任校对：赵丽敏
责任印制：李红英
出版发行：清华大学出版社
http://www.tup.com.cn
地　址：北京清华大学学研大厦A座
邮　编：100084
社 总 机：010-62770175
邮　购：010-62786544
投稿与读者服务：010-62776969，c-service@tup.tsinghua.edu.cn
质量反馈：010-62772015，zhiliang@tup.tsinghua.edu.cn
印 装 者：北京嘉实印刷有限公司
经　销：全国新华书店
开　本：175×245　印　张：11　字　数：238千字
版　次：2011年1月第1版　印　次：2011年1月第1次印刷
印　数：1～2000
定　价：26.00元

产品编号：036718-01

我国即将出台的《汽车产品召回监督管理条例》中明确指出："主管部门(质检部门)开展缺陷调查和监督管理时，应当会同国务院公安、交通、商务、工商、卫生等部门建立道路交通事故、车辆和车主、安全技术检验、维修、销售、人身伤害等信息共享机制。"这体现了在我国建立产品伤害监测系统的紧迫性和必要性。

经国家质检总局领导批准，国家质检总局缺陷产品管理中心于2007年8月开始与中国疾病预防控制中心慢性非传染性疾病预防控制中心合作，共同推进产品伤害监测工作，并选取浙江、广东、福建8家医院进行产品伤害监测项目试点。一年来的产品伤害监测试点工作，对开展我国产品伤害监测工作模式进行了有益的探索。实践证明，在我国建立以医院为基础的产品伤害监测工作是可行的，这为建立我国产品伤害监测系统奠定了良好的基础。

为了更好地吸收和借鉴国外有益的经验，我们收集并翻译了美国、欧盟、英国、日本、澳大利亚等国家和地区的产品伤害监测相关资料，并对我们在探索建立我国产品伤害监测系统的一些实践资料加以整理，供从事产品安全管理、监督、研究等方面的相关人员，以及产品制造商和消费者参考。

该书资料的收集和编译得到了国家质检总局、中国标准化研究院有关领导的大力支持、帮助与指导，在此谨表示诚挚的感谢。参加本书编译的人员还有汪立昕、陈玉忠、孙全胜、刘红喜、段蕾蕾、王琰、赵宏春、肖金坚、张勤、沈明、孙宁、冯蕾、邓晓、陈澍、吴春眉、徐思红、李岩等。由于编译者水平所限，书中难免有错误和不当之处，欢迎读者批评指正。

编译者

目录

CONTENTS

第1章

概　述

1.1　伤害的定义

伤害是当一个人的身体突然或短暂地经受不可承受的能量时导致的身体损伤。伤害可能是剧烈地遭受超过生理允许限度的能量导致的身体损伤，或者是因缺少一种或多种维持生命所必需的要素（即空气、水、温暖）导致的功能损害，比如溺水、窒息或受冻。遭受能量和出现伤害之间的时间很短。

导致伤害的能量可能是：

- 机械能（例如与移动的或静止的物体碰撞，比如一个平面、刀或车辆）。
- 辐射能（例如爆炸产生的眩目光或冲击波）。
- 热能（例如特别热或特别冷的空气或水）。
- 电能。
- 化学能（例如中毒或毒杀或改变精神的物质，比如酒精或毒品）。

换言之，伤害是《疾病和相关健康问题国际统计分类》第 10 版（ICD-10）第 19 章（伤害，中毒和其他外因导致的一定后果）和第 20 章（发病率和死亡率的外因）所列的严重的身体状况。

上述伤害的定义包括溺水（缺少氧气）、体温过低（缺少热量）、窒息（缺少氧气）、减压病或"潜水员病"（过量的氮气混合物）和中毒（有毒物质）。伤害不包括连续的压力导致的状况，例如腕管综合征、慢性背痛和因传染导致的中毒。虽然精神失常和长期丧失劳动能力有可能是身体伤害的最终后果，但是也排除在上述定义之外。

导致伤害最常见的事件是：①人与人之间的暴力或性虐待；②集体暴力，包括战争、公众暴动和骚乱；③交通碰撞；④家庭事故、工作事故及参加运动和其他娱乐活动时发生的事故。

1.2　伤害的类型

伤害可以用几种方法分类。但是对于多数为分析的目的和确定干预机会，特别有用的是按照伤害是否是故意施加的和由谁施加的来分类：

- 无意的(即事故)。
- 有意的(即故意的):
  — 人与人之间(例如搏斗和杀人);
  — 自我伤害(例如乱用毒气和酒精、自残和自杀);
  — 法律干预(例如警察或其他执行法律人员的行为);
  — 战争、公众暴动和动乱(例如游行和骚乱)。
- 蓄意暗中破坏。

1.3 伤害监测

1.3.1 监测的定义

世界卫生组织使用的监测标准定义是:伤害监测是长期进行的、系统的收集、分析和解释对于健康实践的计划、执行和评价所必需的健康数据,通过定期将这些数据传播给需要知道的人,与其形成紧密的整体。监测链条的最后一环是应用这些数据进行预防和控制。一个监测系统包括执行数据的收集、分析和连接公共健康计划的传播能力。

1.3.1.1 主动监测与被动监测

在主动监测中,伤害案件被查出并进行调查;对伤者进行询问和跟踪。例如主动监测虐待儿童案将通过诸如警察的报告、社会服务机构和教育主管部门等各种资源确定案件及地点。监测可能还包括找出受虐待的儿童、他们的父母或监护人和/或相应的主管部门,会见相关人和通过以后的会见进行跟踪。主动监测通常需要消耗很大的人力和财力资源。

在被动监测中,相关信息是在执行其他例行任务时收集的。这就是说,生成的数据不必是产生该数据的系统的原有功能。例如,医生按惯例需要填写用于法律目的的死亡证明,这就可以抽出录入到死亡证明中的信息,以便获得因伤害而导致的死亡数据。医生或护士为医疗保险填写的表同样可以有双重功能;录入到保险表的信息也可以用于监测目的。

被动监测通常需要较少的资源消耗,作为第一线的医疗保健专业人员(即医生、护士和医务辅助人员),通过填写用于法律、管理和其他目的的各种表格,也能有效地收集监测所需要的这类数据。当同一信息可以用于双重目的时,很重要的是保证在设计用于收集这种信息的表格时,应考虑到它是用于双重目的的,这就需要仔细考虑所用的定义和分类。尽管如此,在大多数任务中,使用仔细设计的表格,在已经建立的常规系统中或许只需要增加很少的步骤,这意味着监测只需要增加很少的成本。

1.3.1.2 调查与监测

虽然术语"调查"和"监测"密切相关,但是所代表的是两种根本不同的收集数据的方法。

调查通常是一次行动。调查是通过登门询问或电话询问或邮寄调查表进行的。调查可能覆盖全部人口(普查)或只是一部分代表(样本)。调查能够收集所有类型伤害的信息,涵盖广泛和深入的各种相关信息。因为调查通常是一次行动,对于人口调查是很好的提供基线数据或"抽点"数据的方法。调查只有定期重复才能提供趋势信息。进行一项调查通常需要耗费大量人力和财力资源,大多数机构不能承受这种重复调查的花费,因此对于监测发展趋势而言,调查一般不是好方法。

与调查相反,监测是长期进行的活动,它可以列入一个机构的日常业务中。根据监测是主动的或被动的,可能需要在原有的业务上增加很少的成本。监测一般是监测发展趋势、发现紧急问题、确定干预和定期评估干预效果的最好方法。

监测产生的数据能描述下列各项:

- 健康问题的大小和特性(即分类伤害案件的数量是多少,每种类型的特点是什么?);
- 遭受危险的人群(即哪一类人群最容易发生某种类型的伤害?);
- 危险因素(即什么事物促使每种类型的伤害发生,什么事物与每种类型的伤害相关?);
- 趋势(即一种特定类型的伤害是否或多或少周期性发生,它造成的损害是多还是少?);

具备了这些数据,就有可能进行下列各项:

- 设计和采用适当的干预;
- 监测干预结果和评估干预的影响。

1.3.2 监测所要求的步骤

图1.1表明伤害监测系统所包含的概念化步骤的逻辑顺序或过程。在这个顺序中,每个步骤将在随后的分节中更充分地讨论。

1.3.2.1 问题的确定

您想确定的问题的性质可能相当普通或比较特殊。例如,您想建立一个伤害监测系统,使其能提供被伤害总人数的信息。另一方面,您可能需要有关一种具体类型的伤害或一种特别的工作环境的非常特殊的信息。例如,如果一条即将修建的公路通过学校区,您可能关心这条公路对儿童道路交通伤害数量的潜在影响,特别是伤害数量将增加。

问题的限定决定监测系统的结构和内容。它告诉您监测什么和收集什么信息。问题的确定又使您能够确定潜在的信息资源,决定从哪里和应当如何收集信息。以"公路通过学校区"为例,问题的确定要求您需要知道在给定区域是否有儿童在道路交通事故中受伤害,假如有,有多少?怎样被伤害和严重程度?警察的报告可以是一个信息来源。然而假定受伤害的儿童将在当地医院治疗,您可以发现最好在该医院建立主监测系统。学校医务室可以是另一个可能的选择。

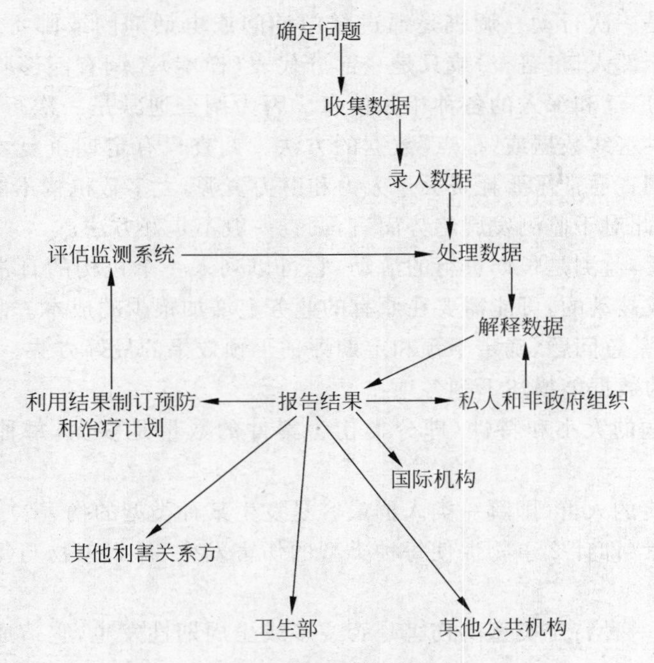

图 1.1 监测系统的步骤

1.3.2.2 收集数据

对所确定的问题进行调查以后,下一步是收集数据。这要求您确定什么信息是适当的,可以用什么方法记录信息(通常是一种描述表),指派什么人填写表格,这些人安置在什么地方。

1.3.2.3 录入和处理数据

一旦找到原始数据并收集到一起,就需要决定如何很好地整理和处理数据。在某些情况下,这两个步骤可以合并成一个步骤。举例来说,这种情况出现在如果负责填写一位特定病人表格的人员有能力,他在填写此表的同时应将相关信息录入到其他为记录有关所有伤害事件信息设计的表(或一组表)中。反过来,该人员可能在每天(或每周)结束时审查个案的所有记录并从相关的伤害记录中抽取信息。这种信息可能被再录入到另一种为此目的设计的表格,或录入到产生逐日、逐周、逐月或逐年统计报告的计算机数据库。

1.3.2.4 解释数据

原始统计通常不足以满足要求;经常需要进一步分析和解释原始数据,以便抽出最重要的特点,使信息以容易理解方式表示出来。

1.3.2.5 报告结果

一旦完成数据收集和分析,应当提交和传播监测结果。通常是以书面报告的形式提供给指定机构,经常是一份报告适合于所有指定的读者。但是在某些情况下为了满足所有读者的要求，可能需要几份报告，每一份的详细程度都不同。例如，国家卫生部的计划编制者比政治家或普通大众成员需要更详细的报告。

1.3.2.6 利用监测结果制订干预计划

上述所有监测步骤都指向系统的最终目的。得到监测结果的目的在于帮助计划编制者通过制订新的或改进现有的预防或干预政策和策略，对所监测的问题采取对策。在本书中，“计划编制者”可以按您的意愿赋予狭义的或广义的定义，他可以是为较大的机构编制计划的专家，或是为较小的机构编制计划的多面手（包括医生、护士和医疗辅助人员），还可能包括审批计划的管理者和政治家，甚至还有用投票形式支持计划或通过提交要求和建议，寻求修改计划的普通公众成员。

为监测而监测是最糟糕的资源利用。当您设计监测系统时，应当记住它的最终用途，确信它能收集到最终用途所需要的信息，不是收集不必要的或无用的信息而浪费资源。

1.3.2.7 评价监测系统

一个好的监测系统需要能响应变化的需要和情况；换言之，监测系统应当是动态的。如果设计监测系统的结果是不能产生所需要的最新信息，或产生不需要的信息，那么就应当进行调整。因此，在设计阶段就应当把不断评价和调整机制加入到系统中。

对于系统能否为编制计划的目的很好地服务，所产生的信息的最终用户（计划编制者）往往是最好的评价人。应当使计划编制者相信您始终能接受到反馈和始终欢迎他们的意见和建议。

1.3.2.8 保持系统更新

经常评价监测系统需要重复上述步骤来确定缺陷或改进机会。这种改进可能是对问题的确定需要精确或扩展，或者收集数据的表格需要改变。可能需要改进处理、分析和解释数据的方法。也可能需要改变报告的重点，以便能突出最终用户最需要的信息。

1.3.3 好的监测系统的特点

好的监测系统有几个共同特点，这些特点包括：

- **简单性**。监测系统应当以最简单和尽可能直截了当的方式产生全部需要的数据。保存和编辑数据的表格应当容易理解和完成，不应当要求重复录入同一信息而浪费时间。在资源有限和职员还要完成许多其他工作的地方这一点尤其重要。
- **灵活性**。监测系统应当容易修改，尤其是当例行评价表明，修改是必要的和合乎要求的。例如，您可能想在监测系统中增加另外一种伤害信息，或者为收集一种特定类型的伤害信息而改变目标人群。
- **易接受性**。监测系统只有在人们愿意参加这项工作时才能发挥作用。使职员参与数据录入表的设计、评价和改进有助于保证他们觉得表格容易填写并理解表的用途。保证最终用户从系统获得他们需要的结果和始终为改进意见和建议敞开大门也很重要。

- **可靠性**。使用监测系统产生的数据的任何人应当对数据的准确性有充分的信心。这就意味着系统应当符合下列要求：
  — 完整记录伤害事件(案件)，记述所有病人信息并按照标准定义分离；
  — 排除非伤害事件(例如因脊柱衰退或长期压力引起的背痛不应列入伤害)；
  — 查明相关人群中全部伤害事件(例如，如果系统被指定收集一个社区的全部伤害数据，社区的几所医院和诊所必须确保不漏掉一处)或者查明能够反映事件在整个人群中分布的伤害事件的代表性样本。

如果资源允许，应当尽量避免采样收集数据。如果资源确实不允许，您自己又不是专业研究或分析人员，您可能希望向专业人员就如何采样寻求建议。可以选择有代表性的全国样本，例如，重点选择在某些方面有代表性的医院和诊所。可靠的数据具有高度敏感性(即查明所有事件)和可靠的预见性价值(即排除所有预测而未实现的事件)。采样不需要从全面覆盖获得结果，但是必须对所有情况下的所有类型的伤害事件做到相同的覆盖。这可以通过代表性采样完成。

- **实用性**。监测系统应当实用和能负担得起。不应当对机构的职员和预算形成不必要的负担。
- **可持续性**。监测系统应当以最少的工作量发挥作用，应当容易维护和更新，以便在系统建立之后能持续地为监测目的服务。
- **及时性**。监测系统应当能够产生所需要的最新信息。

安全和保密是监测系统另外两个非常重要的特点。个案的记录应当完全保密。监测报告应当永远不披露个人信息。而且监测系统应当永远不暴露使人陷于尴尬、受到威胁，或危及他们的工作或亲属的个人信息。

1.4 产品伤害监测

随着经济的发展，产品种类的日益丰富，产品构造的日渐复杂，产品质量问题越来越突出，给消费者造成的损害也日渐增多。产品伤害由于其高发生率和高致残率消耗着大量的卫生资源，给国家、社会、家庭和个人带来了沉重的经济和精神负担，已成为全球面临的一个重要的公共安全问题。据统计，在欧洲，在家庭或休闲场所发生的事故导致的死亡人数为8万人/年，受伤人数为4000万人/年，经济损失为2300亿欧元/年，而多数事故与产品伤害有关；在美国，与消费品有关的死亡人数为2.7万人/年，受伤人数为3300万人/年，直接经济损失7000亿美元/年；据美、英、日等国研究表明，医院急诊室收治病人有10%是由于产品伤害造成的。

因此，世界各国非常重视产品安全的管理，不但具有产品安全法律制度，而且建立了完善的产品伤害监测系统，如美国消费品安全委员会(CPSC)建立的国家电子伤害监测系统(NEISS),英国皇家事故预防协会(RoSPA)设立的产品安全事故统计系统,即家庭事故监测系统(HASS)和休闲事故监测系统(LASS),欧盟的欧洲家庭和休闲事故监测系统(EHLASS)等,这些系统为政府部门及相关机构进行产品安全管理,制定消费者安全政策,评估政策效果,消除产品安全隐患等方面提供了重要的决策依据。

在我国,由于产品伤害监测工作本身起步较晚,产品伤害监测系统仅涉及较少数量的核心数据,没有提供针对产品伤害的补充数据。因此,在我国,完善有关产品伤害监测系统,系统地开展产品伤害监测工作,从而为我们提供产品安全监管所必需的基础性数据支持,是当前面临的一项重要课题。

第2章

美国产品伤害监测系统

2.1 美国消费品安全委员会

2.1.1 美国消费品安全委员会简介

美国消费品安全委员会(U. S. Consumer Product Safety Commission,CPSC)作为一个独立的联邦机构成立于1973年5月,合并了联邦政府的所有消费品安全职能,该委员会由五名委员组成,均由总统任命,并由参议院批准。该委员会管制的产品为消费品,主要是指消费者用于个人、家庭、娱乐使用的产品,包括儿童产品、玩具、室内家用产品、户外家用产品、体育与娱乐用品等。涉及种类15 000种,价值1500亿美元。

未经授权的产品包括飞机(联邦航空管理局),酒精、弹药、枪支(酒精、烟草和轻武器管理局),娱乐用交通工具(各州法规),汽车、摩托车(国家公路交通安全管理局)、船只(美国海岸警备队),医疗器械、化妆品、药品、电子产品辐射物(食品药品管理局),食品(食品药品管理局、农业部),工业、商业、农场等场所使用的产品(职业安全与健康管理局),杀虫剂、灭鼠药、杀真菌剂(环保局)。

美国消费品安全委员会的主要功能表现为:制定生产者自律标准,对于那些没有标准可依的消费品,制定强制性标准或禁令。对具有潜在危险的产品执行检查,通过各种渠道,包括媒体、州政府、当地政府、个人团体组织等将意见反馈给消费者。

美国消费品安全委员会管理手段主要是:罚款;电视媒体曝光;必要时,追回其有问题的产品;仍解决不了的,就诉诸法律程序。

2.1.2 美国消费品安全委员会的具体任务

2.1.2.1 召回

在欧美等发达国家,产品投放市场后,如发现产品在设计或制造方面存在缺陷,不符合当地的法规、标准,存在安全隐患,制造商应向主管机构和消费者通报情况,并采取补救措施消除产品缺陷可能导致的安全隐患。根据美国法律,产品召回措施分为两种:一种是自愿召回,是指制造商经自行判断认为其生产的产品存在危险而自愿地采取的产品召回措施。另一种是强制召回,是指主管部门发现并认定某种产品存在危险，向制造商发布指令，要求制造商必须采取的召回措施。

消费品安全委员会的召回流程如下：

(1) 报告要求。制造商、销售商、批发商一旦发现其产品存在下列情形必须报告产品缺陷：不符合消费品安全规章或自愿标准；存在实际产品危险的缺陷；具有严重伤害或死亡的不合理危险；在两年期限内，某种特定型号的产品在法院引发至少三次民事诉讼，每次诉讼的判决都是有利于原告(消费者)，制造商必须在最后一个诉讼宣判后的30天内向美国消费品安全委员会报告相关情况；小部件玩具的生产厂商在获知其生产的产品发生儿童哽住事件后，需在24小时内向美国消费品安全委员会报告。

(2) 缺陷确认。确认所报告的产品是否具有缺陷。在确认产品缺陷存在的情况下，按照缺陷模式，在商业领域以所销售的有缺陷产品的数量、风险的严重性、人身伤害的可能性等标准来确认缺陷所导致的风险是否明显。

(3) 风险评估。美国消费品安全委员会会根据公众所面临的风险程度来对缺陷产品进行危险评级。共分为A、B、C三个等级。A级危险是指产品缺陷导致消费者死亡、严重人身伤害或患病的可能性非常大。B级风险居中。C级风险最轻，出现人身伤害和患病的风险不大。

(4) 补救行动方案。此方案用来应对召回中可能不断出现的新问题，包括准备将什么产品召回以及产品召回的公告方式。

(5) 发布召回信息。有很多种方式：新闻发布、海报、信函、广告、公布、简报以及向消费者提供免费电话号码等。

(6) 制定公司策略方案。当采取召回行动时，制定一个组织策略和行动方案。同时指派一名产品召回协调员，确定协调员的任务。

此外，美国消费品安全委员会还设计了一套产品召回简易程序。即美国消费品安全委员会与公司一起立即着手一项补救行动方案，而不是花大量的时间和资源调查所报告的缺陷是否导致明显的产品危险。

2.1.2.2　消费者宣传教育

美国消费品安全委员会(网络：www.cpsc.gov)开展了大规模公众宣传和教育活动，积极鼓励消费者举报不安全产品，通过网络、媒体等途径向消费者传授产品安全知识，帮助消费者评估产品的相对安全性。如：网络，电视新闻发布产品安全信息。各种新闻会议和公开活动，如：防毒周；7月14日(枪支弹药日)；万圣节前夕；游泳池安全教育等。

2.1.2.3　消费品安全标准

制定统一的消费品安全标准，以减少与各州和地方法规的冲突。产品安全标准由相关方申请或由美国消费品安全委员会提起的法规制定；自愿性标准需厂商与美国消费品安全委员会合作完成；美国消费品安全委员会法规是制定自愿性标准优先考虑的要素；消费品安全委员会还提供了自愿标准的优先选择原则：“……如果遵循非官方的消费品安全标准可以减小伤害危险，而且这些标准很可能会得到广泛的遵守，那么美国消费品安全委员会将采用这些非官方的安全标准……”。

2.1.2.4　消费品研究

把与产品有关的死亡、疾病和伤害信息进行统计分析，有选择性地进行深入调查，并对伤害的原因和预防的措施等进行研究。

2.1.3 美国消费品安全委员会工作重点

美国消费品安全委员会是消费品安全执法机构，工作重点主要围绕降低产品危险和确认产品危险两个项目。

（1）降低产品危险。美国消费品安全委员会每年一项重要的工作就是通过各种手段来降低产品对家庭特别是对儿童的危险，这些危险主要有四大领域：起火和触电危险，儿童危险，中毒和其他化学危险，家庭娱乐危险。

针对每一个不同的领域，都要围绕三个方面展开活动。一是制定产品安全标准：即美国消费品安全委员会与企业和各州、各区域组织共同制定有关产品性能、标签等方面的自愿性标准和强制性标准，或提出禁止提供该产品。二是符合性：主要包括遵守产品安全法规情况，确认和补救存在重大安全危险的产品，寻求符合自愿性安全标准。三是消费者信息：包括向公众发布召回警告的危险产品，提供其他降低伤害的安全信息和通过热线电话、网站收集公众投诉。

（2）确认产品危险。这项工作提供了评估产品危险和支持基于风险的决策所需的关键信息，是所有减小危险活动的基础。包括信息收集和信息效用两个活动。

信息收集活动是指确认危险产品、伤害模式、伤亡原因以及建议采取减小危险行动的早期预警系统。较早地确认产品危险可以使美国消费品安全委员会迅速采取措施以减小和阻止伤亡，避免消费者和企业承担一些不必要的费用。信息收集活动是美国消费品安全委员会决策过程和后续减小危险活动的基础，如自愿标准制定、符合性、消费者信息、规章制定等。

信息效用活动也称现存危险活动。委员会战略规划中已经制定了改善截止到2009年信息可用性的目标。这些目标主要是通过制定和实施更加系统的方法来确定新战略目标领域、降低危险项目、补救措施等。2003年，委员会已经开始加速审查伤亡信息，以确定具有前景的战略目标领域和降低危险项目，以及提供可能的补救措施。另外，美国消费品安全委员会也实施经济研究，包括对伤亡损失估计、产品寿命估计、产品在用数量估计、企业影响（如产品成本、竞争力）、环境影响、标签成本和召回成本等，以便向美国消费品安全委员会主任和工作人员、其他机构、公众提供特殊的经济信息。

2.1.4 美国消费品安全委员会执行的法律

在美国有多个行政机构对缺陷产品及其召回具有行政管辖权，其中管理范围最广、经验最丰富的是美国消费品安全委员会。美国消费品安全委员会主要以五部法律作为依托：《消费品安全法》（CPSA）、《易燃纺织品法》（FFA）、《联邦危险品法》（FHSA）、《防止有毒物质包装法》（PPPA）、《冰箱安全法》（RSA）。

2.1.4.1 消费品安全法

《消费品安全法》于1972年颁布，是美国消费品安全委员会建立的法律依据。设立该法案的目的是保护公众，防止他们受到由消费品造成的不合理伤害；评估不同消费品的相对安全性；对消费品制定统一的安全标准；对与产品相关的死亡和伤害原因及预防方法进行调查研究。

《消费品安全法》就美国消费品安全委员会的职权作出了规定：建立一个伤害信息交换平台，收集、调查、分析并发布有关伤害数据和信息；制定并公布消费品安全标准，并可依据实际情况采用非官方的消费品安全标准；如果某种消费品因缺乏切实可行的标准，未能给公众以适当保护，则可对该消费品发布上市禁令；与生产商或销售商联合发布缺陷产品的召回信息，或责令其对缺陷产品进行维修、更换或予以退款。

《消费品安全法》同时也规定了其他授权事项：制造商、销售商和零售商对消费品具有同等的责任和义务(《消费品安全法》第 15 部分)(一般运输者除外)；出口货物不在美国消费品安全委员会管辖权之内，除非在美国境内发现出口存在对消费者伤害的不合理危险(《消费品安全法》第 18 部分)；所有各州及地方法规与美国消费品安全委员会法规冲突时，美国消费品安全委员会所有法规具有优先权。

2.1.4.2 易燃纺织品法

美国早在 1953 年就通过了该法案，在 1954 年和 1967 年又先后对其进行了修订。为充分保护公众免受由火灾导致的死亡、伤害或重大财产损失，《易燃纺织品法》包含了由纺织品或相关材料制成的产品的燃烧性技术规范，禁止进口、生产和销售具有高度易燃性的纺织品服装。

2.1.4.3 联邦危险品法

《联邦危险品法》要求那些有一定危险性的家用产品在其标签上标出警告提示，提示消费者这种潜在的危险，并指示他们在这些危险出现时如何保护自己。任何有毒的、易腐蚀的、易燃的、有刺激性的产品以及能够通过腐烂、加热或其他原因产生电的产品都需要在标签中警示出来。如果产品在正常使用中以及被儿童触摸时易引起人身伤害及发生疾病，也应在标签中表示出来。

2.1.4.4 防止有毒物质包装法

这个法案于 1970 年开始执行，它要求有些家用电器必须有儿童保护包装以避免儿童受到伤害。该包装法案要求产品的设计既能防止 5 岁以下儿童在一定时间内打开产品，又能方便成人正常开启。由于考虑到老人及残疾人也可能在打开这类产品的包装时有困难，法案允许该产品使用一种非标准尺寸的包装出现在日杂店的柜台上，上面应贴有警示标志表明该产品不能在家庭中被儿童轻易拿到。在医生处方或患者有特殊要求时，法定的处方药可以不使用儿童保护包装。

2.1.4.5 冰箱安全法

这个法案于 1956 年开始执行。它要求在遇到特殊情况时，产品的机械结构(通常是磁性的碰锁)能够保证门能从里面打开。这种特殊情况会在儿童玩耍，爬进已废弃的或没有小心储存的冰箱中时出现。事实上许多不符合标准的冰箱仍然在使用，一旦它们被随意地放在儿童可以轻易接触的地方，就会变得十分危险。

2.2 国家电子伤害监测系统

2.2.1 国家电子伤害监测系统概要

国家电子伤害监测系统(National Electronic Injury Surveillance System，NEISS)

是美国消费品安全委员会建立的信息收集活动中最主要的部分。它是一个医院急诊室伤害报告系统，始建于1970年，通过对美国国内及其领地内的样本医院，直接收集医院急诊部门接纳的由缺陷产品造成的受伤病例信息，并按照时间范围、产品种类、年龄段、诊断病种、事发场所等要素，评估全国范围内急诊室处理的与产品有关的受伤情况的总数。仅2004年，美国消费品安全委员会就收到98家指定医院35.2万起与产品有关的伤害事件，及全国法医和验尸官报告的4500起死亡事件。工作人员对上述信息作出分析，然后有选择地对个别事件进行电话跟踪或现场调查。这些调查给工作人员提供了一个检查事故涉及产品、环境、受害人之间关系的机会，而这是制定补救措施所必需的。据NEISS统计，美国每年平均与消费品有关的死亡与伤害人数分别为2.59万人和3320万人，死亡率与伤害率分别为9人/10万人和1.2万人/10万人，与消费品有关的财产损失为每年7000亿美元。

国家电子伤害监测系统实际上是一种产品伤害统计、监测和跟踪系统。涉及消费品伤害的患者信息是从到国家电子伤害监测系统中的样本医院门诊治疗的病人中收集。从这个样本可以估算出全国医院门诊部收治的和消费品相关的伤害病例数量。这里对国家电子伤害监测系统的访问路径使得人们可以在网上调用该估算值。通过设置下面变量中的一部分或者全部(以及每一种变量建立一个例子)可以集中对它们进行估算：NEISS的伤害数据记录包括16个字段，除伤害情况外，还包含涉及的产品代码、伤害发生时受害者在做什么、涉及的产品(品牌和有关制造商)和伤害场所等信息。

- 日期(最大范围为一年，例如，1996年诊治了多少伤害病例)。
- 产品(例如，出现了多少自行车造成的伤害)。
- 性别(例如，妇女的伤害出现了多少例)。
- 年龄(例如，多少伤害出现在35～55岁的年龄段中)。
- 诊断(例如，出现了多少例划伤)。
- 并且(例如，多少患者需要住院)。
- 处理结果(例如，多少伤害发生在学校)。
- 身体部位(例如，多少例伤害发生在腿部)。

例如，可以询问下列问题：1999年2月—1999年10月期间有多少50～70岁之间的男性患者因为在家使用梯子造成伤害而在医院急诊室就医。这个问题的答案里面会包括国家电子伤害监测系统样本中包括的病例/伤害的实际数量，以及对全国数量进行的估算。

2.2.2 国家电子伤害监测系统背景

从消费品安全委员会成立时开始，由急诊科系统提供的数据就证明NEISS是满足委员会需要的最有效的一项工具。同时，委员会也有来自其他方面的数据来源，包括死亡证明、诊疗检查报告、国家消防事故报告系统的消防数据、来自消费者的与产品有关的问题报告、来自律师和新闻剪报的报告，等等。

在医院的急诊科看到的大量事故，提供了测量与市场上许多不同消费品相关的伤害数量所需要的事故量。在一般情况下医院的记录就已经有足够的数据，无须急诊科(ED)的工作人员另外增加工作量。在传统上，医院也愿意配合委员会减少与产品有关的伤害工作。

在选择合适的数据来源时，一项比较重要的考虑是及时性。数据到达消费品安全委员会越快，委员会为消除或减少伤害问题采取的行动就越快。一旦收集到记录，就可以提供给委员会进行分析。这样就能使委员会及时知道与急诊科治疗伤害有关的产品类型。对于所选择的事故进行调查时，及时性是关键。最重要的是要在受害人对事故的记忆衰退之前和产品丢失或被更换之前对事件进行及时追踪调查。当对事件进行溯及研究调查时，一般情况下可以在发生事故后最初几个星期内对事故受害人、受害人的父母或目击者进行访谈。

许多伤害的受害人到医院急诊科寻求治疗，尤其是当受害人或其亲属认为需要立即治疗时更是如此。明显的紧急治疗的愿望还意味着一定的严重程度。因此，多数情况下在医院急诊科治疗的伤害比在其他医疗场所治疗的伤害更严重。

消费品安全委员会从医院急诊科获得数据的长期经验中表明，大量的伤害事件可以以有效和低成本的方法收集。在过去十年中，每年收集到的事件从173 000起到375 000起以上。每年的事件数量不同，这其中的原因是采样的医院数量有变化和为满足其他机构的需要有时收集了与产品无关的事件而增加了事件数量。

国家电子伤害监测系统数据向所有人提供，尤其供政府其他各机构、制造商、研究人员、律师和普通大众使用。一直以来国家电子伤害监测系统向产品安全委员会和某些其他联邦机构及时提供国家与产品有关的伤害估计数量。从1978年开始，其他联邦机构通过与消费品安全委员会签订部际协调协议而共享电子伤害监测系统。这些协议为扩大电子伤害监测系统提供资金，收集消费品安全委员会权限以外的数据(通过国家电子伤害监测系统)。由于这些共同努力，消费品安全委员会于2000年启动了将主要系统扩大到收集所有伤害事件，而不是仅仅收集与消费品有关的伤害。通过这一行动，国家电子伤害监测系统收集所有伤害，该系统将成为其他联邦机构以及其他研究人员更加重要的研究工具。

2.2.3 追溯消费品安全委员会为监测与产品有关的伤害的急诊科系统的历史

现在的国家电子伤害监测系统是一种成熟的急诊科概率样本，工作人员在参与调查的医院可以将数据直接输入个人电脑。其根源和发展阶段如下。

2.2.3.1 第一个国家电子伤害监测系统(1971年)

第一个国家电子伤害监测系统是在1970年11月至12月设计的。第一个国家电子伤害监测系统是以美国医院的1968年调查表和1960年人口普查数据为基础，包括了48个相邻州的代表所有设有急诊科的普通医院的119家医院的有效统计样本。美国食品与药物管理总局产品安全局于1971年5月开始招聘和培训工作人员，配备设备和运作电子伤害监测系统。当美国消费品安全委员会在1973年7月开始运作时，国家电子伤害监测系统成为消费品安全委员会流行病学局核心数据系统。当时数据是在参加调查的医院用纸带式电传打字机输入。

2.2.3.2 重新设计国家电子伤害监测系统(1978年)

为了更新和改进最初的系统，从1978年10月1日开始执行重新设计的国家电子伤害监测系统①。重新设计国家电子伤害监测系统的抽样框考虑到列在国家健康统计中心1975年主要设施调查表医院计算机磁带上的医院。重新设计的国家电子伤害监测系统样本是全美国的设有急诊科的所有医院的概率样本。抽样框上的医院按照规模层次(年急诊数量)分为四组,外加一组设有烧伤治疗中心的医院。在各层次内的医院按地理位置组织后,形成医院数量相同的下层医院,最后从每一层次选择主要医院和替代医院随机取样。

在1978年,130个医院的样本实际上包括两份半样本。由于预算上的限制,从未完成全样本。鉴于计划要求在两年内分两期完成两份半样本,完成的概率样本实际上包括74家医院。1984年进一步削减预算,样本减少到64家医院。到1989年年初,由于有些医院关闭,样本规模下降到62家医院。当时,数据的输入是用电话线将终端连接到设在马里兰州洛克菲勒的主机。

2.2.3.3 更新样本(1990年)

为了反映出美国设有急诊科的医院更新的整体信息,消费品安全委员会于1989年更新了样本②。首先,从设有急诊科的美国医院的最新信息(1985年)建成了抽样框。根据每家医院每年报告的急诊病人数量将抽样框分成四个层次之后,在每个层次内的医院按地理位置排序。由于1975—1985年之间抽样框的变化,新加入10家医院,取消了7家,有些医院改变了层次。到1990年1月,样本包括65家医院。当时在医院输入数据开始采用个人计算机。消费品安全委员会通过一个在CPSC总部运行的个人计算机,使用轮流检测应用软件,每天夜里收集数据。

2.2.3.4 加强的样本(1991年)

在1991年,执行了一项增加国家电子伤害监测系统样本的计划,因此重新启动了与满额的130家医院重新设计的样本相关的许多器材。执行该计划要求在三个较大层次的每一个层次选择和补充医院,使收集的报告数量大大增加。增加收集的报告数量还将减少完成溯及研究所需要的时间。到1991年1月,由于增加了26家医院,国家电子伤害监测系统的样本增加到91家医院。

这91家医院的样本是美国设有急诊科的医院的概率样本,它每年提供大约290 000起与产品有关的伤害报告。

2.2.3.5 现在的样本(1997年至今)

为了反映设有急诊科的医院更近期的分布(美国),消费品安全委员会于1997年再次更新国家电子伤害监测系统样本③。在2000年,样本包括100家医院,分为五个层次,其中四个层次代表设有急诊科的不同规模的医院,第五个层次代表设有急诊科的儿童医院。国家电子伤害监测系统样本论文(设计和执行)追溯了自1978年以来,抽样框和国家电子伤害监测系统样本的变化④。图2.1表示现在参加抽样的医院位置。

---

① Waksberg J, Valliant R. (1977) NEISS 样本重新设计. Rockville, MD: Wastat, Inc.
② Marker D, Waksberg J, Braden J, (1988). NEISS 样本更新. Rockville, MD: Westat, Inc.
③ Marker D, Lo A(1996). NEISS 抽样框和样本更新. Rockville, MD: Westat, Inc.
④ Kessler E, Schroeder T. (1999). NEISS 样本(设计和执行). Washington, DC, U.S. 消费品安全委员会.

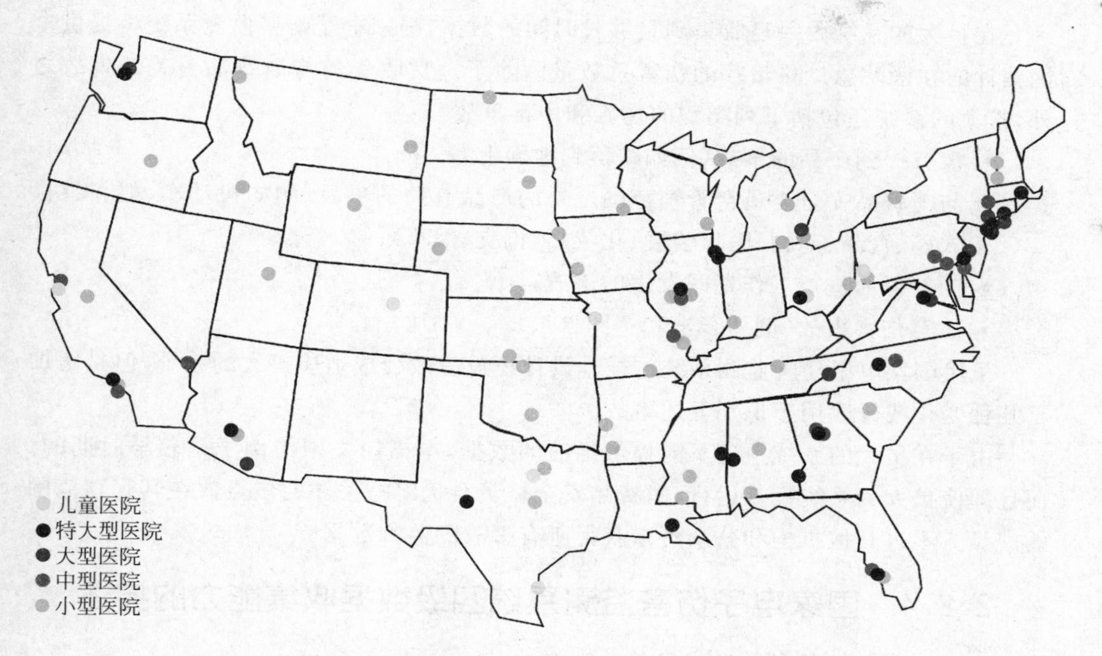

图 2.1 美国消费品安全委员会国家电子伤害监测系统医院

自从启动最新的更新样本以来，消费品安全委员会就开始通过每年购买新抽样框保持样本的流动。新抽样框列出美国设有急诊科的所有医院，并且包括每年伤害急诊数量(EDV)。在经过适当调整，保证抽样框内的医院符合要求的标准之后，新抽样框被用做当前的国家电子伤害监测系统医院样本对当前的总伤害急诊数量的统计权重调整系数①。其结果是国家电子伤害监测系统样本权重更精确地反映给定年份的美国伤害急诊总数量。这些技术有助于避免因考虑样本变化的影响而调整系统的估计数。

2.2.3.6 2000 年的扩大

在 2000 年，消费品安全委员会的管理者们启动了对国家电子伤害监测系统的重要的扩大计划，决定收集所有伤害，而不仅仅是与消费品有关的伤害。这项扩大计划以两个试点研究为基础，试点研究试验了通过国家电子伤害监测系统收集所有伤害的可行性②。消费品安全委员会和国家疾病控制中心(CDC)的伤害预防和控制中心共同为 2000 年国家电子伤害监测系统的扩大提供了资金。

---

① Marker D, et al. (1999). 国家电子伤害监测系统(NEISS)全国不同样本和不同抽样框的比较. Rockville, MD: Westat Inc.

② Quinlan K P, Thompson M, Annest J L., Peddicord J, Ryan G, Kessler, E, McDonald A. (1999). 为监测在全国医院急诊科治疗的所有非致命性伤害而扩大国家电子伤害监测系统. Ann Emerg Med. 34: 5,638-645.

在扩大的系统内一旦收集到足够长时间的数据，国家电子伤害监测系统将提供全国估计的在医院急诊科治疗的伤害总数量。除了一贯收集的与消费品有关的事故之外，扩大的系统还包括下列类型的伤害和中毒事故：

- 没有提到产品的事故（例如跌落到地面上）；
- 与消费品安全委员会管辖范围之外的产品有关的事故（例如机动车、船、飞机、农药、食品、药物、医疗装置、化妆品、枪支、烟草）；
- 为补偿而进行工作期间发生的事故；
- 故意伤害事故（例如袭击和企图自杀）。

虽然国家电子伤害监测系统的样本设计还没有改变成适应扩大的系统，但是增加了几种变化或修改用于识别上述事故。

由于在扩大的系统中还不能提供足够的数据，本篇论文中的例子是较早时期的。而且即使扩大的系统投入运行，消费品安全委员会仍将把关注的焦点放在其管辖范围的产品。不过其他机构和公众可以获得所有事故的监测数据。

2.2.4 国家电子伤害监测系统四级数据收集能力的描述

国家电子伤害监测系统提供四级数据收集：

(1) 急诊科接诊伤害事件日常监测；

(2) 急诊科特别监测行动；

(3) 电话溯及研究受伤害人员；

(4) 在现场对受伤害人员和目击者进行更全面的调查。

每一级的数据收集描述如下：

2.2.4.1 日常监测

国家电子伤害监测系统在100家医院的急诊科连续监测与产品有关的伤害治疗，组成概率样本。每周7天，一年365天，每天在这些急诊科看到的属于消费品安全委员会管辖范围内的伤害都要上报给消费品安全委员会。这样就能观察到每天、每周、每月、每季度的趋势或偶发的趋势。

当发生伤害的患者在国家电子伤害监测系统的医院与工作人员、护士或医生建立联系时，便开始了数据收集过程。急诊科的各种工作人员将这些信息输入到患者的诊疗记录。在一天结束时，被指定为国家电子伤害监测系统协调员的人收集符合伤害事件范围内的记录。国家电子伤害监测系统协调员是由医院指定的可以查阅急诊科记录的人。国家电子伤害监测系统协调员的任务有时由急诊科的工作人员承担，有时由消费品安全委员会雇用的人员承担。消费品安全委员会的数据收集专家在访问医院时对国家电子伤害监测系统的协调员进行培训和进行急诊科工作人员定位。

对于所有伤害范围内的事件，协调员抽取国家电子伤害监测系统规定的各项信息。协调员使用国家电子伤害监测系统编码手册[①]对各项信息进行编码。对于消费品安全委员会而言,关键项目是识别任何涉及消费品的信息。协调员应当培训到尽可能专业化,能够在国家电子伤害监测系统编码手册的大约900种产品编码中进行选择。另一个重要项目是根据急诊科的事故情况记录概括出简要描述。通常最多用两行字描述事故发生时病人正在做什么。国家电子伤害监测系统规定的信息项目列在下面:诊疗日期、病例记录编号、患者年龄、患者性别、伤害诊断、受影响的身体部位、处置(治疗后离开,住院)、提到的产品、地点、涉及火灾、机动车、是否与工作有关、种族和民族、事故情况、是否是故意伤害等。

国家电子伤害监测系统协调员将所有必要的信息打印在编码表上,然后将编码数据输入装在医院的为国家电子伤害监测系统工作的个人计算机。输入信息时计算机程序保证是有效输入。每当发现不可接受的按键或无效编码数据组合时,在事件被接受之前必须纠正这些错误。消费品安全委员会每天夜间通过无人电话收集数据。随后数据保存在设在马里兰州 Bethesda 的消费品安全委员会总部的局域网数据库中。消费品安全委员会的工作人员随即就可以调取这些数据进行审查和分析。消费品安全委员会的工作人员记录诸如不合乎逻辑的编码(例如一个一岁大的驾驶剪草机的受害人)一类的潜在错误,通过计算机或电话核实和/或改正输入。除了检查编码的准确性之外,要认真监测医院报告的及时性和完整性。

2.2.4.2 急诊科特别监测行动

在第二级国家电子伤害监测系统,有时每天夜间随同正常监测数据从急诊科记录抽取有限数量的附加数据。二级监测研究的两个不同类型的例子描述如下:

- **烟花爆竹伤害**——在7月4号前后的30天期间内,收集涉及烟花爆竹伤害的附加数据。该项特殊研究集中在确定所涉及烟花爆竹的类型。利用曲线和图帮助确定特定的产品。消费品安全委员会利用特别研究获得的数据,监测伤害趋势和评估有关烟花爆竹规定的效果。
- **幼儿摄入**——由于幼儿对药物和其他潜在的有毒物质的耐受力弱,消费品安全委员会收集有关5岁以下儿童摄入的某些附加数据:症状、诊疗、与有毒物质控制中心或其他医疗人员联系和处理产品容器。这些附加的急诊科监测数据已经成为监测系统的日常监测的组成部分。

从1978年以来的大部分年份,作为部际协议的一部分,消费品安全委员会已经为其他联邦机构收集了二级监测数据。最近,消费品安全委员会为国家伤害预防与控制学会(NCIPC)收集了有关消防事故的专门监测数据,为国家职业安全与卫生学会(NIOSH)收集了与工作有关的事故,为国家公路交通安全管理局(NHTSA)收集了气囊配置事故以及为食品和药物管理局(FDA)收集了医疗设备事故。除了国家电子伤害监测系统的基本监测数据以外,上述每一项研究都需要通过使用第二个数据输入屏增加另外的数据。

---

① 美国消费品安全委员会.(1999).NEISS编码手册.Washington,DC:美国消费品安全委员会.

2.2.4.3 国家电子伤害监测系统溯及研究调查(第三、四级)

由于监测和特殊研究级别只反映出所涉及的产品,不一定反映产品的起因,经常需要跟踪调查,收集更详细的信息。因此,国家电子伤害监测系统监测等级包括两个跟踪调查级别——电话访问和现场调查。大量的调查是通过电话完成的。

重要的一点是要注意当具有已知概率的监测事件被选定进行溯及研究时,与国家电子伤害监测系统监测等级数据相关联的统计性质也适合于溯及研究。从溯及研究中获得数据的统计权重需要调整,以解释二级抽样和非响应。

1. 电话溯及研究调查(国家电子伤害监测系统第三级)

在大多数年份,被选择进行溯及研究调查的监测事件只占很小的百分比(小于1%)。事件的选择取决于支持消费品安全委员会特定项目的要求。电话访问受害人或目击者能提供围绕伤害事故的补充信息。电话调查报告提供关于事故的顺序、人的行为和消费品在事故中的作用的信息。电话溯及研究还能描述环境、受害人和产品。这些电话调查组成了国家电子伤害监测系统四级监测中的第三级。对于绝大多数事件(90%),电话访问能提供消费品安全委员会需要的足够的信息。对于其余10%的事件,认为应派人到现场进行调查,即国家电子伤害监测系统的第四级监测。

2. 现场溯及研究调查(国家电子伤害监测系统第四级)

当要求更详细的信息时(现场测量、现场拍照和(或)产品等),消费品安全委员会进行现场调查。消费品安全委员会的调查员察看事故现场并获取关于产品、受害人和环境的详细信息,包括关于事故顺序、人的行为和产品在事故中的作用的信息。调查员可能对受害人、产品和事故现场进行拍照。产品可能被检验或收集,用于实验室研究。调查员通过与受害人、其家属、目击者、参与救治的医生和知道事故的任何人谈话,尽力重建事件的顺序。调查员可能会审查、收集来自警察、消防队和验尸官的报告并包括在其最后的报告中。这种现场调查被称为国家电子伤害监测系统四级数据收集系统的第四级和最详细的等级。

应当注意,受害人的姓名和住址只允许在事故当时详细收集,随后从消费品安全委员的所有档案中删除。在任何报告中不出现识别受害人的信息。

2.2.5 国家电子伤害监测系统的统计性质

- **估计**——由于国家电子伤害监测系统是美国设有急诊科的所有医院的概率样本,它具有提供用于测量全国估计的事故数量的统计性质。所收集的每个事件都有相关联的基于样本设计的统计权重[①]。样本设计还提供了一种调整来自参与监测医院的事件统计权重的方法,以计算其他未参与监测医院的事件。基本的(或历史的)全国估计是所有感兴趣的事件的统计权重的总数(需要时经过调整)。例如,1998年在美国医院的急诊科诊疗的与玩具有关的伤害事件估计有147 994起。为了产生全国的估计伤害事件,必须使用统计权重,而不

---

① Kessler E, Schroeder T. (1999). NEISS样本(设计和执行). Washington, DC, 美国消费品安全委员会.

是用原始事件计数。由于统计设计为不同层次的医院提供了不同的统计权重(急诊科年接诊数量),当使用百分比或比率进行数据分析时也必须使用权重数据(而不是原始计数)。

- **抽样误差**——由于国家电子伤害监测系统的估计数是以从医院急诊科的样本得到的数据为基础,而不是所有急诊科的普查数据,具有抽样(或标准)误差。抽样误差描述与从样本调查得到的估计相关联的变化率(标准误差是偏差的平方根)。这个变化率与特定调查的统计设计有关。抽样误差提供了一种因只调查样本而偶然产生的变化率的度量;抽样误差表示估计数的紧缺度。对于一组已知数据,可以计算规定的抽样(标准)误差,由此围绕估计数可以建立95%的置信区间。消费品安全委员会经常以偏差系数(c. v.)的形式提供抽样偏差。估计数的偏差系数是标准误差除以估计数。例如,1998 年与玩具有关的伤害的计算偏差系数(c. v.)是 0.06(估计数的 6%)。从偏差系数建立的95%的置信区间表示如下:

	估计数	95%置信区间
1998 年与玩具有关的伤害为	147 994	130 590～165 398

147 994±(1.96×147 994×0.06)=147 994±17 404=(130 590, 165 398)

为了方便起见,近期的国家电子伤害监测系统估计的广义抽样误差可以作为近似规定的抽样误差[①]。广义抽样误差作为偏差系数标绘在图 2.2;即抽样误差作为给定规模的估计数的一个百分点。对于围绕估计数的 95%的置信区间,如上所示,估计数乘以偏差系数 c. v.,再乘以 1.96,然后用得数与估计数相加或从估计数减去得数,形成 95%置信区间。

如图 2.2 所示,国家电子伤害监测系统估计数 150 000 具有估计广义偏差系数 0.07,即估计数的 7%。下面所示的结果可以与前面给出的与玩具有关的例子结果进行比较。

150 000±(1.96×150 000×0.07)=150 000±20 580=(129 420, 170 580)

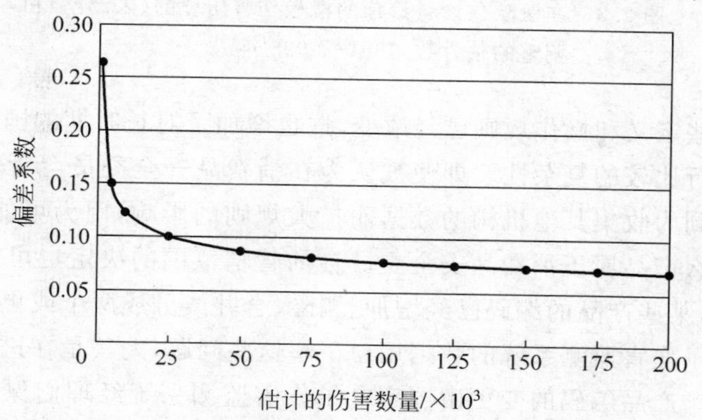

图 2.2 不同规模的 NEISS 估计数的估计广义偏差系数

① Kessler E, Schroeder T. (1998). 国家电子伤害监测系统估计广义相对抽样误差. Washington, DC: 美国消费品安全委员会.

2.2.6 趋势数据问题

当已经有不同的抽样框和不同的样本，为了比较一段时期内的估计数，消费品安全委员会统计人员开发了对国家电子伤害监测系统基本（或历史的）估计数进行统计调整的方法。由于抽样框和样本的不同而发生某些估计数突变时，调整使不同样本之间平滑。如果在一段时期内老的和新的样本同时运作，就有可能建立这种调整。在过去两次主要的国家电子伤害监测系统更新过程中，消费品安全委员会很幸运地分别收集到 6 个月和 9 个月的重叠的样本数据。对两份国家电子伤害监测系统样本得到的不同年份的估计数进行比较，就可导出调整因数[①]。调整后的估计数是基本（或历史）估计数乘以调整因数。

调整表示在图 2.3 和图 2.4，其中标出历史的（未调整）和调整的滑板和足球 1991 年至 1998 年的估计数。注意滑板调整后的估计数略高于未调整的估计数，而足球调整后的估计数略低于未调整的估计数。

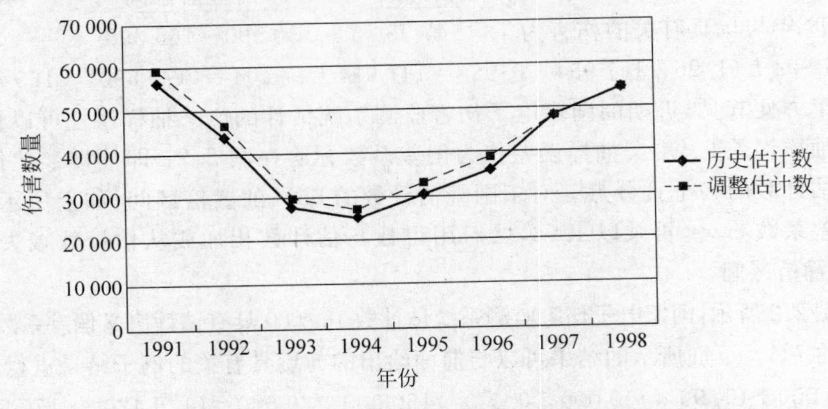

图 2.3 在医院急诊科诊疗的滑板伤害历史的（未调整）和调整的估计数，1991—1998 年

事实上某些定义和操作规则已经改变，这也增加了对长时期的国家电子伤害监测系统估计数进行比较的复杂性。即使被认为在消费品安全委员会管辖范围内的一组事件也已经受到为收集其他机构的数据而扩大规则的影响，因为可能有定义的重叠。管理者关于什么产品属于消费品安全委员会的管辖范围的决定也可能经过一定时间后改变。另外，某些产品的编码已经增加、删除、合并或分成两个或更多个编码。最重要的是国家电子伤害监测系统的数据用户了解这些问题，尤其是在进行趋势分析时要知道上述问题。产品编码的变更由国家电子伤害监测系统经理们保管的产品可比性

① Marker D, et al. (1999). 国家电子伤害监测系统不同的样本和不同的抽样框的全国估计数的比较. Rockville, MD: Westat Inc.

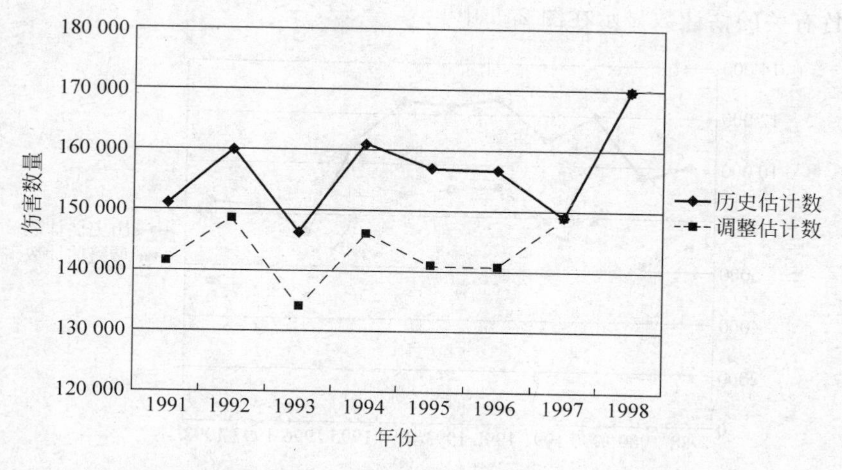

图 2.4 在医院急诊科诊疗的与足球有关的伤害历史的(未调整)和调整的估计数,1991—1998 年

表跟踪[1]。例如,该表指出从 1994 年开始,原来用于自行车或附件的产品编码(1202)停止使用。增加了两个包括不同类型自行车的产品编码:

5033:山地或全路面自行车或附件;

5040:自行车或附件(除山地或全路面自行车以外)。

因此,为了比较跨时间的自行车伤害,必须使用三个编码。外部的研究人员不熟悉某些此类问题,在进行数据分析时寻求消费品安全委员会的统计人员的建议可能是明智的,以便考虑确定设计和操作因数。

2.2.7 研究人员如何使用国家电子伤害监测系统

在产生估计数和进行专门研究时,可能会用到国家电子伤害监测系统的一级、二级、三级或所有四个级都用到。当以规定的概率选择溯及研究事件时,那些研究也带有建立在国家电子伤害监测系统监测等级内的统计性质(即提供全国估计数和建立估计数置信区间)。这使分析师能够作出由溯及研究确定的全国伤害模式估计。

国家电子伤害监测系统数据以多种方式被使用。最简单的形式是利用国家电子伤害监测系统的估计数在新闻发布会上提高消费者的意识。在这一领域的另一端是非常详细地研究特定的产品,提供与特定的危害模式相关联的伤害的数量和形式的数据。这些研究制定了发展自愿的和强制的标准的阶段。下面的例子列举一些途径,用国家电子伤害监测系统的数据帮助决策过程。

2.2.7.1 与烟花爆竹伤害有关的估计数

1988—1998 年,每年进行的特殊监测(第二级)研究期(6 月 23 日至 7 月 23 日)与

① 美国消费品安全委员会.(1999).产品编码可比性表.Washington,DC:美国消费品安全委员会.

烟花爆竹有关的估计数显示在图 2.5 中[①]：

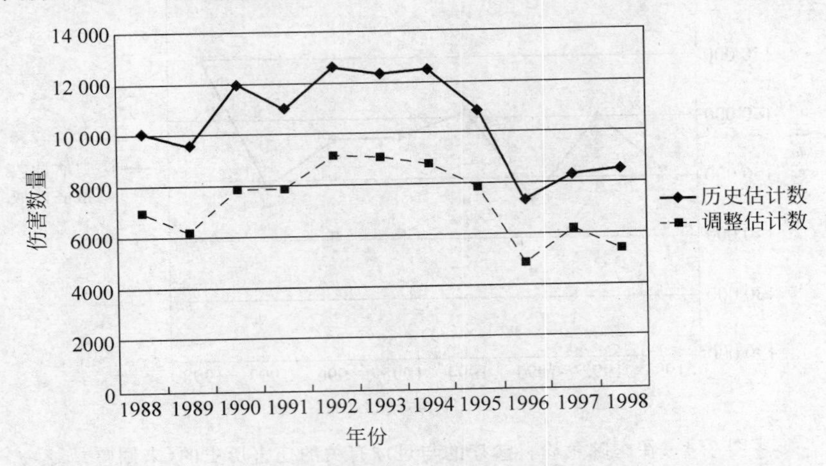

图 2.5 在医院急诊科诊疗的与烟花爆竹有关的伤害估计数*，1988—1998 年

* 注意，为适应新的抽样框，1988—1996 年的估计数经过调整，与 1977 年或更早公布的数值不一致

2.2.7.2 儿童摄入

由于幼儿对药物和其他潜在的有毒物质的耐受力弱，消费品安全委员会收集有关 5 岁以下儿童摄入的某些附加监测数据。这些专门的数据项目寻求发生在儿童的信息：症状、诊疗、是否考虑其他医疗护理和处理产品容器。这些附加的急诊科监测数据已经成为监测系统的日常监测的组成部分。

在 1997 年和 1998 年，5 岁以下儿童因摄入潜在有毒物质到医院急诊科诊疗的估计数分别为 91 437 起和 92 855 起。如图 2.6 所示，这些监测数据说明大约有一半受害病童在急诊科接受了某种形式的“诊疗”。

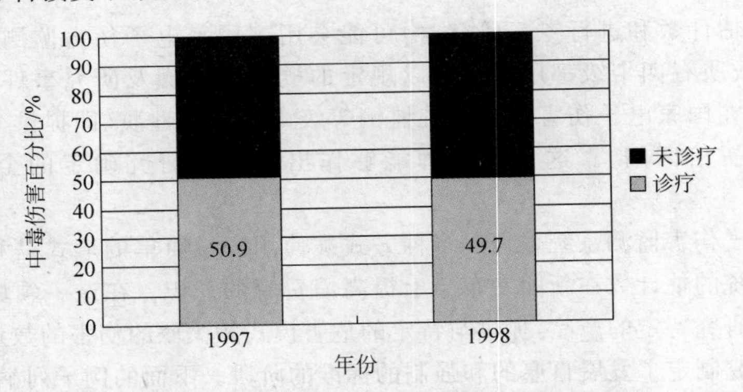

图 2.6 在医院急诊科接受“诊疗”的儿童中毒伤害*的估计百分比，1997—1998 年

* 扣除了大约 8%的事故，因为这些事故未提供有关这些项目的信息

① Greene M.(1999). 与烟花爆竹有关的伤害. Washington, DC：美国消费品安全委员会.

为了使国家电子伤害监测系统的记录能包括对这些项目的响应，急诊科的工作人员为大约三分之二的潜在中毒事故向中毒控制中心取得联系（图 2.7）。

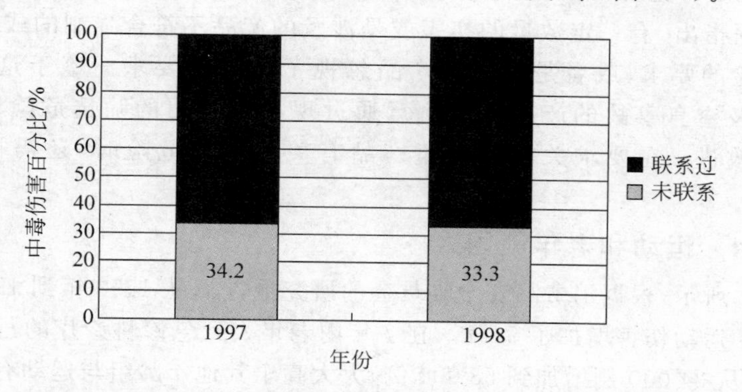

图 2.7 在医院急诊科接受诊疗的儿童中毒伤害* 由急诊科工作人员与中毒控制中心联系与未联系的估计百分比，1997—1998 年

* 扣除了大约 28％的事故，因为这些事故未提供有关这些项目的信息

急诊科的记录有略高于一半（56％）的事故包括了在急诊科诊疗之前与中毒控制中心联系的信息。在这一组中，大约三分之一的事故显示在急诊科诊疗之前与中毒控制中心联系过（图 2.8）。

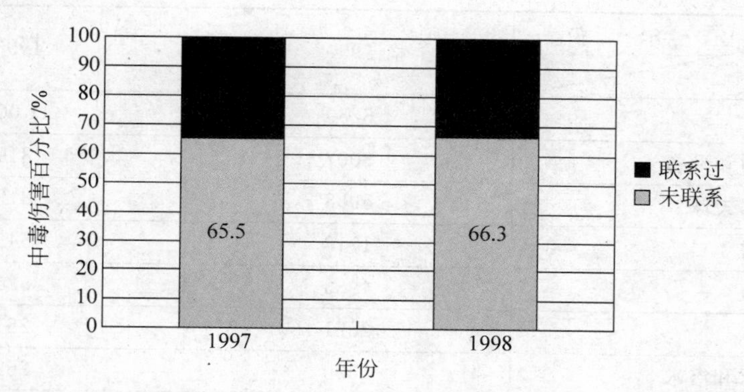

图 2.8 在医院急诊科接受诊疗的儿童中毒伤害* 在诊疗之前与中毒控制中心联系与未联系的估计百分比，1997—1998 年

* 扣除了大约 44％的事故，因为这些事故未提供有关这些项目的信息

2.2.7.3 窒息危险

据消费品安全委员会工作人员的观察，1980—1988 年估计每年平均有 38 000 起 6 岁以下儿童因与消费品有关的窒息和吸入伤害到医院急诊科诊疗。大多数这类潜在的窒息事故所涉及的产品有钱币、珠宝、钉子、图钉、螺钉、缝纫用品、餐具等，大约有 10％涉及儿童用品（玩具或育儿用品）。作为消费品安全委员会工作的一部分，需要对原关注的窒息危险进行评估并改进，因此消费品安全委员会从 1987 年 10 月到 1988 年 12 月对国家电子伤害监测系统进行了专门研究。研究数据连同其他来源的

数据显示，与窒息事故有关的大部分产品不适合年龄很小的儿童使用，指出公众需对这类物品有安全警觉。

研究数据指出，有一定数量的伤害或是涉及的产品不符合强制的或自愿的针对防止窒息危险的要求，或者是涉及的产品忽视了已有的要求。鉴于这些原因，看来大多数涉及窒息事故的产品没有注意通过现在所使用的筛选危险产品的试验台试验进行改进；在要求关注与儿童产品有关的窒息危险时，还需要考虑其他选择。

2.2.7.4 运动和老年美国人

如表 2.1 所示，根据消费品安全委员会的研究报告[①]，从 1990 年到 1996 年，65 岁以上的人群中运动伤害增加了 54%。在 7 年内老年人到急诊科诊疗的与运动有关的伤害的增加(从 34 000 例增加到 53 000 例)大大高于其他年龄组与运动有关的伤害的增加。而且这种增加高于该年龄组人口的增加，也高于与其他消费品有关的伤害的增加。在 1990 年和 1996 年两年，男性占受伤害人群的 60%，而男性只占 65 岁以上人口的 40%。研究发现，与运动有关的伤害的住院率(10%)低于与所有消费品有关的伤害的住院率(18%)。

表 2.1 1990 年和 1996 年 65 岁以上人群在医院急诊科诊疗的选择与运动有关的伤害估计数

项目 \ 年份	1990	1996
自行车	6289	11 002
运动和设备	3007	8197
高尔夫球	5988	8127
滑雪	1716	5432
钓鱼	4983	5268
网球	2821	2818
游泳和潜水	1620	2623
总计*	**34 400**	**53 000**

* 总计包括该年龄组与所有其他运动有关的伤害。

65 岁以上人群的大量与运动有关的伤害与自行车或骑自行车有关。多数与自行车有关的伤害是因摔倒引起的，摔伤头部的占总数的 21%。在发生事故时实际上所有摔伤的人都没有戴头盔。

2.2.7.5 自行车

在 1991 年，消费品安全委员会的工作人员用国家电子伤害监测系统的数据对自

① Rutherford G, Schroeder T. 65 岁及以上人群与运动有关的伤害. Washington, DC：美国消费品安全委员会.

行车伤害进行了专门研究。1991 年在医院急诊科诊疗的与自行车有关的伤害的估计数是 588 000 起。对这些事故中的大约 600 起的统计样本的跟踪调查提供了与这些事故相关联的可靠的伤害模式信息。地面不平是最普遍提到的导致事故的原因。如图 2.9 所示,年龄在 10 岁以下的受伤害者最普遍的是头部和面部受伤,年龄较大的受伤害者最普遍的是手臂和手受伤①。

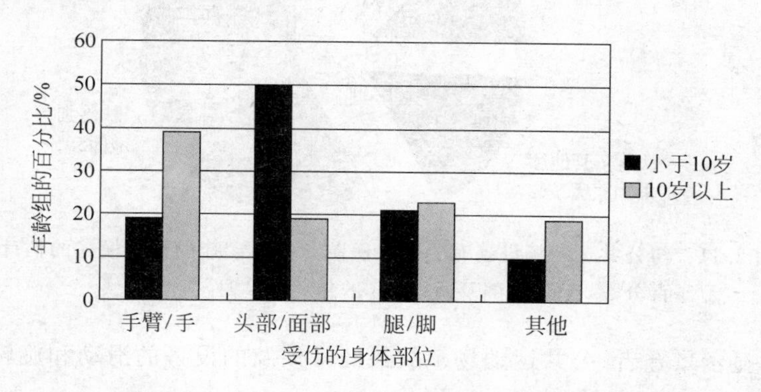

图 2.9 在医院急诊科诊疗的自行车伤害身体受伤者按年龄组的估计数,1991 年

绝大多数事故涉及年龄在 5~14 岁的儿童(图 2.10)。

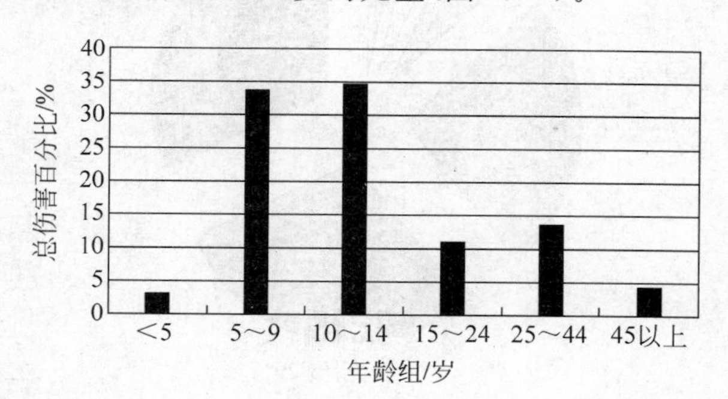

图 2.10 在医院急诊科诊疗的自行车伤害按年龄组的估计数,1991 年

2.2.7.6 运动场设备

1988 年,消费品安全委员会为了评价不同表面材料的安全性,工作人员进行了与运动场设备有关的伤害特别溯及研究。研究数据表明,跌落到运动场设备下面的地面大约占伤害的 60%(图 2.11);事实上这种跌落大约占判定为最严重伤害的 90%②。

① Rodgers G,Tinsworth D,Polen C,Cassidy S,Trainor C,Heh S,Donaldson M.(1994). 在美国自行车的使用和伤害模式. Washington,DC: 美国消费品安全委员会.

② Tinsworth D,Kramer J.(1990). 与运动场设备有关的伤害和死亡. Washington,DC: 美国消费品安全委员会.

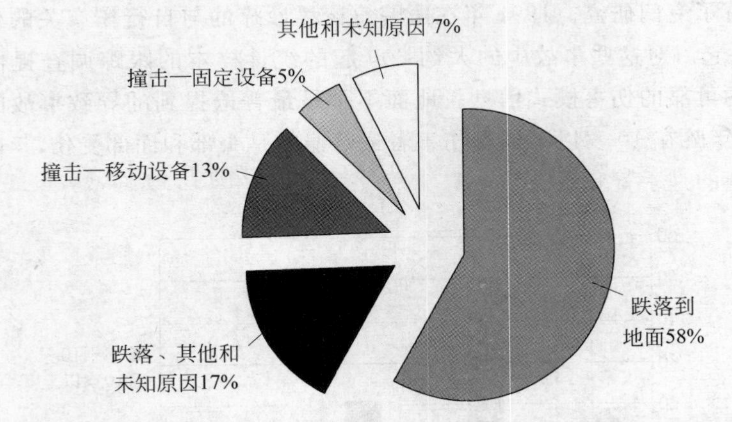

图 2.11　与公共运动场设备有关的在医院急诊科诊疗的伤害模式的估计百分数，NEISS 溯及研究，1988 年 4～12 月

图 2.12 显示攀登者、公共运动场事故最经常涉及的设备的滑动和旋转部件。

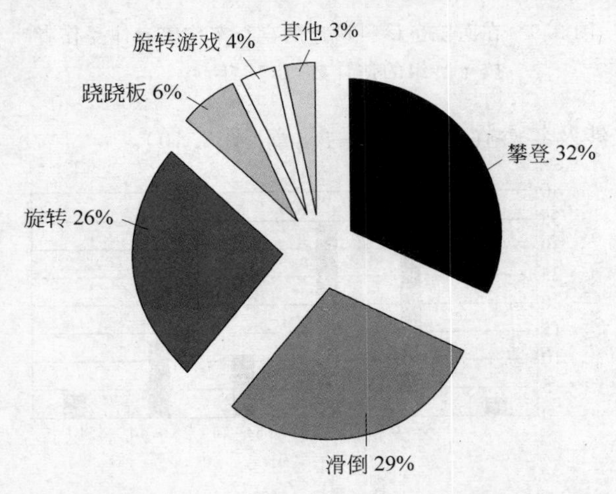

图 2.12　与急诊科诊疗的伤害相关联的公共运动场设备类型的估计百分比，NEISS 专门研究，1988 年 4～12 月

骨折是最普遍的伤害。这些数据表明天然地面和摊铺地面所占伤害的比例比根据所使用的这类地面的比例预期的伤害比例要高。人们可能得出这样的结论，即有保护性表面可能降低伤害频率和伤害的严重程度。消费品安全委员会已经出版了一本手册，为公共运动场的设计提供推荐的方案。另一项运动场溯及研究是在 1999 年进行的，现在还没有提供结果。

2.2.7.7　动力驱动剪草机

通过国家电子伤害监测系统的几次主要研究收集的数据已经用于：①对于手扶式动力驱动剪草机以强制性标准确定必须注意的危险；②评价针对与 1982 年 7 月

1日以后生产的手扶式动力驱动剪草机相关的碰触刀片的伤害制定的强制性标准的效果。

在进行第一次研究时，每一种主要危险模式都形成了文件和提出了相关伤害估计，从而使消费品安全委员会能够评价建议标准的每一项条款的潜在利益。这次研究也建立了与每一种危险模式相关的伤害数据的原始资料，以后研究的数据能够与原始资料比较，进而评价标准的效果。研究中发现的问题被用于支持手扶式动力驱动剪草机强制性产品安全标准。研究显示，大部分伤害是由于操作者在剪草机运转和刀片旋转时用手清理剪草机的排草槽造成的。由于这一发现，标准包括了一项安全系统的条款，当操作者松开把手时，刀片停止旋转。

在研究中确定的另一项频繁发生的危险并随后在标准中给予规定的是抛射物体。当剪草机走过石块、棍棒或其他坚硬物体时就会发生这种危险模式。当物体受到刀片撞击时，就可能从剪草机内以足够的力抛出，造成伤害，在某些情况下甚至死亡。经过对剪草机的大量试验，新开发的设计减少了与抛射物体相关的伤害危险。

在近几年进行的溯及研究的文件显示，与手扶式动力驱动剪草机相关的伤害显著减少。国家电子伤害监测系统对手扶式动力驱动剪草机和自行式动力驱动剪草机1983—1993年的伤害估计数描绘见图2.13。

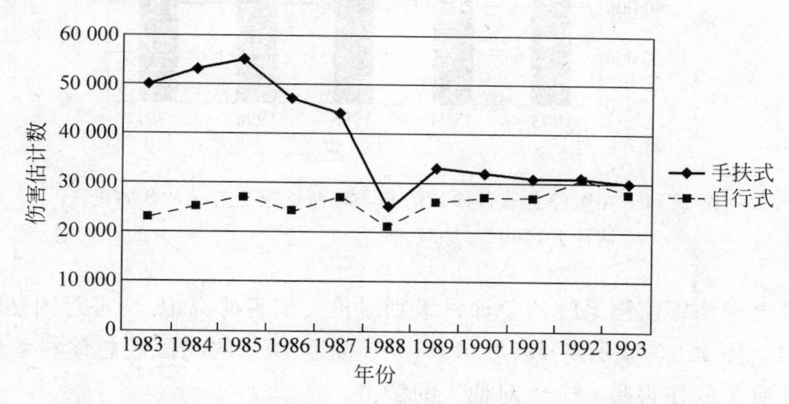

图2.13　在医院急诊科诊疗的手扶式动力驱动剪草机和自行式动力驱动剪草机伤害估计数，1983—1993年

2.2.7.8　链锯

在20世纪70年代末期，为了回应急诊科诊疗的与链锯相关的伤害频率的上升和请求，确定了研究如何最好地减少这种伤害的项目。

链锯项目包括一项通过国家电子伤害监测系统进行的最广泛和最详细的多年研究。所收集的信息对于消费品安全委员会的工程师们及联邦和公司的官员们在制定行业自愿标准当中具有决定性的作用。与链锯相关的最急迫的危险是旋转反弹，即当运动链条的上齿尖接触到物体时链锯突然猛烈地反向和向上旋转。这种危险模式的伤害在1982年估计有12 000例到急诊科诊疗。通过现场重建事故和实验室试验收集到的详细信息的结果，制定了解决链锯这一最危险的现象的途径。

根据国家电子伤害监测系统1975—1988年的链锯伤害报告，国家电子伤害监测系统进行的一项专门评估研究表明，改进安全性对减少与旋转反弹危险模式相关的伤亡已经产生了影响。带有护手罩、链条制动器、顶端护罩或非对称导杆的链锯发生的旋转反弹伤害较少。较少的旋转反弹伤害与链锯减少或降低反弹有关。

2.2.7.9 枪支(为疾病控制中心收集)①

从1980年开始，消费品安全委员会为国家疾病控制中心的伤害预防和控制中心(NCIPC)收集了与枪支有关的伤害数据。消费品安全委员会收集数据之后，疾病控制中心进一步对数据进行精确化处理。图2.14表示与非致命性枪支有关的伤害呈下降趋势，这个趋势是疾病控制中心报告中的致命性枪支伤害的反映。

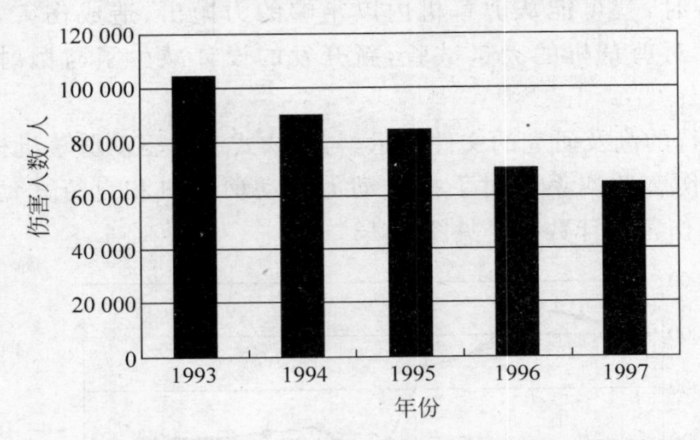

图2.14 在医院急诊科诊疗的与非致命性枪支有关的伤害的估计数，1993—1997年

在国家电子伤害监测系统的急诊科级别对枪支伤害研究中，伤害意图是收集的特别监测项目。图2.15显示从1993—1997年，接近70%的在医院急诊科诊疗的与非致命性枪支有关的伤害是一个人对他人的袭击。

2.2.7.10 职业伤害(国家职业安全与卫生学会)②

国家职业安全与卫生学会从1978年开始定期分享国家电子伤害监测系统。在1996年，消费品安全委员会在65家国家电子伤害监测系统医院的概率子样本中为国家职业安全与卫生学会收集了与工作有关的伤害。国家职业安全与卫生学会从消费品安全委员会收到资料后进行进一步编辑。国家职业安全与卫生学会为若干个使用国家电子伤害监测系统数据的溯及研究出资。在职业伤害溯及研究中包括：与建筑有关的伤害、眼伤害、青年工人的伤害和农业工人的伤害。

① 非致命性和致命性与枪支有关的伤害.美大(1993—1997).CDC MMWR Weekly,48(45):1029-1034.

② 对美国在医院急诊科诊疗的职业伤害的监测.(1996).CDC MWR周刊,47(15).

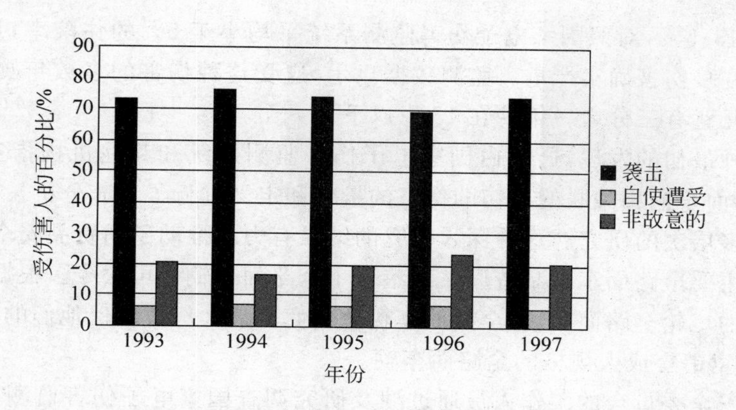

图 2.15　在医院急诊科诊疗的与非致命性枪支有关的故意伤害的百分比，1993—1997 年

根据国家职业安全与卫生学会利用监测级的数据所作的报告，1996 年估计有 330 万 16 岁以上的人因职业伤害在美国医院急诊科诊疗。如图 2.16 所示，在这些受伤害的人群中，有 22%年龄在 16～24 岁之间，71%年龄在 25～54 岁之间，6%年龄在 55 岁以上。

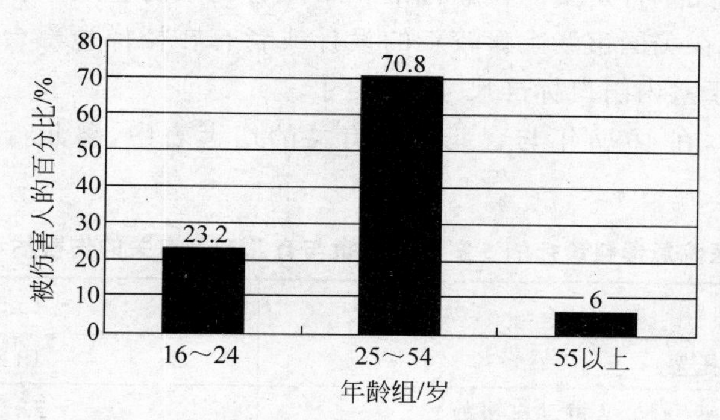

图 2.16　在医院急诊科诊疗的职业伤害按年龄组的百分比，1996 年

根据国家职业安全与卫生学会的报告，年龄在 18～19 岁之间的人职业伤害率最高(包括男人和妇女)。如果除去 16～17 岁的工人，随着年龄增加伤害率降低。最经常受伤害的身体部位是手、手指(30%)、其次是扭伤和劳损(27%)及撕裂伤(22%)。在所有伤害中手和手指撕裂占伤害的 15%。背部、腹股沟、躯干扭伤和劳损占伤害的 12%。

2.2.7.11　全路面车辆

早在 1985 年，与全路面车辆有关的伤害研究就成为消费品安全委员会的优先项目。据国家电子伤害监测系统的数据显示，与全路面车辆相关联的伤害从 1979 年的 3000 起上升到 1984 年的 64 000 起。仅仅用监测数据本身就能回答产生伤害的一些问题。最重要的问题有：①谁被伤害；②伤害的严重程度。全路面车辆事故受伤害人住院率是13.5%，对照国家电子伤害监测系统平均小于5%的住院率，足见全路面车辆事故的许多伤害确实严重。监测数据显示，遭受这种伤害的多数年龄在25岁以下。涉及的儿童有三分之一年龄在15岁以下。

随着这种最初的发现，通过由国家电子伤害监测系统和其他机构指定的现场调查，对与全路面车辆相关联的最初的伤害的量化和定义进行了补充分析。根据他们的发现设计了多层次的研究。这种深入研究的结果有力地推动了消费品安全委员会、美国司法部和主要全路面车辆制造厂共同签署了全路面车辆许可法令。根据这一法令，不再销售新的三轮全路面车辆，全路面车辆分销商尽最大努力确保他们的代理商不向16岁以下儿童销售成人规格的全路面车辆。

消费品安全委员会的工作人员通过溯及研究调查国家电子伤害监测系统新的全路面车辆伤害，连同其他专门研究共同监测这些规定和其他措施的执行。

2.2.7.12 婴儿行走架

在1993—1994年进行的一项专门溯及研究发现大量的(83%)婴儿行走架伤害涉及跌下楼梯。接近一半的跌下楼梯发生在地下室楼梯。在大约一半这类事故中看护员与行走架内的婴儿在同一间室内或区域。这些研究结果支持设计新的儿童行走架的需要和导致加强儿童行走架的自愿标准。结果有助于防止跌下楼梯而设计新的儿童行走架最近出现在美国市场上。较新的设计或者有在楼梯顶部台阶停止行走架的装置，或者宽度大于室内门口标准尺寸36英寸。

如表2.2所示，在1997年与育儿产品有关的伤害表中，婴儿行走架的伤害列在首位。

表2.2 在美国医院急诊科诊疗的5岁以下儿童与育儿产品有关的伤害估计数*(1997年)

婴儿行走架	15 510
四轮婴儿车和托架	13 290
婴儿架和轿车座(不包括机动车事故)	13 050
婴儿床、睡车和摇篮(包括弹簧床垫和垫子)	8600
高椅子	8270
小围栏	1980
婴儿门或挡护物	1720
可调节桌子	1650
其他	7300
所有产品	71 370

* 估计伤害数舍入成整数。

在加强自愿标准的同时，消费品安全委员会已经考虑婴儿行走架的强制性安全标准，并且已经与少年产品行业就固定的替代产品共同工作。虽然婴儿行走架伤害仍然是一个问题，图2.17显示从1992—1997年婴儿行走架对年幼儿童的伤害明显下降。

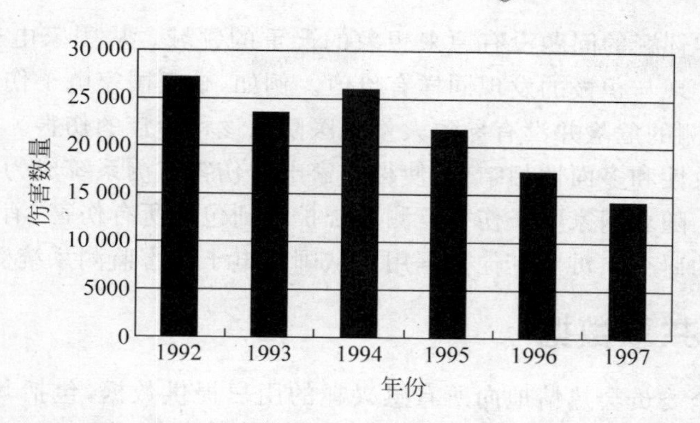

图 2.17 在医院急诊科诊疗的几个月大的婴儿与行走架有关的伤害估计数

随着婴儿行走架符合加强的安全标准，连同提供固定的婴儿行走架设计，消费品安全委员会期待这种伤害继续减少①。

2.2.7.13 购物车

消费品安全委员会给予极大关注的另一个方面是与购物车有关的儿童伤害。如图 2.18 所示，从 1985—1996 年，伤害总估计数显著上升(从 16 900 起上升到 22 200 起)。从购物车上跌下也有明显上升(从 1985 年的 7800 起上升到 1996 年的 16 000 起)。对 1995—1996 年的事故分析显示，66%的因跌下受伤害者接受过头部伤害治疗。超过一半的头部受伤害者遭受到诸如脑震荡和骨折等严重伤害②。

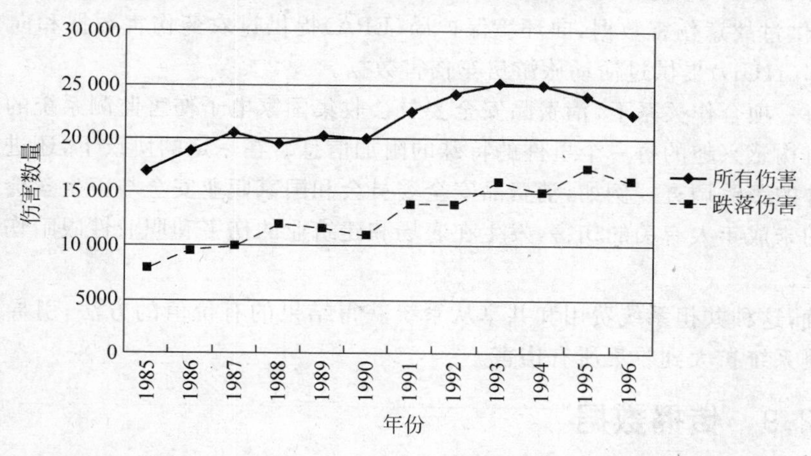

图 2.18 在医院急诊科诊疗的 6 岁以下儿童购物车伤害估计数，1985—1996 年

如前面的例子所示，国家电子伤害监测系统是多面手。它可以迅速给出答案或对复杂问题进行详细分析；它可以用于比较各类产品发生的伤害、跟踪趋势和回答有关与许多不同类型的事故情形相关的非常专业的问题。监测系统的数据已经用于发现

① Jacobson B. (1998). 安全的婴儿行走架. 消费品安全评论，第 3 卷第 1 期，Washington，DC：CPSC.

② 美国消费品安全委员会. 购物车伤害：5 岁以下受伤害者. Washington，DC：美国消费品安全委员会.

问题和找出那些怀疑的问题没有原来想象的严重的领域。从国家电子伤害监测系统得到的负面的发现与积极的发现同样有价值。例如，缺乏国家电子伤害监测系统的伤害报告，证明推测的危险并没有导致大量到医院急诊科诊疗的伤害。

统计的有效性和多面性相结合，使得国家电子伤害监测系统成为伤害研究人员非常有力的工具。随着国家电子伤害监测系统扩大到包括所有伤害，消费品安全委员会期待着有更多的研究人员和其他数据用户从国家电子伤害监测系统受益。

2.2.8 共享数据

消费品安全委员会热情地向所有感兴趣的用户提供数据，包括其他政府机构、其他研究人员和公众。

消费品安全委员会向其他政府机构无偿提供日常收集的数据。但是，如果其他政府机构需要特殊的附加数据，这些机构可以与消费品安全委员会签订提供附加数据的部际协议。这个策略意味着两个机构能够通过分享一个现成的系统达到共同的目的。这种共享还能更有效地利用税金，因为一个系统为两个或更多的合作伙伴服务。

从 20 世纪 70 年代开始，消费品安全委员会通过部际协议已经与一些其他政府机构共享其数据系统的能力。在最近几年，消费品安全委员会向国家公路交通安全管理局(NHTSA)提供了汽车安全气囊伤害数据，向国家职业安全与卫生学会(NIOSH)提供了职业伤害数据，向食品和药物管理局(FDA)提供了医疗设备伤害数据和向疾病控制中心(CDC)提供了枪支伤害数据。消费品安全委员会以前还向司法统计局(BJS)提供过故意伤害数据，向环境保护局(EPA)提供过农药伤害数据和向住房与城市发展部(HUD)提供过活动旅游房车伤害数据。

在每一项合作关系下，消费品安全委员会收集国家电子伤害监测系统的日常数据和其他机构感兴趣的每一个事件的特殊的附加信息。在一定的协议下，还进行特别感兴趣事件的跟踪调查。例如，消费品安全委员会和国家职业安全与卫生学会对与工作在饭店的未成年人有关的伤害，发生在农场和建筑业的伤害和职业性眼睛伤害进行过联合调查。

的确，这种共担系统费用和共享从系统获得结果的有价值的方法，引导国家电子伤害监测系统扩大到收集所有伤害。

2.2.9 传播数据

在国会建立消费品安全委员会时，强调通过新的机构广泛地共享信息，并且为此目的成立了国家伤害信息情报交换所[消费品安全法规，第 5(a)(1)节]。情报交换所保存由国家电子伤害监测系统收集到的数据以及其他与消费品有关的伤害信息，根据需要向感兴趣一方提供这些资料，通常以电脑打印件的形式提供。请求人可以用书面形式、消费品安全委员会维护的网站或免费热线电话向情报交换所要求所需要的信息。

2.2.10 使用国家电子伤害监测系统数据的其他出版物的例子

(1) 与非致命性枪支有关的伤害的全国估计。
(2) 在美国与小型炸弹和弹丸枪有关的伤害的现时危险。
(3) 在美国与非致命性和致命性枪支有关的伤害率的趋势。
(4) 与个人船舶有关的伤害。
(5) 在医院急诊科诊疗的与暴力有关的伤害。
(6) 在急诊科诊疗的与工作有关的青年人伤害的详细分析。
(7) 直线滑冰的伤害危险因数和有效的安全装置。
(8) 青年棒球保护设备项目最终报告。
(9) 与自动门有关的伤亡。
(10) 与扫雪车有关的危险。

2.3 NEISS 编码系统

2.3.1 NEISS 编码手册

2.3.1.1 简介

消费品安全委员会的主要任务是减少消费品有关的人身伤害和死亡。在过去的25年多来,国家电子伤害监测系统(NEISS)为美国医院门诊室中处理的和消费品有关的人身伤害数量和严重程度的统计提供了重要的帮助。这一个系统为其他对人身伤害进行监测的国家提供了一个范例。

通过统计学的计算,医院被选中加入NEISS系统,代表美国国内其他相似的医院。坦率地说,报告的每一个人身伤害病例的重要性不光在其本身,同时它还会根据一定的权重被放大,表示所代表的其他医院中诊治的类似病例。报告从根本上决定了我们是否能够减少消费品造成的人身伤害和死亡数量。每一份报告必须尽量详尽完备,这一点非常关键。

国家电子伤害监测系统的成功来自数据的准确性和及时性。必须仔细的对每一个病例进行确认和编码,同时确保该病例成功地输入到电脑里面。其中最重要的信息是病人的信息,事故的情况,伤害情况和涉及的产品。必须和所有急诊室病历信息输入有关的人员紧密合作。如果没有他们的帮助,数据就可能不完善,只是建立在猜测的基础上,同时对产品的确认也会产生错误。

检查医院记录的同时,选择需要报告的病例。每天(或者每一次在为国家电子伤害监测系统提供信息时),请检查所在医院自上次提交报告以来出现的所有急诊室病例,以便确定是否提及了在研究范围内的所有伤害和疾病病例。确定各时间段该医院的急诊室中诊治的病例都已经经过检查。特别要注意,有一些急诊室病例的治疗地点和医院急诊室所在的实际地点是不同的。例如,我们知道成年人的急诊室治疗不同于儿科的急诊室治疗,还有外伤科,烧伤科,以及住院部。将所有有完整门诊记录的死亡病例收录齐全。同时也要收录事后进入同一家医院或者转移到其他医院的病例。

2.3.1.2 国家电子伤害监测系统报告的一般规则

1. 制作报告

包括所有到医院就诊的和消费品有关的急诊病例,包括急诊室的病例,医院收治,外伤科,烧伤科以及转到其他医院的病例。

2. 定义

所谓和产品有关指的是所有 5 岁以下儿童的化学品中毒或者烧伤病例,以及所有受伤过程中涉及消费品以及编码手册及其附录中指明需要报告的体育活动或者娱乐活动的病例。另外,只有在发病时期涉及消费品/活动的情况下才需要对该病例进行编码。

消费品是任何用于家庭内部或周围,学校或者娱乐场所消费者使用目的生产或者分发的物品。

如果发现某一种产品没有出现在编码手册中,但是您认为该产品应该上报,可以使用产品编号 9999 上报该产品,这是在 NEISS 给出正式编码之前使用的一个临时编码。注意:5 岁以下儿童因为化学品烧伤或者中毒产生的情况例外,此时使用编码 5555。

3. 范围

需要上报的情况:在体育娱乐活动中产生的伤害,自行车甚至是摩托车相关的伤害,楼梯、斜坡、地板、墙面、电梯、手扶电梯等相关的伤害,不管是不是用于消费者。涉及任何婴幼儿用品或者护理用品的伤害。涉及玩具和游戏的伤害。与纤维、家用物品、家用加热和冷却设备等造成的火灾有关的烧伤和缺氧。

通常不需要上报的伤害经过特殊研究以后可能需要上报,例如为柴油控制中心收集的与火器有关的伤害。在上报与之相关的伤害时并不需要确定是否该产品有问题。将所有和上述条件吻合的病例无一遗漏地上报。如果不是十分确定,也将其上报。如果有问题拨打所属的 CPSC 总部的代表,以寻求指导。

不需要上报的情况:和国家电子伤害监测系统编码手册中以字母表顺序排列的无需上报表格中列出的产品相关的伤害。与没有被消费品安全委员会包含在内的产品相关的伤害:如汽车和摩托车、火车,船只或者飞机、火器、食物、违禁药品、医疗设施等。与药物、医疗、化妆品或者杀虫剂有关的伤害,但是对 5 岁以下儿童造成的伤害除外。人身伤害或者自杀未遂,除了事件双方年龄不超过 12 岁的情况除外。住院伤害,以前在本医院或其他医院治疗过的伤害。

与消费品不相关和/或不属于国家电子伤害监测系统范围从而不需要上报的伤害的具体情况:没有消费品涉及其中的事故,如摔倒在地面上、道路边摔倒、手臂被父母拉伤、被石头砸伤、摔倒在马路边的水泥人行道上。由于成活植物,树木,灌木造成的伤害等。由于当地政府设备或设施,如消火栓、电话亭、交通信号、商业邮筒、人行道、街道等造成的伤害。由于碎玻璃、碎金属片或者其他未知产品的一部分造成的伤害。

2.3.1.3　编码和数据输入

每天(或者周期性地)对该医院所有的门诊病例进行检查,并对适合的病例进行编码。确保从上次对病例编码以后治疗的所有可报告病例没有任何遗漏。把门诊病历按照日期进行分类,输入数据。

相对于一个伤害事件的第一次就诊,如果该病人第二次因为不相关的伤害或者疾病回到该医院的急诊室,则需要将两次就诊分别汇报。

编码包括如下变量:治疗时间、病例数量、出生日期、病人年龄、病人性别、诊断、受影响的身体部位、病情、提及的产品、是否是有意、事故地点、是否有火灾、是否和工作有关、种族和民族、其他种族和/或民族、评论等。无论事先想得有多么周到,还是无法预见在上报 NEISS 病例过程中出现的所有问题。如果遇到任何问题,可拨打消费品安全委员会的免费电话。

对于每一个需要汇报的变量都有一个相应的章节,编码的具体要求如下:

1. 治疗时间编码(8 位)

将病人就诊的日期进行编码,治疗日期(8 位),对于日和月各使用两位数字表示,对于年份使用四位数字表示,同下面的顺序。当日或月的数字为一位数的时候,在数字前面加零,例如,1 变成 01,2 变成 02,依次类推。例如:治疗日期为 2000 年 7 月 17 日,编码是 07/17/2000。

2. 病例编号(8 位)

对于国家电子伤害监测系统来说,每一个特定日期诊治的病例必须有一个唯一的号码。对于急诊室记录或者病例编号最多可以使用 8 个数字。例如:急诊室病例编号为 12345678。如果医院对病例编号使用 8 位以上数字,只要将最后 8 位编码即可。例如:急诊室病例编号为 956781234,则编号是 56781234。不要将医院病例编号上可能出现的任何字母写进病例代码。遇到字母可以用 0 代替。例如:急诊室病例编号为 EA123456,则编号是 00123456。

3. 出生日期

如果可行,将病人出生日期输入。系统会自动计算并插入病人的年龄。

4. 病人年龄(3 位)

当没有病人出生日期的时候,必须输入病人的年龄。

对于 2 岁以下的儿童,以月为单位进行记录。为了区别显示以月作单位的年龄记录,在年龄代码的第一位输入 2。婴儿的年龄以足月表示,例如:4～7 周的婴儿年龄为 1 个月。年龄小于 1 个月的婴儿以 1 个月计算。例如:年龄为 3 周,代码是 201;4 周代码是 201;7 周代码是 201;10 周代码为 202;9 个月代码为 209;18 个月代码为 218。

对于 2 岁或 2 岁以上的病人,以年为单位计算年龄。例如:年龄为 2 岁,代码是 2;8 岁代码是 8;无记录代码为 00。

5. 病人性别(一位)

用下面三个数字中的一个表示病人的性别。男性代码为 1,女性代码为 2,无记录代码为 0。

6. 诊断(两位)

诊断代码列写在表格中。使用住院医师的诊断来确定伤害的情形。如果住院医师的诊断无法找到,使用专业医疗人士提供的诊断信息来选择合适的代码。如果记录当中没有医疗人员的诊断,可通过查阅病人的病情和治疗情况来推断出最符合逻辑的诊断。

但是,要知道医院所使用的诊断术语和国家电子伤害监测系统使用的诊断术语并不总是相同的。要仔细阅读国家电子伤害监测系统对于特定类型的诊断进行编码的规定,以便了解对于选中的事故如何说明以及汇报。例如:医师的诊断可能是"摄入5片补铁药片"。对于国家电子伤害监测系统来说,该诊断就是"中毒"。门诊室的记录中出现的词语"缺氧",可能表示受害人由于吸入漂白剂的气味。这时,根据下面的定义,国家电子伤害监测系统对这种情况的编码还是"中毒"(吸入了蒸汽、气体、气味)。在为国家电子伤害监测系统对伤害诊断进行编码的时候,一定要将所有的医疗信息与国家电子伤害监测系统诊断汇报的规则综合起来。当然,如果对编码产生疑问,可以向国家电子伤害监测系统代表电话询问。

当急诊室记录上面出现多项诊断时,将看起来最为严重的一项诊断进行编码。其他项目可以写进注释部分。

如果输入诊断代码71(其他/未作说明),光标会跳向"其他诊断"区域。这就要求在该区域输入一串文字,对该诊断进行描述。

由于我们对儿童特别关注,所以当有5岁以下的儿童由于某种没有编写在编码手册上的产品而受到化学品烧伤或者是中毒的时候,或者当该产品的代码有下划线的时候,请在汇报该病例时使用产品编码5555。诊断代码表见表2.3。

表2.3 诊断代码列表

诊断	代码
截肢	50
缺氧	65
吸入异物	42
撕裂	72
烫伤,灼伤(热液体或者蒸汽)	48
烫伤,热烫伤(明火或者是高温表面)	51
烫伤,化学品(腐蚀性化学品,等等)	49
烫伤,辐射(包括所有由紫外线、X射线、微波、激光束、放射性材料等造成的细胞损伤)	73
烫伤,电器	46
烫伤,未说明	47
脑震荡	52
擦伤,撞伤	53
压伤	54
牙齿损伤	60
皮炎,结膜炎	74
脱臼	55

续表

诊　断	代码
电击	67
异物	56
骨折	57
血肿	58
出血	66
摄入异物	41
内伤	62
划伤	59
神经损伤	61
中毒	68
穿孔	63
拉伤或扭伤	64
淹没(包括溺水)	69
其他/未说明	71

部分诊断的定义：

(1) 缺氧：使用代码65，当病人不能吸入充足的氧气，是由于呼吸受阻或者是氧气缺乏造成的。当出现下列情况时使用缺氧代码：当诊断为绞扼，窒息或者昏厥；病人吸入可燃气体，如一氧化碳，烟气，烟灰等(例如，房屋着火，加热家用电器或者露营设施)。

(2) 吸入异物：使用代码42，当某物导致窒息，或者阻塞在鼻腔、肺部或者是鼻腔和肺部之间的呼吸道中。通常该异物不应该导致中毒或者缺氧(缺乏吸收氧气的能力)。这些异物中比较普遍的例子有，图钉、豆子、小电灯泡，甚至是药丸。当病人在喂食液体的时候发生窒息，并且医院的记录对该事件描述为吸入异物，则使用吸入异物的代码。

(3) 烫伤：包括化学、电击、灼伤、热烫伤、辐射等造成的烫伤。如果住院医师的诊断不是非常充分，有时可以从事故的类型或者所涉及的产品来推断烫伤的类型。烫伤情形见表2.4。

表2.4　烫伤情形表

情　形	代　码
病人由于开水浇在手臂上而烫伤	48 灼伤
由于接触酸碱或腐蚀性物质	49 化学烫伤
由于化学物品燃烧引发	51 热烫伤
由于可燃液体着火造成烫伤(汽油、煤油或者打火机油)	51 热烫伤
电弧电气产品造成的烫伤	46 电器烫伤
由于辐射、紫外线、微波、激光或者放射性材料造成的烫伤或者细胞损伤	73 辐射烫伤
由于暴露在太阳灯下造成的烫伤	51 热烫伤
肺部烫伤	62 内伤

注：对于热烫伤，请在注释中说明是由于明火还是由于高温表面造成。

(4) 窒息：只有当诊断为“窒息”，同时造成窒息的物体是不可溶的(例如：玩具)，或者是半可溶的(例如，泥灰)，编码为42，吸入异物。

(5) 摄入异物：使用编码41，必须同时满足下面两个条件：病人吞入一个不可溶的固体，也就是说一件不能溶解于液体的东西；被吞入的物体不太可能造成中毒。

一些通常比较容易被吞下的东西为，硬币、玩具的一部分，纽扣、钉子、蜡笔等。这些异物可以残留在体内，也可以不留在体内。

我们认为食道不是呼吸道的一部分，所以任何物体进入食道应该看做是摄入。

(6) 中毒：代码68，当病人出现下列情况时使用该代码：①吞食了液体或可溶性化学品或者是药物/药品(可以造成中毒的化学品包括家具的亮光漆、漂白剂、打火机油、油漆、汽油和酒精等。家用的非液体物质例如焦炭、粉末清洗剂、洁厕片、起泡化合物，以及固定室内除臭剂等。这些物质是可溶于液体的)。②吸入蒸汽，气味或者气体(例如，化学品清洁剂，或者燃料)。(特例：一氧化碳和火灾释放的烟雾以缺氧症编码)。③由于吞食了液体或者可溶性化学物或者是药物而产生过敏性反应(包括肿胀，皮疹等)。

(7) 其他/未说明：如果诊断索引表中所有的诊断都不适用，填写代码71，代表其他/未说明。当用代码71记录，请将实际的诊断写在“其他诊断”栏目中。

7. 受损的身体部位(两位)

表2.5中列写的代码表示受损的身体部位。一般来说，如果受损的不止一个身体部位，可以将受损最严重的身体部位进行编码。同时在注释里记录身体受损的其他部位。

表2.5 身体部位表

受损的身体部位	代码	受损的身体部位	代码
下臂(不包括肘部和手腕)	33	小腿(不包括膝盖和脚踝)	36
上臂	80	大腿	81
脚踝	37	嘴部(包括唇、舌以及牙齿)	88
耳朵	94	颈部	89
肘部	32	阴部	38
眼球	77	肩膀	30
脸部(包括眼睑、眼部区域以及鼻子)	76	脚趾	93
手指	92	下身	79
脚部	83	上身(不包括肩膀)	31
手	82	手腕	34
头部	75	身体25%～50%的面积	84
内部(适用于摄入或者吸入)	00	全身(身体面积的50%以上)	85
膝盖	35	无记录	87

关于选中的伤害种类中涉及的身体部位的叙述涉及背部损伤、烧伤、严重损伤、眼部损伤、头部损伤以及影响全身损伤的相关规则。

(1) 背部损伤：对于所诊断的背部损伤，如果可能的话，需要确定是上面部分(上身/腰胸椎)，代码为31，或者是下面部分(下身/腰椎)，代码79，受到损伤，然后进行相应的编码。上下躯干之间用腰部或者肚脐进行区分。如果诊断中仅仅说明“背部受伤”，使用代码31，上身受伤。(注：对于颈椎，适用颈部，代码89。)

(2) 烧伤：如果只有某一个身体部分受伤，对该身体部分进行编码。如果受伤的身体部分多于一个，只需要把受伤最严重的身体部分进行编码。对于烧伤面积占身体25%以内，对受伤最严重的部分进行编码。对于烧伤面积占25%～50%之间的情况，使用代码84，对于烧伤面积超过身体总面积50%的情况，使用编码85。

(3) 严重伤害：对于手臂或者腿部受伤，如果有可能的话请确定是上臂受伤(编号80)还是下臂受伤(编号33)，是大腿受伤(编号81)还是小腿受伤(编号36)，然后进行相应的编码。如果诊断书上只是说明“手臂受伤”或者“腿部受伤”，使用代码33；下臂，或者代码36，小腿。

(4) 眼部受伤：对于眼皮、眉毛，或者眼睛周围区域的伤害，使用代码76，脸部。对于眼睛本身受到的伤害，使用代码77，眼球。

(5) 头部受伤：当对头部受伤进行编码的时候，只对最严重伤情的诊断进行编码。当没有明确的头部受伤诊断时，可以作为内部器官伤害进行编码(62)。对某一个明确的诊断进行编码的时候不需要参照将最严重伤害进行编码的例子。例如，硬膜下血肿、出血之类的“头部内伤”也可以作为内部器官损伤进行编码(62)。如果诊断中只说“头部血肿”，则该诊断只能作为血肿(58)进行编码。当头部受到两处损伤时，只对最严重的损伤进行编码。

(6) 全身受损时的诊断：如表2.6所示，身体编码85必须配以四种诊断，身体所有部分，在身体部分空间以内。另外，身体部分编码00必须配以两个诊断，内部。这些诊断是：

表2.6 全身受损时的诊断

诊　断	诊断编号	身体部分编号
缺氧	65	85
电击	67	85
中毒	68	85
淹没(包括溺水)	69	85
吸入异物	42	00
摄入异物	41	00

8. 病例处理(一位)

使用表2.7面给出的代码来表示急诊室中出现的病例的处理。

表 2.7

处　理	编　码
经过治疗出院，或者经过检查无需治疗即可出院	1
经过治疗后转入其他医院	2
经过护理后住院(在同一家医疗机构)	4
住院观察	5
消失无踪/不听医嘱离开	6
死亡，包括滥用药物，在急诊室中死亡	8
无记录	9

注：当病人没有被医院收治，但是转到本医院别的部门进行治疗的时候，使用代码1。

9. 消费品中所涉及的产品(两个产品，每个占用四位)

国家电子伤害监测系统最多为造成损伤的两种产品提供两个四位数的空间。参考产品编码表格，然后选择最合适的产品编码。所有的产品都可以在字母表排序的索引当中找到分类。但是，如果需要别人帮助你确定一个案例的代码，可以使用9999或者致电国家电子伤害监测系统的代表。国家电子伤害监测系统代表会回电或者发送信息，提供病例编码的指导。

当涉及损伤的产品只有一个，将产品的编码填写在“首次产品编码”的空间，同时将“二次产品代码”的空格填上四个零(0000)。当某种伤害涉及两种产品的时候，任何一个产品可以作为首次产品进行编码，另一个作为二次产品进行编码。

例：一个11岁的男孩骑自行车时，撞上了秋千。

代码：产品一＝5040(自行车)以及产品二＝3246(秋千)

或者：代码：产品一＝3246(秋千)以及产品二＝5040(自行车)

特例：当涉及一种伤害的两种产品为同样产品，不需要对第二产品进行编码；只要在“第二产品”中填上零即可。例如，如果两个人玩滑板时相撞，对滑板进行编码，1333，作为首次产品，对第二产品的编码为0000。

只要有可能就说明具体的产品信息，而不是大概的产品类型。例如当涉及锯子的时候，要写清楚是否是皮带锯、袖珍环形锯、旋臂锯、手锯、线锯，等等。为了得到这些详细的信息，编码者不断地督促医院的接待员、护士以及医师记录具体的产品信息。如果不能得到这些信息，至少要强调了解产品是电动还是机动(用汽油或者电力)或者没有动力或者是手动的(例：电锯和手锯)。如果某些产品没有明确说明是“电动”，“有动力”或者“机动”，不要随便下结论。使用代表“没有明确说明”的代码或者当没有代码的时候使用手动产品的代码。

10. 该伤害是否是故意造成的(一位)

故意伤害或者下毒是以人身伤害或者杀人为目的的行为。这种伤害可能是某一个人造成，也可以是另外一个人造成的，甚至可以是自己造成的。使用表2.8范畴中的一个来说明：①是否该伤害确定是故意造成的还是怀疑是故意造成的(例如：对受害人为年龄不超过12岁的儿童的袭击或者是自我伤害，或者是否对任何年龄段的人士使用火器——编码1和2)；②是否是在执法过程中涉及火器引起的伤害(编码3)；③是否是无意的行为，包括意图不明/不明确的行为(编码0)。只要不是对年龄不超过12岁的人的故意伤害，或者没有火器涉及，就应该编码为0。

表　2.8

伤害意图	编码
袭击/故意伤害(确定或者怀疑)	1
自身伤害，包括自杀或者自杀未遂(确定或者怀疑)	2
司法介入过程中造成伤害，和火器相关(由于执法行动造成)	3
无意(意外)伤害或者意图不明/不明确	0

这些范畴的定义：

袭击/故意伤害——编码1：当受害人年龄不超过12岁，同时事故和产品相关，包括所有确定的或者怀疑的有一个人对另外一个人进行的伤害以及下毒案例。同时包括任何火器造成的事故，不管年龄大小。这里包括故意和无意的暴力行为受害者。

自身造成的伤害——编码2：包括自杀和自杀未遂，不管是确定的或者只是怀疑，同时医疗记录显示当事人年龄不超过12岁，同时当时正试图杀人，并且涉及一个可以进行编码的消费品。同时包括任何自身造成的枪伤，不管年龄大小。

司法介入——编码3：包括由于警察或者执法人员在执法过程中使用火器造成的伤害。

非故意(意外)或者是意图不明——编码0：包括所有非故意造成的伤害和中毒，包括描述为“意外”的事故，不管是由谁造成的伤害。同时还包括急诊室记录当中没有说明意图的病例。

11. 事故地点(一位)

为了说明事故是在什么地方发生的，适用表2.9给出的编码中的一个。

表　2.9

事故地点	编码	事故地点	编码
家	1	工业地点	7
农场/草场	2	学校	8
街道或者公路	4	娱乐或者体育场所	9
其他公共设施	5	没有记录	0
建造(移动)住宅	6		

国家电子伤害监测系统中每一个事故现场的编码包括的具体地点在下面列出：

(1) 家中(住宅、公寓、住宅楼、等)——编码1包括：病人自己的住处、别人的住处、领养人住处、家中的房间、家中的门廊或庭院、家中的后院或者花园、家中的车库或者车道、住宅内的走道、农屋等。

(2) 农场/草场——编码2包括：土地、草地、农场、谷仓或其他室外建筑。不包括：在一个农舍附近的农舍或者车道、后院、花园等(见住宅代码)。

(3) 街道或公路——编码4包括：马路、小路、道路(铺设或者没有铺设等)、公路或者其他任何道路。

(4) 其他公共设施——编码5包括：商店、办公室、餐馆、教堂、酒店或者汽车旅店、医院、护理中心、其他医疗机构、成人护理机构、兄弟/妇女联谊会、剧院、走道(不包括家里的走道)、其他公共设施、停车场/车库。

(5) 工业场所——编码7包括：工厂、铁路厂、仓库、工厂或者商店的装卸地、建筑工地。

(6) 学校——编码8包括：儿童日托机构以及任何形式的学校、护理中心、小学、高中、大学、商学院等。

(7) 文体娱乐中心——编码9包括：保龄球馆、游乐场、体育场或体育馆、湖、山，或者海滩度假村、公园、沙滩或者娱乐场所(包括水域)。

(8) 没有记录——编码0包括：急诊室记录中没有说明的地点。

12. 是否涉及火灾(一位)

涉及火灾的按表2.10情形编码。

表 2.10

涉及火灾情形	编码
涉及火灾并/或吸入烟气——有消防人员救火	1
涉及火灾并/或吸入烟气——无消防人员救火	2
涉及火灾并/或吸入烟气——无记录表明消防人员救火	3
没有火灾，或没有火势/烟气的突然蔓延	0

13. 涉及火器的与职业有关的事故(和工作有关)(一位)

使用该变量来表明该受害人是否是由于和工作相关的活动受到伤害。只有和火器相关的病例才能被认定为和工作相关(编码1和编码3)，见表2.11。

表 2.11

和工作相关	编码
和工作相关：在工作时发生(不包括军事行动)	1
和工作无关：没有在工作时发生	2
和工作相关：军事行动	3
没有记录	0

只有在下列情况下一个事故才是和工作相关的：该事故涉及火器并且事故发生时“在工作”，“在岗”或者是“职业性的”，或者急诊室的记录说明该事故和工作有关，例如，“追捕疑犯时被枪击中头部”或者“送比萨饼时被枪击中头部”，或者在为某个机构进行志愿活动时发生，例如志愿消防员，支援医院义工(例如剥糖果)或者慈善组织的志愿者，例如在收容所中的志愿厨师，或者在农场，或者任何其他和家庭业务有关的事

务中，包括受害人是小孩的情况，例如“当用BB枪驱赶谷仓中的猫头鹰时，手指卡在枪筒里”，或者“在父母的餐馆里面打扫时被来历不明的袭击者用枪打伤”。在工人补偿条例中涉及的情况。

14. 种族(一位)

将急诊室记录上面病人的种族进行汇报。在种族不是“白人”也不是“黑人”的时候使用“其他”。如果选用“其他”种族代码，同时在种族/其他的自由文字区域说明病人的种族或者民族(表2.12)。

表 2.12

种 族	代 码
白人	1
黑人	2
其他	3
急诊室记录中没有说明	0

15. “其他”种族或者民族(15位)

如果使用“其他”，请在编码后面的自由书写区域内说明病人的种族或者民族。在门诊部中常见的“其他种族”的条目有：美籍印度人或者阿拉斯加原住民、亚裔或者太平洋群岛居民、西班牙裔。如果某一个种族为“白人”或者“黑人”，输入光标会停在自由书写区域，等待您输入病人的民族(例如“西班牙裔”)。

16. 注释(两行，每行71个字符)

每一个病例必须带有描述性的注释或者评语。将这些评语输入到编码条目后面紧接着的两行“评论”中。确保将受损的身体部分和诊断写在评论中。注释包括如下内容：

(1) 事故发生的顺序

这些注释包括事故发生的时候病人在做什么(事件发生的先后顺序)，涉及的产品以及事故发生的地点。逐字逐句引用急诊室记录上面实际使用的词汇。提供和该信息有关的医师、护士以及工作人员信息。当诊断部分使用“其他”时，要在注释中说明原因(例，实际诊断)。

例：31岁女性昨天晚上被玩具绊倒，现在脚趾疼痛。诊断：脚趾拉伤。14岁男性踢足球时扭伤膝盖。症状，膝盖疼痛，诊断：膝盖扭伤。23岁男性被篮球击中嘴部。诊断：嘴唇划伤。

(2) 品牌名称

只要可以，将该伤害涉及的产品品牌的名称或者生产商的名字录入。在没有其他信息可以识别产品时，类似于“泰国生产的玩具娃娃”或者“英国生产的自行车”可能会有所帮助。

(3) 产品描述

每当将一个产品作为“其他”进行编码时(例如，其他婴儿篮；家具，其他；其他药物或者医疗品等),要在注释区域对该特定产品进行描述。

同样地,类似于餐具,手动清理设备等产品,要在注释中说明具体的产品类别(例如,糖罐子,扫帚)。关于体育运动的产品编码也要求识别涉及的运动项目以及和伤害有关的任何设备或者器具。另外,只要产品的编码为1866(发生火灾的住宅或者房间的通用编码),当知道是哪个房间时(例如卧室或者起居室),需要将涉及的房间写进注释中。

产品识别越明确越好,如果不确定某一个产品编码是否需要展开描述,可将其他细节加到注释中。

2.3.1.4 对收集到的信息保密

消费品安全委员会会对选中病例的详细信息安排电话和现场访问。对于选中的病例,国家电子伤害监测系统的医院编码人员需要提供病人的姓名、地址以及电话号码。在调查结束以后识别病人的信息会从消费品安全委员会的记录中删除。任何时候都要对病人的信息进行保密。

2.3.2 NEISS产品编码系统

2.3.2.1 产品编码简介

国家电子伤害监测系统从1972年开始就一直是涉及消费品造成的伤害的一个重要信息来源。从建立以来,国家电子伤害监测系统经历过数次重新设计和更新。1978年10月,1990年1月,1991年1月和1997年1月是其中比较大规模的更新。

1978年10月,对系统进行的重新设计包括其他方面的改进。代码得到扩充,涉及伤害的诊断,身体部位,还涉及火灾和摩托车,事故发生的地点,药品和其他可能有毒的物品容器对儿童的密封。同时,还要求国家电子伤害监测系统中的医院一旦发现在门诊中出现的事故伤害中,如果涉及两种以上产品,必须对两种产品进行明确编码,同时对第三种产品是否涉及的情况进行编码。

1994年1月,还对火灾和摩托车的涉及情况、地点、伤害程度以及年龄的编码进行了修改。这些修改内容在国家电子伤害监测系统编码手册中有所描述。

该国家电子伤害监测系统产品编码比较表格按照数码顺序列出了消费品安全委员会中曾经使用过的所有产品编码。同时它还说明了对产品编码进行的所有变更,以及变更的事件。框架左边的星号(*)说明该编码现在已经不再使用。比较表格中的"说明"能够让国家电子伤害监测系统数据,消费品安全委员会死亡证书文件,深度调查文件以及伤害和潜在伤害文件的使用者确定每一个消费品编码的变迁过程。按照字母表顺序排序的国家电子伤害监测系统编码手册包括了产品编码分配和编码定义更加详尽的信息。

1978年对国家电子伤害监测系统进行的重新设计中,有相当的一部分是为了提高对造成伤害的消费品进行编码的准确性而对于冗长的产品分类进行整合。一些不常用到的产品类别合并到了一个编码之中；其他产品组别被分解为更加细致的组别，同时还为新产品增加了一些编码。这些编码的变更从 1978 年 10 月开始生效。另外在 1979 年 10 月，1983 年 1 月，1994 年 1 月以及 1995 年 1 月也对编码进行过较大的修订。

1983 年，很多的产品编码又重新被合并到了比较小的组别当中，同时有不少的编码被删除。不太容易造成伤害，或者造成的伤害不太可能成为消费品安全委员会关注对象的产品种类被删除。在 1994 年的修订过程中，上面删除的一些编码又重新使用，同时考虑到市场上出现的新产品，加进了一些新的产品代码。在 1995 年的修订中，又删除了一部分产品编码同时也加入了一些新的产品编码。

在 1997 年的版本中加入了 16 个新的产品编码，同时说明了被删除的 13 个产品编码。一些被删除的编码通过扩展成为了新的编码。

"时间跨度"一栏中说明了被删除的产品编码存在的时间范围，在该时间段中该产品编码是有用的；对于重新恢复的产品编码，两位数的年份说明了该产品编码得到重新启用的时间；同时，对于当前正在使用中的产品编码，两位数的年份说明了该产品编码开始使用的时间。年份后面的虚线表示该产品编码现在正在使用。国家电子伤害监测系统产品编码比较性表格中引用的"时间跨度"的含义会在下面得到说明。

对于从以前的产品编码中延伸出来的产品编码，会有一个"注释"说明该变动的情况如何。例如，产品编码 0104，带电动干衣机的洗衣机的说明中写明了该产品已经和产品编码 0105 合并，该编码表示带气体干衣机的洗衣机，从而产生了新的产品编码 0135，组合式洗衣机-干衣机（位于一个机体中）。反过来看，关于产品编码 0135，组合式洗衣机-干衣机（位于一个机体中）的注释中说明了现在该产品编码表示的产品以前曾经用产品编码 0104，带电动干衣机的洗衣机；或者用产品编码 0105，带气体干衣机的洗衣机表示。当一个产品编码通过这种方式进行变更以后，使用者应该在所有涉及的产品编码目录下面收集完整的信息。

注释中"已删除"的字样说明某一个特定的编码已经从系统中删除，而且没有在原来的基础上建立新的产品类别。该表格中提供的产品编码标题记录了该标题最近表示的产品形式。在某些情况下，为了形式上统一起见，产品编码的标题会采用新的词语进行表述，但是不会改变其表示的产品范围或者是编码。例如，产品编码 1819 现在的标题是"钉子、螺丝、大头钉和螺母"而不是以前版本的国家电子伤害监测系统产品编码比较性表格以及国家电子伤害监测系统编码手册中见到的标题"钉子、螺丝、木钉或者图钉"。

对于消费品编码所作的一次比较重要的变更是对体育设备和活动进行的重新定义。1978 年，代表一些垂钓器具的产品编码 1210 被产品编码 3223 替代，该编码代表了垂钓（活动，器具和设备）。另外，很多的体育活动编码经过扩展成为了"有组织的"，"非正式的"，或者是"未详细说明的"体育活动的代码。在 1994 年，这些体育运动的代码又重新压缩成为它们原来比较简单的单一产品代码。例如，产品代码 1267，足球，被分解成为了编码3225,正式足球(运动,器具或设备),和3241,非正式足球(运动,器具和设备);以及i3271,足球(运动,器具和设备),没有说明,又重新恢复到了原来单一的编码1278,足球(运动,器具和设备)。

从2000年7月1日开始,第三产品的编码不再使用,取而代之的是对意图的编码。另外,火灾/摩托车变成了单一的消防人员救火。1994年12月从国家电子伤害监测系统中删除的36个产品编码又重新开始启用。在2000年7月1日,新的全外伤研究项目在66家医院中展开(这些是已经开始上报和工作相关的医院)。16个涵盖了一些不再消费品安全委员会管辖范围的产品编码又重新开始在这66家医院启动使用。另外,在这些参加全外伤研究项目的医院中,对于低于5岁的年龄限制,对10种产品编号已经放宽了限制。

2.3.2.2 产品编码的分配

国家电子伤害监测系统所涉及的产品是通过产品编码来进行选择的。产品编码部分为产品以及他们的国家电子伤害监测系统产品编码按照字母表的形式提供了一个列表。当产品编码名称中包括多种产品时,每一种产品都是按照字母表顺序排序的。非常重要的一点是要认识到问题中的时间段内使用的代码是什么。这是因为国家电子伤害监测系统产品代码在不同的时间是不同的。

1. 特定产品编码

参考编码手册中根据字母表排序的国家电子伤害监测系统产品编码章节中的具体产品编码。当急诊室记录中提到电子,气体,便携等词汇时,首先对产品本身进行检索。例如,检索“锯子”而不是“电锯”,检索“毯子”,而不是“电热毯”。

当某一种类型的产品有一种以上的编码存在时,可以根据指导,选择合适的编码,就像下面关于枕头的情况一样:例如枕头就要在下面两项中进行选择:

枕头(不包括水枕)	4050
水床或者水枕	0662

- 标注中有“其他”的产品编码

对于产品编码所说的其他,例如“其他婴儿篮”,只是当门诊记录中说到了某一个具体产品,而这种具体的产品又没有对应的编号时才使用。例:

折叠婴儿篮	1549,其他婴儿篮
大衣橱	4013,其他家具

当使用带有“其他”标注的产品编码时,要在注释中对这一特殊产品进行描述。

- 标注中有“未指定”的产品编码

如果缺乏描述,导致不能正确选择明确的产品编码或者是“其他”编码,可能需要使用“未指定”编码。不是所有的产品组合都有“未指定”编码。在这些情况下,从列出的编码中选择一种最接近的。例:烙铁可从下面几种中选择:

电烙铁	0866
不用电的烙铁	0868

如果烙铁的类型没有明确说明,使用：焊接工具,没有说明 0859

• 标注中有“同时考虑”的产品编码

“同时考虑”是一种涉及许多编码的索引,它提到了和考虑之中的产品相关的其他产品或者产品组。需要考虑这些内容当中哪一个是最适用于本产品的。例：

开瓶器 0422

同时考虑开罐器

成人游戏从下面内容中选择：

录像或者电子游戏

使用：电脑(设备以及电子游戏) 0557

玩具,没有另行分类 5004

同时考虑体育运动

• 在编码范围以外的产品

某个编码范围以外的产品列写在产品编码标题后面的括号当中。这些产品会在字母顺序表格里面其他地方以其自己的单独编码出现。例：

手动清洗设备(不包括：桶和提桶) 0480

手动清洗设备的条款指明了对于桶和提桶有另外的条款。该条款在字母顺序列表的下面部分。

桶或者提桶 1143

• 编码中包括的产品

除了玩具以外,除非一个产品的编码中有明确的单词或者词组对其进行界定,该产品编码囊括了该类产品中所有不同的款式。例如,“电视”包括了所有尺寸的、黑白的、彩色的、立式的或者柜式的电视机。

• 产品零件

对于仅仅由于产品的某一个特定的部件造成的伤害,可以对该产品整体上进行编码(表 2.13)。如果源产品没有说明(例如,玻璃碎片,金属片,木头,塑料等),不要对产品进行编码。

表 2.13

情　况	产品编码
被电视电线绊倒受伤	0572,电视机
台阶上受伤	1242,台阶或者斜坡(游泳池和水边台阶除外)
碎玻璃造成的伤害	不要进行编码
挡风玻璃碎片造成的伤害	1826,挡风玻璃

玩具只有在明确指出该产品是玩具的时候,才能将其认为是玩具(例如,模拟钱币,玩具手表,玩具车等),或者根据记录中的信息可以肯定该产品是玩具时,也可以将

其认定为玩具(表 2.14)。

表 2.14

情　况	产品编码
小孩在家中院子里用铲子挖土时划伤	1403,其他无动力工具
小孩在护理中心院子里摔倒时被玩具铲子磕伤嘴唇(明确指出"玩具")	5004,玩具,没有另行分类
2岁的小孩被从麦片盒内取出的塑料小勺划伤,发生在邻居家的砂箱中(根据急诊室记录中的信息认定为玩具)	5004,玩具,没有另行分类

• 体育和游戏

伴随体育代码的诸如"活动,服装或者设备"的词汇,说明任何在体育活动或者游戏过程中造成伤害的服装或者设备也作为该体育产品编码的一部分进行编码。另外,在注释中说明服装和设备的具体部件,例如:橄榄球头盔,网球拍,滑雪板套,等等。

但是,如果没有提到服装或者设备,但是说明了体育运动或者活动的具体内容,应使用该体育项目的产品编码将该病例上报(表 2.15)。

表 2.15

情　况	产品编码
被学校里扔过来的网球拍打破了头	3284,网球(活动,服装或者器具)
在娱乐中心打网球时扭伤脚踝	3284,网球(活动,服装或者器具)

• 5岁以下儿童中毒或化学品烧伤

当对5岁以下儿童中毒或者化学品烧伤的案例进行编码时,如果该产品不是消费品,或者该产品类型不明,所以无法在字母表组序的列表中找到相应的产品编码,可以使用产品编码5555上报该案例。

手册中没有找到的新消费品的代码。

如果确信一个病例涉及一种消费品,同时又无法确定一个合适的产品代码,或者对任何一个病例中的产品编码有疑问,但是又不能和国家电子伤害监测系统代表进行磋商,则可以暂时使用编码9999。国家电子伤害监测系统总部的员工会对这些病例进行研究,最终决定:①可以使用现有的国家电子伤害监测系统产品编码;②需要在手册中加入一个新的产品编码。不管如何,国家电子伤害监测系统代表人会在研究病例结束以后与您联系。

2. 特殊类型事故的产品编码

下面列写的是一些需要进行特殊编码处理的情况。

(1) 易燃纤维

如果一个烧伤或者吸入烟气的病例是由于易燃纤维直接造成的,可以通过下面的编码方式最多对两种产品进行编码:火源(例如炉子,便携式取暖器,露营灯,或者其他能够引起火灾的物品),以及首先着火的物品(例如毯子,衣服,窗帘,套子,等等)。

对于国家电子伤害监测系统来说,哪一个物品作为第一产品或者第二产品进行编码是无所谓的。

在以“火灾”为题的部分中，输入编码1、2或者3来表示该事故涉及吸入烟气，突然起火或者冒烟，或者火势或者浓烟的突然蔓延，以及是否有消防人员来救火。（见关于涉及火灾的章节。）

（2）房屋起火

当涉及房屋起火和/或吸入烟气的案例，同时没有指明确切的产品名称时，使用产品编码1866（通用于住宅或者房间起火）作为第一产品编码。例如，当急诊室记录将事故描述为“住宅起火”或者“地下室起火”，同时没有其他信息时，可以使用该编码。如果房屋起火，同时又说明了明确的消费品，可以只对该消费品进行编码。如果该火灾涉及火器（1935，3224或者3253），应该将1866和该火器同时进行编码。

另外，当记录中没有提到产品时，使用1866作为第一产品编码。

在火灾一栏中输入编码1、2或者3，以表明该事故涉及吸入烟气，突然起火或者冒烟，或者火势或者浓烟的突然蔓延，以及是否有消防人员来救火。如果可以，当使用1866时，在注释中说明着火的具体房间（例如卧室，起居室）。

（3）产品起火

产品起火可以是大面积火灾（着火/火焰）或者是局部着火（冒烟/焖烧）。将涉及的具体产品进行编码。

在火灾一栏中输入编码1、2或者3，以表明该事故涉及吸入烟气，突然起火或者冒烟，或者火势或者浓烟的突然蔓延，以及是否有消防人员来救火。

（4）热水

当一个伤害涉及热水时，将热水的来源作为产品进行编码（例如茶壶，水池，洗澡盆，等等）同时使用编码1934，热水，作为另外一个产品编码（表2.16）。

表　2.16

情　况	产品编码
小孩被茶杯里溅出来的热水烫伤	0453，咖啡及或者茶壶，每一指明和1934，热水
小孩在洗澡时被热水烫伤	0611，浴缸或者淋浴器和1934，热水

注：如果没有指明热水烫伤中涉及确切的产品信息，“第一产品”编码1934，热水，同时在“第二产品”的地方填上零。

（5）一氧化碳

当一个伤害涉及一氧化碳中毒，同时一氧化碳的来源不明时，使用产品编码1899。只要第二产品不是一氧化碳的来源，就可以使用第二产品编码（例如：一氧化碳监测器）。

（6）来源不明的气体或者蒸汽

当一项伤害涉及气体以及或者蒸汽，同时来源不明，使用产品编码1898。如果第二产品不是该气体或者蒸汽的来源，就可以使用第二产品编码。

2.4 附录

NEISS 编码表单：

医院____ 治疗时间：

Case number 病例号	Age/Birthdate 年龄/出生日期	sex 性别	Diagnosis 诊断	Bodypart 受损身体部位	disp 病例处理	First product 涉及产品一	Second product 涉及产品二	int 是否故意	loc 事故地点	fire 是否涉及火灾	occ 是否和工作相关	race 种族	raceother 其他种族

第3章

欧盟产品伤害监测系统

3.1 欧盟产品伤害监测系统简介

伤害是欧洲主要的公共健康问题，是继心血管疾病、癌症和呼吸道疾病之后的第四大死因。在儿童和青少年中，事故和伤害是第一大杀手。在欧盟27个成员国中每年都有超过25万人在事故或暴力中丧生。每年有6000万人接受伤害治疗，其中需要住院治疗的人数约有700万。三分之二的伤害事故发生在家里和休闲场所。不幸的是，这类事故在欧洲呈不断上升的趋势。2007年欧盟理事会中提到，在整个欧盟，所有医院就诊病例中伤害占11%之多。2007年欧盟理事会作了如下建议："……为了提供更高水平的公共卫生保健，欧盟成员国应该：①更好地利用现有数据资料，在合适的地方设置典型的伤害监测与报告仪器，以便获取可比较信息，监测伤害的发生率，适时掌控伤害预防措施的效果，以及在产品和保健安全方面及其他领域对更多改进的必要性进行评估；……"

数据对有效预防伤害和安全推广至关重要，是制定和落实基于证据的伤害预防策略的依据。因为与其他病因和过早死亡的诱因相比，通过改善生活环境以及提高使用产品和服务的安全性，产品伤害是可以预防的，这一点尤为重要。欧盟成员国之间的事故和伤害的巨大差异表明，欧洲降低伤害负担空间巨大。

1986年，欧盟委员会开始了收集关于家庭和休闲意外事故数据信息的工作，并将这些数据收录在欧洲家庭和休闲事故监测系统（European Home and Leisure Accident Surveillance System，EHLASS）中。该监测系统后来发展成欧洲公共卫生信息网（EUPHIN）中的伤害监测系统，其目的在于收集并核对所有成员国的家庭和休闲事故，特别是发生事故的数据。家庭和休闲意外事故的数据，包括医院或其急诊科就诊的数据，均以问卷调查的形式获得。由于欧盟一些成员国不能提供这些数据，以及欧盟的扩大，1999年欧盟制定了《伤害预防方案》（IPP），在此方案规定下，欧洲公共卫生信息网加强并改善了欧洲家庭和休闲事故监测系统，以此发展伤害监测系统（injury surveillance system，ISS）以及事故信息库（IDB）。新的数据库——伤害数据库(injury data base,IDB)不仅包含家庭和休闲事故方面的数据信息,还成为收集所有伤害事故数据信息的体系。

欧盟产品伤害监测系统建立了一个收集和公布伤害数据的系统,而欧盟事故数据库则以促进伤害预防为目的,提供通向欧盟各成员国收集到的伤害数据的中心渠道。各成员国负责医院伤害数据的收集,欧洲委员会通过在各成员国把数据信息上传到数据库之前先掌握数据质量来负责整个系统的管理和控制。2002 年,由于《新公共卫生方案》的实施,欧盟终止了《伤害预防方案》(IPP)的运行,而《新公共卫生方案》继续伤害预防活动。2007 年 IDB 完成了向一个包含所有伤害的数据库转型。欧盟伤害监测活动在不断的改革和实践中发展完善,使其在高速进步的现代社会中扮演着伤害预防的重要角色,更好地为人们服务。其简要发展过程、责任分配和信息用途如下:

1. 发展过程

1986—1993:《EHLASS 示范项目》

1993—1997:《EHLASS 方案》

仅涵盖家庭和休闲伤害

欧盟 12 个成员国和欧洲自由贸易成员国

获得 DG XXIV 消费安全部门资助

国家书面报道

1999—2003:《伤害预防方案》

仅涵盖家庭和休闲伤害

欧盟 15 个成员国和欧洲自由贸易成员国

获得欧盟健康和消费者保护总理事会公共卫生部资助

中央数据库开发(ISS-伤害监测体系),非公开

2003—2008:《公共卫生计划》

包含所有类型伤害

欧盟 25 个成员国,欧洲自由贸易成员国,参与国

通过 PHP 项目得到欧盟健康和消费者保护总理事会支持

中央数据库运行,公开

2. 责任分配

欧洲委员会负责全面控制和管理整个系统,以及数据库中数据的储存工作。同时对各成员国所传送的数据进行整理。它还将信息传输到各个其他社区以方便人们查阅。

各成员国负责系统的实施。他们根据这些数据收集信息,并每年向欧洲委员会提交国家级的报告,包括对取得的成果和得出结论作总结和评估,各成员国应每月向欧洲委员会提交报告。

3. 信息的用途

制定政策;

确定首要事务；
宣传伤害预防；
开展活动；
媒体工作；
对变故的监督；
公共卫生调查；
生产设计(工业)；
生产安全管理；
生产标准化。

3.2　欧盟监测系统(EHLASS/ISS)

3.2.1　EHLASS/ISS

EHLASS 项目是欧盟 1986—1998 年的项目，其目的是以一致的方式监测欧盟家庭和休闲伤害事故，确定事故的原因、发生的背景及结果，特别是与产品有关的伤害事故。在整个欧盟指定的医院急诊部门收集资料。

EHLASS 项目最主要的目的是提高消费者安全意识和改进家庭和休闲意外事故预防措施，协助政府部门和预防机构制定预防政策，在出现最严重问题时，指导消费者以及使现有资源得到最佳利用。这些数据主要用于初步分析，在深层次研究中为确定优先次序(趋势、伤害成本、严重性等)提供指示，以便能为伤害预防选择(优先次序及预防措施的内容)和确定预防措施予以指导。1998 年底 EHLASS 项目完成，但继续收集数据作为欧盟行动方案伤害预防计划 ISS(1999—2003)综合性的一部分。1999 年，欧盟制定了《伤害预防方案》(IPP)。目的是为了减少伤害发生率，推动伤害监测，探讨如何利用数据，达成共同的了解指标，以便交换受伤数据和资料。对 EHLASS 进行改进，发展了伤害检测体系。

1981 年欧盟部长理事会通过了一项推行试点研究的提议，在所有成员国的医院急诊部收集家庭和休闲伤害数据。1986 年开始了数据收集工作，收集了接受药物治疗的家庭和休闲活动意外事故伤员的信息。大多数欧盟成员国选择了几家医院，在急诊部门获得了基本数据信息。

自 1986 年开始数据收集时起，以人为根本，必须在医院进行数据收集，所有成员国在 EHLASS 中的调查内容都是一样的：国家代码，患者识别码，患者性别，患者年龄，治疗措施，住院时长，事故类型，事故发生时的活动，就诊时间，就诊日期，事故发生地点，伤害类型，受伤的身体部位，事故涉及的产品，造成伤害的产品，造成伤害的其他产品，事故描述。

分类代码和连接代码都是统一的，并记录在 EHLASS 官方编码手册上。每个成员国每年报道的个案数目大不相同。急诊部门记录的实际程序在各个国家有所不同，这主要是因为各国卫生保健体系不同。不论是医疗和护理人员,还是专业的管理职员都要和患者谈话。信息的编码工作一般是在医院进行的,之后资料送往国家的相关机构。开始的几年,成员国将收集的资料录在磁带上上交给欧洲委员会。欧洲委员会负责管理和研究这些资料。然而,收集的资料并没有充分发挥作用。资料库仅对欧洲委员会的人员开放。1993 年,欧洲委员会决定,每年成员国应向欧洲委员会上交一份年度报告,该报告应包含标准化的信息而不是一个中央数据库。欧洲委员会将 1990—1992 年的国家报告总结成一个共同级别的报告。欧洲委员会提供资金用于支持成员国在筛选的医院急诊部门内收集资料。这一计划一直执行到 1997 年。1996 年,欧洲委员会需要完成一项评估报告,包括对收集的资料进行分类和说明的新法规,以及国家报告的陈述形式。根据这项报告,欧洲委员会在 1996 年不得不决定继续实施这个计划。

3.2.1.1 新的分类方法和统筹需要

自 EHLASS 在 1986 年开始执行起,分类工作就没有改变过。新的 EHLASS 分类计划,包括了一本手册和定义。新分类方法的总体特征是:主要用于记录家庭和休闲伤害,但同样适用于其他种类的事故。EHLASS 的一般范围是家庭和休闲意外伤害。然而,在一些国家,收集了更多种类事故的信息。分类方法和相关的国际事态发展紧密联系在一起。如《疾病和有关健康问题的国际统计分类》,以及目前正在开发的世界卫生组织对导致伤害的外部原因的分类方法。分类方法首先在医院急诊室收集数据时进行,下一步才是进行住户统计调查。分类方法按照等级来构建,更易于在适当的地方添加新的编码。这些都符合决定分类方式的一般要求。

EHLASS 为欧洲消费品安全作出了巨大贡献。统筹对欧洲委员会及成员国的支持很重要。统筹的效果有一个清晰的结构和预算。统筹事务不是由自发主动的参与到其中的成员国来负责,而是由欧洲委员会设立的秘书处负责,统筹事务既归属欧洲委员会职责范围内,也通过在其他成员国建立秘书事务所将其归属在职责范围内。它成为一个所有信息和专业知识的联络点,这些信息都是成员国根据与欧洲委员会签订的合同而收集的,代表欧洲委员会。在欧洲委员会和各成员国之间有统筹秘书处进行统筹任务,则欧洲委员会与各个成员国之间的信息可以轻易的相融合。

3.2.1.2 国家年度报告

尽管有许多途径使公众和(潜在的)对 EHLASS 的数据信息感兴趣的机构可以使用和了解,在目前以及未来一段时间,欧盟认为国家年度报告是最适当的方式。有专门的出版物对年度报告的编写标准作了规定。这样便促进了年度报告的统一和标准化。不幸的是,几乎没有一个成员国严格的按照这些规定来编写年度报告。其原因并不是信息不可用,而在于在一个如 EHLASS 数据库这样庞大而不稳定的数据年度报告中几乎不可能包含一些发生频率低的事件。在数据年度报告中,针对特定的信息,必须进行查询,或者该成员国对此信息提供更多(专案)信息。国家年度报告被看做一种给那些(潜在的)有兴趣者的"开胃菜"。

国家年度报告全部内容有：人口统计的基本信息；所有 EHLASS 变量的基本信息；国家监测系统设计的背景资料；有关解读数据的医护制度组建的大体信息；包含了伤者及与伤者有关的其他数据资源的信息；关于国家使用 EHLASS 数据的信息；至少一方面事故的详细资料；详细资料的附录。其缺点是需要的特定信息常常没有包含在报告内,欧洲委员会寻求一种方式让年度报告能满足他们更多的需要。方法由五个步骤组成：

(1) 向 15 位 EHLASS 项目领导递交调查表,以从中获得更多的经验。

(2) 一份关于受伤标准分类的详细目录用于 EHLASS 的分类。

(3) 访问欧共体的相关人员以获悉他们的经验和希望。

(4) 研究各成员国的 EHLASS 年度报告。

(5) 同 EHLASS 专家会面讨论提议。

欧洲委员会对项目负责人施加更大的压力,以期更严格的执行指导方案。除了年度报告外,还有 EHLASS 的辅助功能。例如在互联网以及其他数据传输网络上公开 EHLASS 信息,同时还建立了一个从各成员国获取信息的标准程序,得到成员国的快速响应,并且也建立了一个中央数据库,将各成员国传送来的 EHLASS 信息存储其中。

3.2.1.3 问题与措施

欧洲家庭和休闲事故监测系统最先旨在通过对消费、生产相关的事故伤害进行监测以促进安全生产。为了达到在欧盟范围内,把欧盟公共信息网中的伤害监测系统作为一个伤害发生率的最权威参考的目标,ISS 完善发展一套节约成本并高效使用的医院调查系统,尤其针对家庭和休闲意外故意伤害。在 1999—2003 年的伤害预防计划(IPP)中在这方面取得了进展。但是在扩展 ISS 科学接受度和公共卫生实用性上遇到如下情况：

(1) 数据质量不高和缺少数据发生率(在数据解释上造成严重问题)；

(2) 有限的 ISS 伤害定义空间(在公共卫生历史背景的约束下,仅限于 HLA,这就给那些提供跨类别伤害预防方案(特别的跨国伤害)的成本收益数据让出了道路)；

(3) 最重要的是日益减少的参与成员国(由于前两个问题和欧洲委员会减少用于国家 ISS/EHLASS 数据收集的经费)。

这样一来,欧洲委员会采取的措施是维护、发展和促进 ISS：

(1) 通过 2005 年以及随后几年执行 ISS 质量管理系统的例行方法,确保 ISS/EHLASS 中的适当数据收集工作和提供各成员国伤害率的报告；

(2) 将 ISS 医院调查的范围扩展到所有伤害,尤其是故意伤害,并将之作为 2005 年全面实施该项目的准备工作；

(3) 通过专门的 ISS 网络(由 ISS 国家数据管理局支持并在成员国中推广),尽力在所有新老成员国实行 ISS 医院调查,特别是在参与国中。

3.2.2 欧盟ISS编码手册

3.2.2.1 ISS编码手册简介

公共卫生活动伤害预防的社区活动于1999年(第327/99/EC决议)开始实施,此活动成为1999—2003年伤害预防计划(IPP)。IPP在计划期限内,根据前EHLASS系统制定的原则和纲领,继续收集有关家庭和休闲事故(HLA)的数据。值得注意的是,家庭和休闲事故的数据收集工作,在2003年后鉴于数据内容和报告模式的变化有所调整。2000版编码手册(V2000)旨在维护有关家庭和休闲意外事故数据。这些数据已经纳入了HIEMS(保健指标交换和监测系统)数据库。HIEMS中的家庭和休闲事故数据是其原始数据的集合,并存储在欧洲家庭和休闲意外伤害数据库中,命名为伤害监测系统(ISS)。

2003年、2004年的ISS数据库上传到了所有参与的成员国(包括某些新成员国),包括人口参数和扩展的元数据(数据字典)。为了配合2005/2006年"所有伤害"登记,整编了评估报告以及实施计划。2005年1月1日起正式开始使用ISS编码手册(EHLASS编码手册是其一部分,包含HLA V2000)。HLA V2000手册被ISS编码手册所代替,ISS数据库2005年"所有伤害"数据收集工作中采用了ISS编码手册。(2002版ISS数据库包括产品相关事故的家庭和休闲事故监测系统V2000编码手册。)

欧盟的基于急诊室伤害监测的历史悠久。监测数据是采取伤害预防措施的前提。伤害监测系统(ISS)编码手册可在整个欧盟境内的急诊室使用,并且是基于分类和伤害监测的最佳技术,旨在(选择性地)记录欧盟境内所有事故/伤害患者前来急诊室就诊的信息。ISS编码手册有利于欧盟境内伤害和事故监测的标准化,是对来自不同成员国的伤害数据进行比对的基础,其基础和数据源选取如下。

ISS编码手册以三种来源的数据源和编码为基础:

- 伤害外部原因国际分类(International Classification of External Causes of Injuries,ICECI),是世界卫生组织(World Health Organization,WHO)对伤害外部原因按照字母顺序进行的,并且按照正常程序接受其作为世界卫生组织国际分类家族中的其他相关分类的一种;
- 家庭和休闲事故编码手册2000版(Home and Leisure Accidents V2000,HLA V2000),用来为欧洲家庭和休闲事故监测系统(EHLASS)记录家庭和休闲事故数据;
- 伤害的最小数据集(minimum data sets on injuries,MDS-Is),在欧洲委员会指导下完成并意在以较少的花费(仅就信息或资金而言)记录事故/伤害信息。

与ISS编码手册(共20个)相关的伤害数据源从以下三个数据源选取:

- 伤害外部原因国际分类1.1a版本:与外部原因相关的数据源;
- HLA V2000:伤害监测所需的其他数据源——患者数据,随访,管理数据,记述;

• MDS-Is：伤害和身体部位的类型。

监测系统依然保留着EHLASS1986编码手册一样的理念(V86)，但其操作性能已经通过如下方面得到了改善：更多细化的内部标准；具体化参数和模式的使用；当前参数的一系列模式的增加；逻辑系统化组建模式；迅速启动伤残时间日期参数，运动员及相关运动项目代码参数；产品类别完全修订。

3.2.2.2 定义、内容、标准

为使得基于欧盟标准的信息具有最佳的兼容性，各成员国基于共同的定义，适用相同的内涵和外延标准就显得极为重要。为协助进行监测选择任务，提供各种定义、"决策树"以及一张包含或排除监测的示例图。

1. 基础定义

HLA登记包含的事故可定义如下：(除了道路交通事故和工伤事故之外，所有的事故都可看做是家庭和休闲事故并均在HLA系统的范围之内。)

(1) 事故的定义(欧洲家庭和休闲事故监测系统已采用世界卫生组织关于事故的定义)：事故是指并非基于人类的意志，因外力的突然作用而引起的，通常表现为身体伤害的事件。

(2) 道路交通事故的定义(对于道路交通事故，使用联合国经济委员会的定义)：道路交通事故是指发生于道路之上，至少有一辆机动车参与其中，并已造成伤害或财产损失的事故。

(3) 工伤事故的定义：工伤事故是指在工作期间发生的与挣工资工作或自谋职业相关的事故。

(4) HLA的例外：突发疾病；故意的自我伤害行为(自杀行为等)；暴力行为(除10岁以下的儿童之间的争吵行为之外的(攻击性行为、斗殴等))。

(5) HLA的内容：校园事故；因受自然因素影响而发生的事故；因动物或昆虫而受到的伤害。

用一种更具可操作性的方式来定义HLA系统所包含的事故。通过考察医院急救中心就诊的原因，提供下列图表：

患者来急救中心就诊的原因：

患者来急救中心就诊的原因
疾病
工伤事故
道路交通事故
自杀行为
暴力行为 攻击性行为、斗殴等，10岁以下儿童之间的争吵行为除外
其他： 家庭和休闲事故 HLA

通过先后排除患者的就诊原因，从而获得一种简易而连续的确定 HLA 的途径，即一种“决策树”。这种“决策树”可适用于所有前来急救中心就诊的患者，以便决定其是否包含在 HLA 系统之内。

2. 决策树(图 3.1)

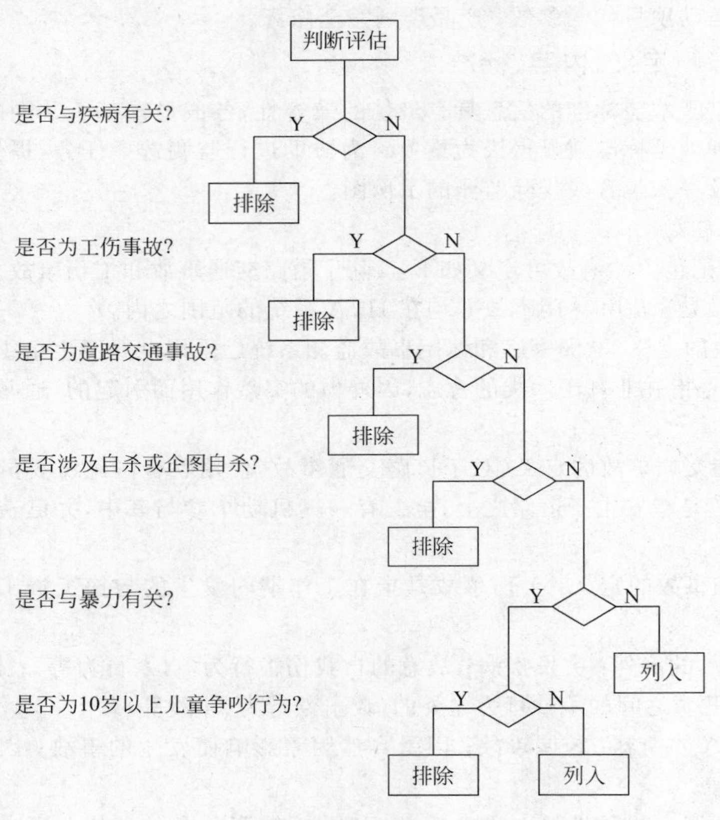

图 3.1 决策树

3. 示例图

对于大多数的监测，决定其是否包含在系统之内是较为容易的。但存在一些临界型案例，因此其决策有时会极为困难。下面是一系列 HLA 包括或不包括的监测图例，这些图例均简单描述了事故现场。

原因	HLA 系统包含的例子	HLA 系统不包含的例子
疾病?	- 行人因拣拾食用菌而中毒	- 学生在校期间晕倒 - 家庭主妇心脏病发作
工伤事故?	- 管道工在家庭进行修理作业时受到的伤害 - 出租车工作后洗车时受到的伤害	- 农场主田地作业时被自己的拖拉机压扁了脚 - 管道工为顾客安装月光照明灯时受伤 - 工厂培训课上学生操作机器时受伤

续表

原因	HLA 系统包含的例子	HLA 系统不包含的例子
道路交通	- 成年人从自行车上摔落至人行道上	- 骑自行车的人和过马路的行人相撞
自杀行为	- 成年人因故吞服大量安眠药	- 成年人自愿服用大量安眠药
暴力行为?	- 学校操场上孩童之间剧烈运动后的骨折	- 成年人故意给儿童造成的伤害

评述：

— 因孩童之间的暴力行为导致的事故很难确定其主观上是故意的。因此，10 岁以下这个年龄段被划定为不具备故意暴力行为的阶段。

— 故意自残行为排除在调查范围之外，但有时很难判定某一行为是否是真的故意自残行为。

— 通常会有一些临界案例，人们不知是否将其纳入监测范围。疑问咨询本国的 EHLASS 项目主管。

3.2.2.3 编码规则

HLA 编码格式包含 20 个变量以及能填入的自由文本，其中 9 个变量组成编码表。对于编码表中的变量而言，研究这些表是必要的。它可以是很简单的（比如"性别"这一变量包含 3 个编码："1"、"2"、"9"分别对应"男"、"女"、"未知"这几种情形）或较为复杂的（产品编码表包含近 2000 个编码）。熟悉这些编码表并理解其构造方式极为重要。该表或许是一简单的编码列表，如变量"伤害类型"（从"01"～"19"、"97"、"98"、"99"），或包含一种命名的逻辑结构，如"伤害机理"变量。采用分层编码方式，编码的首位对应着一级信息，而第二位则细化了依据一级信息得到的信息。事故发生现场、伤害机理、伤害时的行为、运动种类、身体伤害部位以及产品种类的编码构成了分层编码。二级信息细化了一级信息，而三级信息细化了二级信息等（例如产品编码）。分层结构的目的，在于使在特定级别上增加详细信息具有可行性，只要能确保符合汇聚于上一级信息的种类。例子：如果希望细化"楼梯，室内"变量，它是用来代替现场编码的"住宅区" 的二级信息，可包含"13 楼梯，室内"的三级信息（3 位），如"130，131，…"。但须确保那些楼梯子群能汇聚成"楼梯，室内"变量。如果能正确使用分层结构，仍可能对所给分类标准进行国际比对。

对于 HLA 编码，必须使用最周详的标准（例如现场的全部长度都显示为相应的编码）。

对于位数的变量，编码"9"的保留值为"未知"或者"不特定"状态。对于两位数的变量，编码"99"的保留值为"未知"状态等。除了产品编码的"不特定"的编码为"Z9999"，这一规则对所有的变量（如 8 位的"日期"变量）都有效。

监测系统的目的在于记录那些可能具有危害性的产品。因此，尽可能精确地描述包含的产品和/或产品所致的伤害就显得极为重要。

作为事故现场的补充信息，自由文本必不可少，并用于产品的详细描述（例如商标和（或）样品）。

3.2.2.4 医学信息编码

欧盟伤害监测系统遵循这样的规则，即收集正常医院挂号程序内的家庭和休闲意外事故的信息，但大多数情况下并非是完全格式化的和一体化的正常程序。为使信息呈现多样性，绝大多数参与的医院都同意收集其他各项必备信息。其他数据实际上按照同意的方式记录下来，这是职责之一。

人们容易忘记记录以下数据：事件的起因，发生地点，事故发生时患者的行为和消费产品。因此，与所有其他将这些信息记录在急诊室记录上的人士紧密合作。如果完全熟悉这一编码手册，尤其是产品这一列，就能获得精确而完整的数据并将那些推测的或不完整的产品标识剔除出去。

每个周末都要选择那些符合家庭和休闲事故定义的急诊室表格，如果该表格未能清楚地说明事故的类型，那就需要尽力从那些患者就诊时急诊室的负责人那里获得漏掉的信息。

接下来须检查家庭和休闲意外事故伤害记录所需的信息是否都已经记载在每张表上。如果没有，就需要查找那些漏填的信息。

家庭和休闲事故编码表其内容显示了伤害病例记录的建议信息。这一信息用来识别登记单位（“国籍”和“医院”），识别患者以及伤害和就诊的时间，还有回答以下问题所需的信息种类：事故何时发生，伤害怎样持续，受害者的行为（受伤时），以及导致事故的产品等。对伤害和身体受影响的部位的描述将遵循第一欧洲家庭和休闲事故监测系统编码手册的规则，例如使用外行话——而不是以拉丁文书写的医疗诊断记录——从而使非医学人士不费吹灰之力就能读懂这些信息。

3.2.2.5 编码格式

编码表部分详细解释了各项变量以及如何对这些变量进行编码。数据的质量极为重要，因为编码要求具有最大的一致性和标准化。这将加强数据的可靠性和有效性，进而对跨时段和地理区划的伤害统计进行包含国际比对在内的比对。然而为国际分析的数据传输必须遵守国内有关保密的法律等。因此，欧共体数据库的数据传输格式，伤害监测系统与家庭和休闲事故的编码格式略有不同。

1. HLA coding form（家庭和休闲事故的编码格式）

编　码　项	字符数
COUNTRY CODE（国家代码）	＿＿＿ 2
HOSPITAL NUMBER（医院编号）	＿＿＿ 6
CASE NUMBER（事例编号）	＿,＿＿ 10
SEX OF PATIENT（患者性别）	＿＿＿ 1
DATE OF BIRTH（YYYYMMDD）（出生日期）	＿＿＿ 8
DATE OF INJURY（YYYYMMDD）（伤害发生的日期）	＿＿＿ 8
TIME OF INJURY（伤害发生的时间）	＿＿＿ 2
DATE OF ATTENDANCE（YYYYMMDD）（就诊日期）	＿＿＿ 8
TIME OF ATTENDANCE（就诊时间）	＿＿＿ 2

续表

编码项	字符数
DATE OF DISCHARGE(YYYYMMDD)(for admitted cases)(出院日期)(医院承认的案例)	___ ___ ___8
TREATMENT AND FOLLOW-UP(治疗和随访)	1
PLACE OF OCCURRENCE(事故发生地点)	___ ___ ___2
MECHANISM OF INJURY(伤害机制)	___ ___ ___2
ACTIVITY(活动)	2
SPORTS(有关运动)	___ ___ ___3
ACTIVITY AT THE TIME OF THE INJURY(造成伤害的活动)	___ ___ ___2
SPORTS PRACTISED AT THE TIME OF THE INJURY(伤害发生时从事的运动项目)	___ ___ ___3
TYPE OF INJURY(伤害类型) Type 1(类型 1)	___2
Type 2(类型 2)	___2
PART OF THE BODY INJURED(受伤的身体部位)Part 1(部位 1)	___2
Part 2(部位 2)	___2
PRODUCT INVOLVED IN THE ACCIDENT(事故涉及的产品)	___ ___ ___5
PRODUCT CAUSING THE INJURY(造成伤害的产品)	___ ___ ___5
OTHER PRODUCT(造成伤害的其他产品)	___ ___ ___5
ACCIDENT DESCRIPTION(事故描述)	___ ___ ___(120 characters)

家庭和休闲事故的具体编码内容见附录一 HLA coding form。

2. HLA record 家庭和休闲事故的报告格式

项　　目	No. of characters (字符数)	位置
COUNTRY CODE(国家代码)	2	1-2
HOSPITAL NUMBER(医院编号)	6	3-8
CASE NUMBER(事例编号)	10	9-18
SEX OF PATIENT(患者性别)	1	19-19
DATE OF BIRTH(YYYYMMDD)(出生日期)	8	20-27
DATE OF INJURY(YYYYMMDD)(伤害发生的日期)	8	28-35
TIME OF INJURY(伤害发生的时间)	2	36-37
DATE OF ATTENDANCE(YYYYMMDD)(就诊日期)	8	38-45
TIME OF ATTENDANCE(就诊时间)	2	46-47
DATE OF DISCHARGE(YYYYMMDD)(for admitted cases)(出院日期)(医院承认的案例)	8	48-55
TREATMENT AND FOLLOW-UP(治疗和随访)	1	56-56
PLACE OF OCCURRENCE(事故发生地点)	2	57-58
MECHANISM OF INJURY(伤害机制)	2	59-60
ACTIVITY(活动)	2	61-62
SPORTS(有关运动)	3	63-65

续表

项　　目	No. of characters（字符数）	位置
TYPE OF INJURY(伤害类型) Type 1(类型 1)	2	66-67
Type 2(类型 2)	2	68-69
PART OF THE BODY INJURED(受伤的身体部位) Part 1(部位 1)	2	70-71
Part 2(部位 2)	2	72-73
PRODUCT INVOLVED IN THE ACCIDENT(事故涉及的产品)	5	74-78
PRODUCT CAUSING THE INJURY(造成伤害的产品)	5	79-83
OTHER PRODUCT(造成伤害的其他产品)	5	84-88
ACCIDENT DESCRIPTION(事故描述)	(120 characters)	89-208

3. ISS 数据结构

Field(领域)	No. of characters（字符数）	数据类型
COUNTRY CODE(国家代码)	2	Numeric
HOSPITAL NUMBER(医院编号)	6	Alphanumeric
CASE NUMBER(事例编号)	10	Alphanumeric
SEX OF PATIENT(患者性别)	1	Numeric
DATE OF BIRTH(YYYYMMDD)(出生日期)	8	MUST be left empty
DATE OF INJURY(YYYYMMDD)(伤害发生的日期)	8	Numeric
TIME OF INJURY(伤害发生的时间)	2	Numeric
DATE OF ATTENDANCE(YYYYMMDD)(就诊日期)	8	Numeric
TIME OF ATTENDANCE(就诊时间)	2	Numeric
DATE OF DISCHARGE(YYYYMMDD)(for admitted cases)(出院日期)(医院承认的案例)	8	Numeric
TREATMENT AND FOLLOW-UP(治疗和随访)	1	Numeric
PLACE OF OCCURRENCE(事故发生地点)	2	Numeric
MECHANISM OF INJURY(伤害机制)	2	Numeric
ACTIVITY(活动)	2	Numeric
SPORTS(有关运动)	3	Alphanumeric
TYPE OF INJURY(伤害类型) Type 1(类型 1)	2	Numeric
Type 2(类型 2)	2	Numeric
PART OF THE BODY INJURED(受伤的身体部位) Part 1(部位 1)	2	Numeric
Part 2(部位 2)	2	Numeric
PRODUCT INVOLVED IN THE ACCIDENT(事故涉及的产品)	5	Alphanumeric
PRODUCT CAUSING THE INJURY(造成伤害的产品)	5	Alphanumeric
OTHER PRODUCT(造成伤害的其他产品)	5	Alphanumeric
ACCIDENT DESCRIPTION(事故描述)	(120 characters)	String

ISS-catchment population data structure(ISS 人口数据结构)

Field(领域)	Number of positions (字符数)	Number of positions (数据类型)
Country(国家)	2	Numeric
Sex(性别)	1	Numeric
Age(in 1-year age group 1 岁组)(年龄)	3	Numeric
Number of catchment population(人口数)	10	Numeric

HLA(家庭和休闲事故)具体编码内容有:患者性别、治疗和随访、事故发生地点及代码和手册、伤害机制及代码和手册、伤害发生时的活动、运动编码、伤害类型、受伤的身体部位编码、产品编码,HLA 的简单编码内容、具体的编码格式和具体的编码内容详见《家庭和休闲事故的编码手册》ISS 数据库 2002 版(ISS Codes V2000)。

3.2.3 欧盟两个成员国 EHLASS

3.2.3.1 荷兰 2001 年 EHLASS 的形成

荷兰由消费者安全协会(CSI)负责运行 EHLASS。

16 家医院通过荷兰伤害监测系统(Letsel Informatie Syteem,LIS)记录了急诊室有关家庭和休闲事故的信息。

1. 数据收集程序

当伤者被送到其中一家参与医院的急诊室进行治疗时,医护人员需填写"医院记录"。若此人的伤是由家庭和休闲事故造成的,医护人员则需收集一些额外信息。因为 EHLASS 的建立,一些医院已在医院记录上增加了额外项目,另一些医院也为记录额外信息留出了一些空白。

所有参与医院都配置了消费者安全协会安装的个人电脑。数据通过调制解调器直接录入电脑并发送给消费者安全协会。在那里数据经彻底检查后被添加到数据库中。编制了相应的计算程序记录从 LIS 代码转换为 EHLASS 代码的数据项:因为 LIS,EHLASS 代码上增加了一些附加代码和变量(如治疗和运动类型)。而且,荷兰的 EHLASS 中的家庭和休闲事故不包括交通事故、工伤事故、由于暴力或自残伤害造成的伤害。

2. 数据质量

为使 LIS 数据尽可能可靠,已采取了以下方法:

— 对要采用的代码达成一致意见,进行明确安排;
— 持续激励医院工作人员,例如,定期电话联系及消费者安全协会定期召开指导座谈会;
— 交叉检查数据;为达到此目的,通过计算机程序监测数据,确定不可能(例如在家购物)或不大可能(例如未经治疗的手臂骨折)的代码组合;
— 向医院员工报告错误。

3. 国家评估

对于荷兰，收集的数据是有代表性的。参与 LIS 项目的 16 家医院中只有 7 家医院的数据输送到了 EHLASS 数据库。对于 LIS，该样本不具有代表性，因此也不代表荷兰医院急诊室处理的家庭和休闲事故。为确保医院样本的代表性，组成样本的医院依据：

(1) 城市化的程度(患者居住的城镇)；

(2) 医院规模(病床数目)进行分层。与依据城市化程度相反，基于医院规模选择是不成比例的。

鉴于预计这一层中的变化较大，在最大的医院中抽取医院样本格外多，这样使事故总数的变化降至最小。在商数评估师的帮助下，估算各层家庭和休闲事故的数量(根据医院规模选择)。家庭和休闲事故住院率作为辅助变量。

医院规模，可采用以下公式：

$$X = \frac{Z}{z} * x * a$$

式中，X——估计相关层人口中因家庭和休闲事故到门诊治疗的人数；

Z——相关层人口中因家庭和休闲事故而住院的人数；

z——在相关层样本医院中因家庭和休闲事故医院住院的人数；

x——LIS 记录的本层发生的家庭和休闲事故数量；

a——因为报告不全进行的纠正。

3.2.3.2 希腊 1999 年 EHLASS 的形成

在希腊，欧洲家庭和休闲事故监测系统由卫生与福利部管理。商务部的消费者保护和信息处也参加顾问委员会。EHLASS 自 1986 年 12 月在希腊运行，但正式报告是从 1992 年开始编制的。首先在 2 家医院的急诊室采集数据，在 1989 年到达顶峰，4 家医院参与了调查(2 家医院在大雅典区，1 家在塞萨洛尼基，1 家在佩特雷)。由于管理困难，其中有 3 家医院于 1989 年底退出了调查。然而，卫生部和绝大多数公众已经认识到了 EHLASS 的重要性，因此他们努力增加参与医院的数量。为了了解儿童 EHLASS 伤害，自 1994 年起，开始在雅典的里亚库儿童医院收集数据，因为该医院的儿童住院率占大雅典区(人口超过 350 万)的 40%。最后，自 1995 年起，开始在沃勒斯地方医院收集数据，代表希腊大陆的 EHLASS 伤害谱，科孚的地方医院代表岛国的 EHLASS 伤害谱。

1. 数据收集

当患者来到医院急诊室时，EHLASS 工作人员填写特殊的标准信息表格，该表格在整个欧洲是统一的。表格填完后，由工作人员编号，定期输送到 CEREPRI 中央数据库。自 1990 年起，EHLASS 工作人员首先对编码的有效性和一致性进行双重检查；随后，由 CEREPRI 根据不断更新的质量控制程序对表格进行处理。在 1986 年至 1989 年期间，参与医院提供的数据均录在磁带上，每月向欧盟提交一次。根据欧盟后来的决议,各成员国今后必须编写统一的报告。

2. 记录的变量

在希腊记录标准的欧盟数据表项以及数据集的额外变量(比如民族、伤害严重性评价、急救,针对儿童伤害对父母进行的教育),尤其是增加能充实信息数量和质量的关键词:事故:事故机制、事故发生时进行的活动、事故发生的位置、涉及的产品、事故描述(独立文本(希腊语))和关键词;患者:年龄、性别、民族、居住地;治疗:跟进治疗、就诊日期和时间、停留时间;诊断:伤害类型(3 种可能的伤害)、受伤的身体部位(3 个可能的部位);行政信息:医院识别号、患者身份证号。

3. 希腊 1999 年进行的 EHLASS 调查

在大雅典区,大部分成人伤害受害者进入两家外伤医院即 KAT 和 Asclipieion Voula 医院。受伤儿童主要被雅典中心的两家儿童医院接收,而沃勒斯和科孚两家地方医院主要收集来自各行政区的伤员,代表服务区域。由于所有参与成员国缺少统一的活动时间模式、年龄、性别、症状标准,因此伤害率评估受到了限制。另外,希腊转院相当自由,各医院的服务区域的边界不可能清晰的界定。此外,危险人口会随时间的不同变化。8 月份和宗教节日期间大部分城市居民离开雅典和市中心到乡村旅游,而且,夏天乡村要接待约 1000 万游客,他们的平均逗留时间为 15 天。虽然有些局限性,本质上 EHLASS 项目是独一无二的,它为影响家庭和休闲事故发生的因素以及防范的可能提供了重要意见。由于希腊没有其他来源,随着覆盖范围越来越广、适用范围越来越大以及普遍化程度增加,从项目中获取的数据目前被用于为所有利益相关者提供家庭和休闲事故信息。尤其将儿童医院包含在内,因为与这一年龄组的家庭和休闲活动越来越多,从而为这一年龄组的家庭和休闲事故创造了一个良好的信息源。因为急诊室的职能每隔一天就要和服务区域相同的另一家重点儿童医院“Agia Sophia ”医院替换一次,所以在这家医院的急诊患者十分接近大雅典区儿童人口的伤害情况。正是基于这一点才把从这家儿童医院获得的数据作为 1994 年和 1995 年希腊 EHLASS 报告的第二部分。随后与布鲁塞尔的 EHLASS 官员进行个人接触,为了与其他欧盟成员国的报告相一致,自 1996 年起,从这 4 家医院收集的所有数据合并在一个报告中。如来自儿童医院的数据有遗漏的地方,可以提交独立的表格。

希腊 1999 年的表格是依据 EHLASS96 编码系统建立的,各变量中引入了一些新字段。尽管发生了一些变化,除极少数的特例外,报告的结果与前几年的报告结果基本一致。

3.3 IDB 伤害数据库

3.3.1 IDB 简介

欧洲伤害数据库(IDB)以从成员国选择的医院急诊室(ED)收集事故和伤害数据的系统性伤害监测系统为基础,对现有数据源(比如常规死因统计、医院出院登记系统和伤害地区的数据来源，包括道路交通事故和工伤事故）进行补充和整合。2003—2008年欧盟公共卫生计划中的IDB是欧洲委员会DG SANCO从前的欧洲家庭和休闲事故监测系统（EHLASS）的接班人，于1999年在伤害预防计划中建立的。首先由各国负责执行和维护IDB的国家数据管理员（NDAs）收集数据；然后，编制成标准的国家IDB数据集并上传到中央数据库。用标准方法集成数据，储存到欧洲委员会托管的设置密码的中央数据库。

欧洲伤害数据库是欧盟唯一包含用于制定预防欧洲日益增加的家庭和休闲事故措施的标准化跨国数据的数据源。建立该数据库的目的是通过全面介绍欧共体内的伤害谱，促进制定有针对性的伤害预防措施，提高成员国和欧盟消费者的安全感；通过跨国统一和集成数据、报告及识别最佳实践（基准），促使各成员国之间进行比较。这恰好与欧共体利用共同的事故和伤害信息系统为利益相关者提供有关欧洲伤害负担大小的信息（包括高危人群、重大健康决定因素以及与某种消费品和服务相关联的风险）的目标不谋而合。IDB是欧洲家庭和休闲事故的Web数据库，参与成员国在选择的医院收集伤害数据。欧洲委员会的卫生和消费者理事会可访问这些数据。提供有关外部原因和产品的独特信息：欧盟数据收集涉及消费品的伤害；使对公共卫生和消费者安全问题的答复有据可依。

3.3.1.1 IDB提供有关以下问题的基本信息

- 特定产品类型如何导致意外伤害。
- 导致伤害的机制。
- 典型环境是什么（位置、活动、受害者）。
- 危险性产品或服务的特点。
- 这种类型事故造成的伤害的严重程度。

3.3.1.2 IDB信息的其他用途

- 制定政策。
- 确定优先次序。
- 提倡伤害预防。
- 发起运动。
- 媒体工作。
- 监测变化。
- 公共卫生研究。
- 产品设计（工业）。

3.3.1.3 IDB对产品安全的重要性

IDB数据是开展下列工作的基础：

- 确定特定的产品安全问题。
- 确定"不安全的"产品类别。

提供信息作为进一步研究有附加安全要求的特定产品领域的基础（如通过新标准）。

3.3.1.4　创建欧洲 IDB 的目标

- 保持收集高质量标准化的伤害数据。
- 缩小欧盟间的数据和信息差距。
- 交通(CARE)和职业(ESAW)伤害监测。
- 共同市场中与事故相关的产品和服务制定消费者安全立法和标准的证据基础。
- 支持欧盟在健康决定因素(有关伤害的活动、事故发生地和产品等)领域的公共卫生政策。
- 严重性。
- 支持和监测成员国的伤害预防政策和措施。
- 结合其他大市场的国际基准(如美国)。
- 根据国际标准(WHO ICE-CI)进行欧盟伤害监测和报告。

3.3.1.5　IDB 数据

1. IDB 数据集

患者性别
患者年龄
伤害发生的日期
伤害发生的时间
就诊日期
就诊时间
出院日期
治疗和随访
事故发生地
伤害机制
活动
有关运动
伤害类型
受伤的身体部位
事故涉及的产品
造成伤害的产品
事故描述

2. IDB 数据能够发挥的作用

- 风险评估：识别和分析与伤害相关的产品和服务。
- 确定优先次序：分析伤害类型和风险群体。
- 欧盟范围内的数据交换：伤害监测和确定基准。

3. IDB 数据收集的特点

- 最小数据集——保持实用性。

- 基于医院的数据收集——重点为严重伤害。
- IDB数据是完全匿名的，所以包含的私人或机密信息不可能被滥用。
- 抽样——确保成本-效益和成本-效果。
- 基于国家(NDA)——现有系统的统一和集成。
- 利用种子基金为项目启动提供帮助。
- 辅助原则——欧盟(全面控制和IT)和成员国(实施)共同承担责任。
- 中央协调和NDA支持(培训、工具和市场推广)。

4. 医院产生的IDB数据有代表性

- 医院产生的数据一般偏向于严重伤害。
- 由于医疗救助体系不同成员国之间医院数据的比较可能有偏差。
- 如烧灼或中毒等一些伤害并没在标准医院急诊部得到详细记载。
- 选择的医院必须具有地理代表性。
- 本质上说，家庭调查比医院调查更具代表性，但以相同的成本进行调查，提供的病例和细节较少，所以调查不能实现主要目的，为预防提供准确的信息。
- 有可能在IDB数据中进行很少的一部分人数估计，做一些人数估计也是可能的，在比较小的成员国中有超过10 000例——因为代表性调查往往是以较少的抽样来进行的！多数情况下，估计达不到严格的统计标准。但充分适用于政策目的，衡量大小，没有其他更好的选择。

5. 数据收集形式有价值，其他方法的成本较高

- 虽然家庭调查具有很好的代表性，但获取相同的信息需要花费更多的资金(病例数量、病例的内容)。
- 登记所有病例可以提高代表性，但仍无法消除医院的偏差，同时加重医院员工的负担，可靠性差。

3.3.2 欧盟IDB编码手册

IDB编码手册包括两部分，第一部分是对编码手册的简单介绍，第二部分是编码明细。

3.3.2.1 欧盟IDB编码简介

1. 简介

(1) 背景

伤害监测是确定优先次序和预防性干预研究所必需的。欧盟以急诊室为基础进行伤害监测历史悠久。这些数据是制定伤害预防措施的基础。

新伤害数据库(IDB)编码手册旨在记录在欧盟挑选的急诊室就诊的所有事故或伤害的信息：所有伤害的编码手册。IDB编码手册有助于促进欧盟伤害和事故监测的标准化，是不同成员国伤害数据对比的基础。为了今后急诊室伤害监测，必须尽可能与卫生保健相关的标准分类相联系。疾病和有关健康问题的国际统计分类(ICD)

是卫生保健的基本分类，但对伤害预防没有进行详细说明。伤害外部原因的国际分类(ICECI)与ICD的“外部原因”一章相关，世界卫生组织(WHO)认可其成为WHO国际分类家族中的一员。因此，ICECI是制定IDB编码手册的主要指南。

(2) 数据元素

IDB编码手册只包含输送到欧洲委员会中央数据库的数据元素。手册包括18个数据元素、核心数据集的叙述和5个模块，总共只有11个数据元素可为特定伤害类型编码。本编码手册中包含的所有数据元素信息必须输送给欧洲委员会(按照本编码手册相同的顺序)。图3.2表示本编码手册中包含的数据元素(核心集和模块)以及和模块的关系。这些数据元素大部分是有层次结构的。代码的第一部分对应的是第一层信息，第二部分和(或)第三部分说明第一部分和第二部分中给定的信息。数据分级指细致程度高的代码通常可以集成细致程度较低的代码。在数据元素文本中对指导原则进行了详细的说明。总之，这些原则遵循ICD编码原则。重要总指导准则是给“直接”原因而非“潜在原因”编码。

IDB编码手册是专门为记录急诊室事故和伤害数据设计的(假定为平均水平)。手册中只包括输送到欧洲中央数据库的数据元素。然而，进行国家登记可能需要其他数据元素。可以在国家数据库上添加国家数据元素：

- 医院编码(如行政原因)；
- 病例编码(如深入研究)；
- 邮编或城市代码(如当地知识水平、确定参与医院的服务区域)；
- 出生日期(如计算受伤患者的年龄)。

更多信息有可能收集典型事故或伤害的种类(如工伤事故)，可以使用ICECI模块的数据元素(永远或临时)，如：

- 喝酒；
- 服用精神的药物或物；
- 法律干预的类型(如国内冲突、埋伏情况)；
- 冲突类型(如恐怖主义、公民起义)；
- 交通运输伤害事件类型(如陆上交通运输伤害事件、水路交通碰撞)；
- 室内/室外；
- 户型(如农舍、独立式住宅)；
- 住户(如伤者、行凶者)；
- 学校类型(如幼儿园、大学)；
- 市内/外限制；
- 体育活动的阶段(如训练、缓和)；
- 运动伤害的个人对策(如夹板、呼口器)；
- 运动伤害的环境对策(如给球门柱加软垫)；
- 经济活动(如农业、渔业)；
- 职业(如文员、秘书)。

通过利用更精细的 ICECI 数据元素，对 IDB 编码手册中包含的部分模块加以进一步说明，如：

- 目的(法律干涉、操纵战争或国内冲突)；
- 近端自残风险因素(如意外怀孕、性虐待)；
- 受害人/行凶者的关系(如继父母、祖父母)；
- 暴力袭击的背景(如盗窃、敲诈)。

如可能在伤害机制上增加数据元素，这就意味着不仅要记录潜在机制(即伤害事件开始时包含的机制)，还要记录直接机制(即造成实际身体伤害的机制)。

(3) 编码手册的基本来源

IDB 编码手册伤害相关数据元素基于与选自以下三个来源：

— ICECI 1.2 版：世界卫生组织伤害外部原因分类(www.iceci.org)，外部原因相关数据元素。

— HLA V2000 家庭和休闲事故 V2000 编码手册：用于为原欧洲家庭和休闲事故监测系统(EHLASS)记录家庭和休闲事故数据。(http://servinfo.citi2.fr/ehlid)，伤害监测所需的其他数据元素患者数据、随访、行政数据、叙述。

— MDS-Is 伤害最小数据集：由欧洲委员会资助制定，在资源不足的情况下(就信息或资金而言)记录事故/伤害信息(www.iceci.org/csi/iceci.nsf/pages/Cab?OpenDocument)，伤害类型和部位。允许值(包含说明的实际代码)基于三个来源，以在急诊室收集的信息的详细程度为指导(主要依据 EHLASS 过去的经验)。一般规律是作为选择数据元素基础的来源亦是所要包含的代码的基础，但是要考虑可能的细致程度。配置和实际代码根据 ICECI 1.2 建立。

IDB 编码手册核心集包含的要素和模块(图 3.2)。

2. 伤害事件的选择

对伤害预防来说，最重要的就是能够区分不同类型的伤害事件。伤害事件的主要类型可根据 IDB 编码手册的方法进行选择：

自残	目的＝2(自残)
暴力	目的＝3(暴力袭击)或 4(其他暴力)
交通运输伤害	交通运输伤害事件＝1
工伤	活动＝1(有偿工作)
运动伤害	活动＝3.1(体育课和学校运动会)或 4(课余时间的运动和健身)
家庭和休闲伤害	目的＝1(非故意)不包括交通运输、工伤和运动伤害

当然可能会出现两类或甚至三类伤害事件重叠的情况。这意味着所有相关模块都必须编码。编码手册也允许选择其他定义。例如，与工作相关的伤害可以根据活动选择代码 1(带薪工作)和 2(无薪工作)。

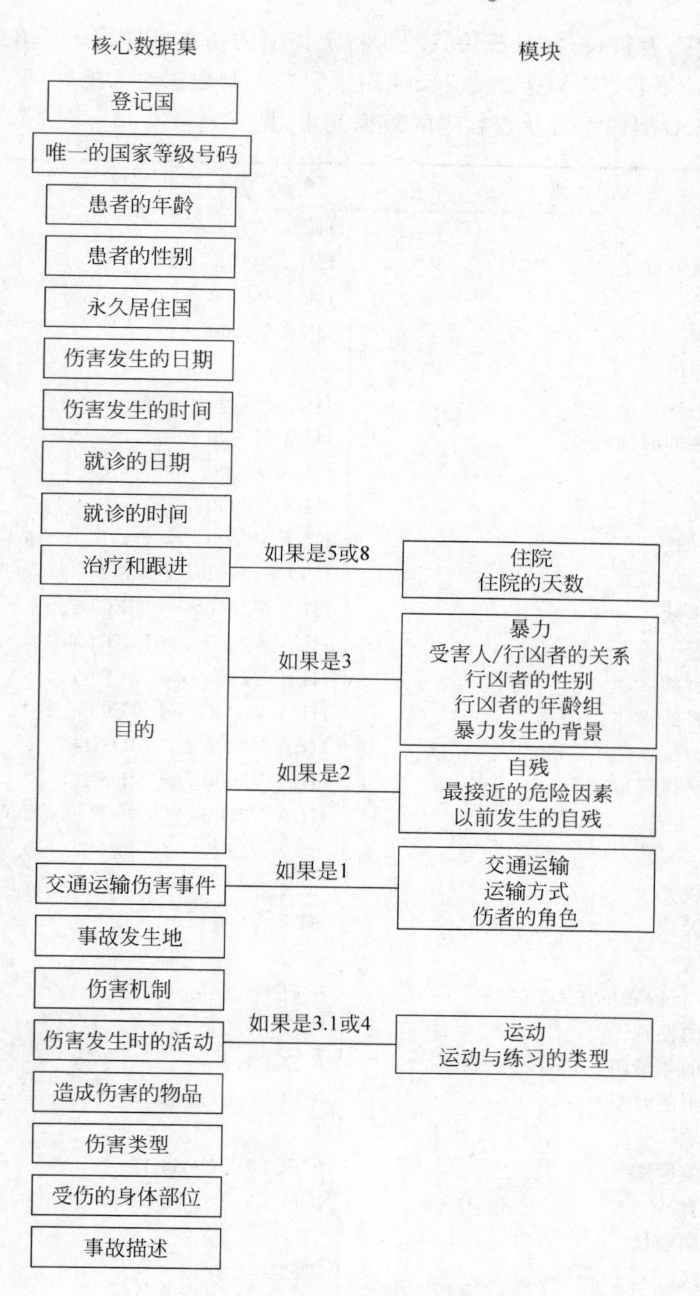

图 3.2 核心数据集包含的要素和模块

3. 工具

为了与历史作比较，制定了一个用于 IDB 编码手册代码到 HLA V2000 代码的转换换算表。IDB 编码手册的部分信息可从 ICD 代码中获取，因此，也起草一个从 ICD 到 IDB 编码手册部分的换算表。ICD 和 ICECI 采用不同的设计标准会导致两个系统巨大差异。代码表很长，但是模块只能为特定类型的伤害事件编码。开发合适的数据录入软件（自动推荐、文本搜索、链接、使用索引），限制数据录入的时间。

包含在IDB编码手册及资料中的数据元素，见下表。

数据元素	资料来源
登记国	HLA V2000
独特的国家登记号码	HLA V2000
患者年龄	HLA V2000
患者性别	HLA V2000
永久居住国	New
伤害发生的日期	HLA V2000
伤害发生的时间	HLA V2000
就诊日期	HLA V2000
就诊时间	HLA V2000
治疗和随访	HLA V2000
目的	ICECI 1.2(level 1)
事故发生地	HLA V2000 and ICECI 1.2
伤害机制	HLA V2000 and ICECI 1.2
造成伤害的活动	HLA V2000 and ICECI 1.2
产生伤害的物质	HLA V2000 and ICECI 1.2
伤害类型	HLA V2000 and MDS-Is
受伤的身体部位	HLA V2000 and MDS-Is
叙述	HLA V2000
住院模块	
住院的天数	HLA V2000
暴力模块	
受害人/行凶者的关系	ICECI 1.2(level 1)
行凶者的性别	ICECI 1.2
行凶者的年龄组	ICECI 1.2
暴力袭击的背景	ICECI 1.2(level 1)
自残模块	
近端风险因素	ICECI 1.2(level 1)
以前的自残	ICECI 1.2
交通运输模块	
运输方式	ICECI 1.2
伤者的角色	ICECI 1.2
对方	ICECI 1.2
运动模块	
运动/健身活动的类型	HLA V2000 and ICECI 1.2

3.3.2.2 数据元素(核心集和模块)编码、定义、使用指导及使用范例

下面列举一种伤害数据元素在 IDB 数据库编码手册中的编码内容及形式仅为包括二级编码未包括三级编码,具体 IDB 数据元素编码内容见《欧盟 IDB 编码手册》。

物体/物质生产伤害:

(1) 要求段长度

3x nn. nnnn 3x nn. nnnn

(2) 定义

与伤害事宜相关的事件、材料和物体。

(3) 背景

要有一个能够表明伤害原理的物体(如:汽车、取暖器、小刀)或物质(如:热水、火焰)。此数据要素旨在为一般意义上涉及生产损伤的物体或物质划分专门范畴,或为几乎所有的物体或物质划分较宽范畴。

(4) 使用指南

伤害一般是由一系列事件引起。伤害事件中可能有三种物体或物质:

- 潜在物体或物质(伤害事件开始时涉及的物体或物质);
- 直接物体或物质(造成实际身体伤害的物体或物质);
- 中间物体或物质(与伤害事件有关的其他物体或物质)。

直接物体或物质可能相似。例如,一个人在用刀子准备食物时切到了手,那么,在伤害事件的开始就涉及这把刀,而正是刀这一物体造成了实际的身体伤害。这种情况下对物体或物质数据进行编码非常容易。不过,另外一些情况就比较复杂了,比如,一位妇女被电器延伸线绊倒,在柜台上撞到了头,那么电器延伸线就是潜在物体,而柜台就是直接物体。当有几个物体共同造成伤害时,情况就会更加复杂。

撞车事件里可能存在一个潜在物体(例如被车撞到的树)和几个直接物体(如方向盘、仪表板、挡风玻璃)。每个直接物体都有可能导致不同的伤害。在讨论物体/物质顺序时候,伤害事件并不总是具有清晰的顺序。而且,案例中显示的信息通常会让我们不能清楚地分辨物体或物质的类型。

物体或物质生产伤害有三层编码,其中第三层最为详细。

(5) 物体或物质伤害编码

最多选择三个物体或三种物质。如果能够区分物体/物质类型,首先对潜在物体/物质编码,其次对直接物体/物质编码,最后对任何一个涉及或是被认为相关的中间物体/物质。

如果所涉及的潜在物体不只一个,则需选择导致较严重伤害的潜在和直接物体。

如果伤害的严重程度相似,则选择案例中首先提及的潜在和直接物体。

倘若不能区分物体/物质的类型,按照其在案例信息中出现的顺序,对至多三个物体/物质编码。

注意:

编码次序中存在间隔,主要在第三层编码。这些间隔可以允许增加主要版本变化

的编码。

如不涉及产品，则编码为空白或 00.0000

物体/物质生产伤害：第一、第二层编码概述如 3.4 附录。

3.3.3 欧盟伤害(2006 年和 2007 年)IDB 统计报告

这两份报告是欧盟伤害重要数据系列年度总结的第一、二版。结合所有可以利用的死亡率、发病率数据，为健康政策制定者、研究人员和安全从业人员介绍有关这一重要公共健康问题的综合概况。该种报告现已成为欧盟健康政策会议加强伤害预防的重要工具。

欧盟伤害数据库(IDB)网址：https://webgate.ec.europa.eu/idb，更多关于伤害统计的信息可见：

— 家庭和休闲：https://webgate.ec.europa.eu/idb

— 工作地点，道路交通：http://epp.eurostat.ec.europa.eu

3.3.3.1 欧盟伤害 IDB 2002—2004

1. 关于本报告

本报告是对欧盟伤害统计与调查主要结果的最新汇总。利用国际数据提供商(如：欧盟统计局或世界卫生组织)对外公布的欧盟伤害数据，结合欧盟伤害数据库(IDB)之“家庭和休闲事故”医院来源最新数据，本报告旨在对欧盟伤害的发生率和死亡率给予全面的介绍。数据采用的是欧盟 25 个成员国 2002－2004 年(大部分为 3 年的平均数据值)的数据。

2. 序言

“欧盟伤害”首次出版后便在为欧盟健康和消费者保护总理事会(DG Sanco)目前正在运作的公共卫生计划提供支持，该计划致力于推动健康信息与知识的发展和传播。本伤害报告涵盖了所有传统意义上的安全推广和消费者保护相关领域，它试图以“综合视角”对欧盟伤害进行概述，从公共健康入手加强伤害预防工作。

澳大利亚道路安全委员会(KfV)和伤害预防与安全推广欧洲协会(EuroSafe)通过不断为欧盟伤害数据库(IDB)提供更为准确的数据，并将其整合到欧盟事故和伤害综合信息系统中，实施了一系列项目，来开展公共健康计划这一重点工作——目的是向所有利益相关者提供最全面的事故和伤害范围、模式的相关信息，包括与特定消费品和服务有关的风险。通过与各成员国欧盟伤害数据库(IDB)管理机构和欧盟健康和消费者保护总理事会(DG Sanco)密切合作，目前通过公共互联网数据库即可获得欧盟各成员国多年来收集的家庭和休闲事故数据。

本报告重点突出的是伤害数据库结果，结合该数据库的公众访问平台，实际上它正在填补交通伤害(CARE-欧盟道路交通事故数据库)监测与职业伤害(ESAW-欧盟职业伤害统计数据库)监测之间在伤害报告中已经形成的鸿沟。

其他来自欧盟统计局(Eurostat)和世界卫生组织(WHO)关于伤害死亡率和发生率的数据源现正在为“部分”IDB、CARE 和 ESAW 数据提供必要的整体框架，并提供宝贵的暴力和自我伤害等故意伤害事件的统计数据。与欧盟自身开展的伤害监测一样，本报告未能兼容并蓄，仍有不尽之处。它只是选取了有限的伤害统计数据，但应可以对在线信息系统中更为详细的伤害数据进行诠释。可以肯定的是，尽管 IDB 从“家庭和休闲事故”向“所有伤害”的扩展现在仅仅处于起步阶段，尚未在本报告中给予介绍，但在未来将会对各领域的伤害预防提供大量的信息。

随着欧盟伤害数据的传播，DG Sanco 目前正在为国家数据或欧盟伤害预防参与国带来附加值。欧盟统计局通过自身的数据和专业知识，利用自有的专家网络为欧盟的这一进程提供支持。但是，所提供数据的利用情况可能只是以数据是否在政策和措施中得到了有效体现来衡量。

3. 本报告用表和图表来说明分析伤害监测的结果，内容分为以下几部分：

1 欧盟伤害负担——死亡率

2 欧盟疾病负担——发生率

3 伤害综述(按领域)

3.1 交通事故伤害

3.2 工作场所

3.3 家庭和 DIY 事故

3.4 家庭和休闲事故-欧盟伤害数据库统计数据(部分)

3.4.1 运动与休闲

3.4.2 家务劳动

3.4.3 体育运动

3.4.4 事故发生地点

附录：A1 数据提供商和数据来源

A2 报告进行“伤害综述”汇编(按国家)采用的伤害数据

3.3.3.2 欧盟伤害 IDB 2003—2005

1. 关于本报告

“欧盟伤害”第 2 版是对欧盟现有伤害统计与调查活动主要结果的最新汇总。利用国际数据提供商(如：欧盟统计局或世界卫生组织)对外公布的欧盟伤害数据，结合欧盟伤害数据库(IDB)之“家庭和休闲事故”医院来源最新数据，本报告旨在对欧盟伤害提供一个全面的概览。数据采用的是欧盟 27 个成员国 2003—2005 年(大部分为 3 年的平均数据值)的数据。特殊情况和数据来源相关信息见附录部分。数据截选自 2007 年 5 月。

注意：各成员国的数据中心和数据提供商虽为此力竭心血，仍无法确保伤害统计的完全可比较性，不免存在重复之处。对此存在诸多原因，如国家医疗救助体系下的组织机构设置不同，伤害原因报告中存在的文化差异等。

2. 序言

提供欧盟健康领域的数据是欧盟在公共健康领域的重要职责之一。其中职责之一便是提供伤害(故意伤害和意外伤害)数据，详细记录伤害的具体状况、原因(如：背景、活动、产品和相关服务)。"欧盟伤害"首份报告发表于2006年6月。它首次尝试结合其他重要的欧盟伤害数据和统计数据,对欧盟伤害进行综合概述,受到了伤害研究、预防和健康政策领域决策者的一致好评。本报告中主要数据部分取自欧盟传播学会公布的欧洲委员会、欧洲议会和理事会关于"欧盟安全行动"(2006年6月)以及后来欧盟理事会关于"伤害预防和安全推广"建议(2007年5月)的数据。这些数据正在为那些寻求公民健康和安全的健康管理部门提供警醒。"欧盟伤害"报告第2版是对先前版本的更新和补充,如:故意伤害试点地区数据。

3. 摘要

- 欧盟伤害中致命性伤害约有250 000件。
- 在欧盟,伤害是第四大常见死因。
- 意外事故和暴力致死是儿童、青少年和年轻人死亡的主要原因。
- 伤害风险存在于各成员国、社会团体中的严重程度不等,因年龄和性别不同而不同。伤害率最高的成员国面临的因伤致死的风险是伤害率最低的成员国的5倍。

4. 本报告用表和图表来说明分析伤害监测的结果,内容分为以下几部分

1 欧盟伤害——死亡率
2 欧盟疾病负担——发生率
3 伤害综述(按领域)
  3.1 交通事故伤害
  3.2 工作场所
  3.3 家庭和休闲伤害
4 家庭和休闲事故——欧盟伤害数据库(IDB)统计数据(部分)
  4.1 欧盟伤害数据库(IDB)——整体结果
  4.2 伤害发生时的活动
    4.2.1 运动与休闲
    4.2.2 家务劳动
    4.2.3 DIY工作
  4.3 运动
  4.4 事故发生地点

附录:A1 欧盟伤害数据库(IDB)"所有伤害"试点数据
  A2 按国家和年限对数据源的可用性进行的分类

3.3.3.3 伤害报告数据源的相关信息

CARE(社区道路交通事故数据库)—http://ec.europa.eu/transport/care/index_en.htm

欧盟道路交通事故数据库(CARE)是欧盟有关道路交通事故致死或致伤数据的数据库(无损失统计——只针对意外事故)。欧盟道路交通事故数据库与其他大多数现有国际数据库最大的不同之处在于,其高度的解聚,即该数据库包含各成员国收集

的个人事故的详细数据。CARE系统的目的是,提供一种强大的工具,为利用该工具判定和量化整个欧洲的道路安全问题、评估道路安全测量的效率、确定欧盟行动的关联性和促进该领域的经验交流变得可行。

欧盟伤害数据综述(CVI)—http://ec.europa.eu/health/ph_projects/2000/injury/injury_project_2000_full_en.htm

开展"欧盟(家庭和休闲事故—HLA)伤害综述数据"研究目的有二:一是将HIA数据放在其他伤害数据中,二是举例介绍国家HLA抽样数据评估工作。伤害纵观是对各类数据的综合,是一种跨领域数据统计方法,这样可以将欧盟以及欧盟各成员国统计的大部分伤害数据进行整合,成为一个欧盟伤害数据模型。此模型同时为了解伤害发生率和医疗保健情况提供了欧盟范围内重要的非故意伤害数据。

ESAW(欧洲工伤事故统计数据)—http://europa.eu.int/estatref/info/sdds/en/hsw/hsw_acc_work_sm.htm

http://ec.europa.eu/employment_social/news/2002/apr/esaw_en.html

工伤事故数据基于1990年开发的方法,在欧盟工伤事故统计数据(ESAW)框架内进行数据收集。数据采集于3天以上缺工的工伤事故(严重事故)和致命性事故。

"欧洲工伤事故统计数据"各国家数据源公布的是那些建立了广泛的社会保障制度的国家的公共(社会保障)或私有工伤事故特定保险,或其他相关国家管理机构(劳动检验机构等)的工伤事故数据。现提供有原欧盟成员国(欧盟15国)和挪威的工伤事故数据。目前正在借助第一手数据,参考2004年的数据,收集欧盟各新成员国和各候选国的相关数据。

欧盟伤害数据库(IDB)—https://webgate.ec.europa.eu/idb

IDB的前身是目前欧盟公共卫生计划中欧盟健康和消费者保护总理事会(DG Sanco)原"欧洲家庭和休闲事故监测系统"(EHLASS)。IDB是一个基于所选欧盟成员国医院事故与急诊科数据而建立的欧盟伤害监测系统。(如:与医院的患者或陪护人员面谈收集的数据)。该数据通过标准化方法进行累计,在中心数据库可获得。IDB内容详尽,包括事故地点(事故发生地)、事件(导致伤害的活动)、经过(伤害发生机制)以及伤害相关产品的信息,以及关于伤害的医检报告(如:诊断和受伤部位)。伤害数据库是欧盟唯一一个详细介绍了针对欧盟家庭和休闲事故制定伤害预防措施的数据源。IDB的目的是,通过跨国家进行数据统计和统一协调,通过报告和评测,推动欧盟各成员国开展伤害预防工作。"欧盟伤害数据库,2007年版"中的数据由澳大利亚、丹麦、法国、希腊、荷兰、葡萄牙和瑞典等七国统一收集,在13个其他成员国(大部分为扩充后的欧盟成员国)试点执行。从2007年开始,大多欧盟伤害数据库参与国已将"家庭与休闲事故"数据收集工作扩至"所有伤害"的数据收集。比较欧盟伤害数据库中不同的数据集时,因各成员国实行不同的数据抽样方法和医疗救助方式以及住院治疗方式,收集到的数据可能存在一定的局限性和偏差。通过各种指标(如:骨折类型)和其他数据源(如:出院数据)可对欧盟数据库中各数据集间存在的偏差和可比较性进行评估和/或改进,以便进行比较核对。

EUROSTAT(欧盟统计数据服务)—http://epp.eurostat.ec.europa.eu

死因数据(COD)提供的是有关死亡模式的数据,是构成公共健康数据的重要组成。COD数据基于死亡证明而收集。各欧盟成员国规定,死亡申报必须提供死亡医疗证明。各国将死亡证明中的信息通过编码,转为国际疾病分类代码。"欧盟(死因)初定名单"中将死因分为65种。该名单基于国际疾病与相关健康问题分类(ICD)统计数据而出炉。

数据质量与各国的死因报告和分类方式保持一致(证明和编码程序)。COD数据的收集程序在欧洲各国相对较为一致(通过死亡证明、采用国际疾病分类统计(ICD)数据)。然而,质量和比较性中的重大问题仍然存在(如:非常住居民(如:旅游人员)的长远影响和致命性伤害等特定外部原因的常规编码方法)。欧盟统计局拥有的大部分医疗救助数据来源于各个国家行政管理机构收集的数据。基于国家管理机构收集医疗保健数据,反映了特定国家构建医疗求助体系的方式,这些数据可能有时不具有可比性。按欧盟统计局的诊断和平均住院时间提供的出院数据按国籍、性别和选择的国际疾病分类编码可以查询截至2004/2005年以前的数据。劳动力调查数据(LFS):劳动力调查是一项定期开展的抽样调查活动(法律依据:欧盟委员会第577/1998号和第1575/2000号法规),为收集欧洲劳动力市场的可比较数据提供了一个独特的信息源。劳动力调查记录了从业人群、失业人群以及待业人群在人口统计学、社会和经济角度的变化。

IRTAD(国际道路交通事故数据库)—http://cemt.org/IRTAD

国际道路交通事故数据库提供了详细而全面的交通事故数据,旨在为评估国家交通安全领域的发展提供全球范围内可比较的最新统计数据和一致的时间序列。

国际道路交通事故数据库目前由经济合作与发展组织(OECD)/欧洲交通部长大会(ECMT)交通研究委员会联合负责监督。IRTAD对所有国家开放,包括非经济合作与发展组织和欧洲交通部长大会会员国。

WHO(世界卫生组织)—全民健康数据库—http://www.euro.who.int/hfadb

在欧洲"全民健康"数据库(HFA-DB)中,能够快速找到世卫组织欧洲区52个成员国大量的基本健康统计数据。该数据由世卫组织欧洲事务地区办公室(WHO/Europe)于20世纪80年代中期开发,旨在为在该地区进行的健康监控工作提供帮助。该数据库对于进行全球比较,在全球环境下评估任一欧洲国家的健康状况和趋势极为有用。特别是对于计算欧盟每10万人的标准化死亡率更是如此。SDR是使用直接法计算的年龄标准化死亡率,即与欧洲标准人口年龄构成相同的人口粗死亡率。HFA数据库职业性伤害包括:工伤事故导致的死亡、人身伤害和疾病困扰。工伤事故是指在各类企业中工作时或工作过程中发生的可能导致死亡、人身伤害或罹患疾病的事故(国际劳工组织(ILO)《劳工统计年鉴》),包括所有工业。上下班往返途中发生的事故不包括在内。各国对工伤事故的定义和登记上报办法各不相同。

世界卫生组织(WHO)—死亡率数据库(WHO统计数据系统组成部分)—http://www.who.int/whosis/mort/en

现有的数据包含了在国家重要登记系统中记录的死亡数。根据ICD规则由国家有关部门对死亡原因进行编码，随相应数据在系统中注明。利用世界卫生组织死亡率数据库提供的数据，可以按照国家、性别和年龄结构对因伤致死的死因进一步进行详细的分析。除塞浦路斯外，欧盟27个成员国的数据均涵盖其中。其中，绝大部分数据为截至2004年之前的数据。

3.4 附录

伤害数据库中物质编码表：

1 陆路交通工具及方式
- 1.01 人力交通方式
- 1.02 畜力交通方式
- 1.03 两轮或三轮动力交通工具
- 1.04 四轮或四轮以上轻型交通工具
- 1.05 四轮或四轮以上重型交通工具
- 1.06 轨道交通工具
- 1.07 陆路交通工具或交通方式的配件/构件
- 1.98 其他详细注明的陆路交通工具或交通方式
- 1.99 未详细注明的陆路交通工具或交通方式

2 移动机械设备或具有专门用途的交通工具
- 2.01 移动机械设备或具有专门用途的交通工具(农业用)
- 2.02 移动机械设备或具有专门用途的交通工具(工业用)
- 2.03 移动机械设备或具有专门目的的交通工具(建筑用)
- 2.98 其他详细注明的移动机械设备或具有专门用途的交通工具
- 2.99 未详细注明的移动机械设备或具有专门用途的交通工具

3 船只或水路运输方式
- 3.01 动力船只或水路运输方式
- 3.02 非动力船只或水路运输方式
- 3.03 船只配件/构件(动力或非动力)
- 3.04 海上安全设备
- 3.98 其他详细注明的船只或水路运输方式
- 3.99 未详细注明的船只或水路运输方式

4 飞机或航空运输方式
- 4.01 动力飞机或航空运输方式
- 4.02 非动力飞机或航空运输方式
- 4.03 飞机配件/构件(动力或非动力)
- 4.98 其他详细注明的飞机或航空运输方式

4.99 未详细注明的飞机或航空运输方式

5 家具/陈设品

5.01 床、床垫、床上用品

5.02 椅子、沙发

5.03 桌子、餐台、食橱、书架或隔板

5.04 装修及装饰品

5.05 花园用家具

5.06 家用亚麻布

5.98 其他详细注明的家具/陈设品

5.99 其他未详细注明的家具/陈设品

6 婴儿或儿童用品

6.01 婴儿或儿童物品

6.02 玩具

6.03 操场设备

6.98 其他详细注明的婴儿或儿童用品

6.99 其他未详细注明的婴儿或儿童用品

7 主要家庭用具

7.01 烹饪或厨房用具

7.02 清洁、洗烫设备或工具

7.03 照明用具

7.04 加热或冷却设备

7.05 缝纫用具或设备

7.06 休闲设备

7.98 其他详细注明的家庭用具

7.99 其他未详细注明的家庭用具

8 器具或容器

8.01 烹饪或食品加工器具

8.02 陶瓷、炊具

8.03 清洁器具或容器

8.04 食物储存或与之相关的器具或容器

8.98 其他详细注明的器具或容器

8.99 其他未详细注明的器具或容器

9 主要个人用品

9.01 衣服、鞋及相关产品

9.02 衣服饰物或个人装饰品

9.03 个人装饰件

9.04 化妆品及相关产品

9.05 通信、通信类相关产品及配件
9.06 艺术品或工艺品
9.07 个人援助用具
9.08 烟草或相关产品
9.09 运输设备、行李
9.98 其他详细注明的个人用品
9.99 未详细注明的个人用品

10 主要用于运动和休闲活动的装备
10.01 运动用球
10.02 手持运动设备
10.03 运动或锻炼用设备或结构件
10.04 主要用于运动和休闲活动的轮式设备或为运动而设计的设备
10.05 潜水设备
10.98 其他主要用于运动和休闲活动并详细注明的装备
10.99 主要用于运动和休闲活动且未详细注明的装备

11 主要用于同工作相关之活动的工具、机器和设备
11.01 机器或固定设备
11.02 动力手持工具和设备
11.03 非动力手持工具和设备
11.04 压力装置设备
11.05 其他非动力设备
11.98 其他详细注明且主要用于与工作相关之活动的工具、机器和设备
11.99 未详细注明且主要用于与工作相关之活动的工具、机器和设备

12 武器
12.01 锋利物体
12.02 火器及相关物体
12.98 其他特殊武器
12.99 未详细注明的武器

13 动物、植物或人
13.01 植物
13.02 鸟类
13.03 昆虫、无脊椎动物
13.04 陆地哺乳动物
13.05 海洋动物
13.06 爬行动物和两栖类动物
13.07 人类
13.98 其他详细注明的动物

13.99 未详细注明的动物

14 建筑物、建筑物组件，或相关装置

14.01 建筑装置

14.02 门、窗，或相关装置/部分

14.03 地板或相关装置/部分

14.04 墙或相关装置/部分

14.98 其他详细注明的建筑物、建筑物组件，或相关装置

14.99 未详细注明的建筑物、建筑物组件，或相关装置

15 地表或表面构造

15.01 地表

15.02 水体

15.98 其他详细注明的地表构造

15.99 未详细注明的地表构造

16 原料等

16.01 自然原料

16.02 人造原料和工业原料

16.98 其他详细注明的原料

16.99 未详细注明的原料

17 火、火焰、或烟

17.01 火、火焰

17.02 烟

17.98 其他详细注明的火、火焰、或烟

17.99 未详细注明是否因火、火焰或烟造成的伤害

18 热物体或物质

18.01 热液体

18.02 热的空气或气体

18.98 其他详细注明的热物体或物质

18.99 未详细注明的热物体或物质

19 食物和饮料

19.01 食物、饮料，或相关产品

19.98 其他详细注明的食物或饮料

19.99 未详细注明的食物或饮料

20 人用药物，如：药、内服药

20.01 止痛药、退热剂、治疗风湿类药

20.02 杀菌剂、抗感染药物

20.03 感冒咳嗽药物

20.04 哮喘用药

20.05 抗组胺剂
20.06 抗抑郁剂
20.07 镇静剂、催眠药物、安定药物
20.08 抗痉挛药物
20.09 心脏血管药物
20.10 利尿剂
20.11 抗血凝剂
20.12 治疗肠胃用药
20.13 诊断性试剂
20.14 抗肿瘤药
20.15 麻醉剂
20.16 肌肉舒缓药物
20.17 麻醉药品拮抗剂
20.18 眼耳鼻喉类药物
20.19 局部配制
20.20 维生素或饮食补充物
20.21 电解液或矿物质
20.22 血清、类毒素、疫苗
20.23 荷尔蒙、荷尔蒙拮抗剂、类药物
20.24 “市售”休闲药物
20.98 其他详细注明的人用药物
20.99 未详细注明的人用药物

21 其他非药用化学物质
21.01 胶水或粘胶
21.02 燃料或溶剂
21.03 油漆、涂层或脱膜剂
21.04 宠物(兽医用)产品、杀虫剂、除草剂
21.05 清洁剂
21.06 用于化工生产、工业制造等的反应物
21.07 腐蚀性化学药品
21.98 其他详细注明的非药用化学物质
21.99 未详细注明的非药用化学物质

40 医用和手术设备
40.01 普通医院用设备或个人用品设备
40.02 普通或塑料手术设备
40.03 麻醉设备
40.04 心脏血管设备

40.05 耳鼻喉设备
40.06 肠胃设备
40.07 神经设备
40.08 产科或妇科设备
40.09 眼科设备
40.10 整形外科设备
40.11 放射线设备
40.12 物理医学设备
40.98 其他详细注明的医用和手术设备
40.99 未详细注明的医用和手术设备

41 实验室设备
41.01 离析器
41.02 测试分析设备
41.03 试管
41.04 玻璃管
41.05 显微镜
41.98 其他详细注明的实验室设备
41.99 未详细注明的实验室设备

98 其他详细注明的物体或物质
98.01 法律执行设备
98.02 公用设备
98.03 露营设备
98.04 紧固、捆绑或安全设备
98.05 爆炸性材料或易燃物
98.06 休闲场地、花园等的固定设备
98.07 乐器
98.08 工业包装
98.09 其他包装、容器和包装组件
98.10 同位素、射线
98.98 其他详细注明的物体或物质

99 未注明的物体/物质

第4章

英国产品伤害监测系统

4.1 管理机构简介

英国产品伤害监测系统可以追溯到1978年，它由家庭事故监测系统(HASS)和休闲事故监测系统(LASS)收集全国各地一些有代表性的医院急诊室的数据，通过对这些数据使用方程转换，整体估计求诊人次总量，转化为国家的数据。最初家庭事故监测系统和休闲事故监测系统的数据均提交给贸易及工业部(DTI)，2003年5月2日之后将现有的数据移交给皇家事故预防协会(RoSPA)。RoSPA的资讯中心，从2004年1月1日起，开始提供家庭事故监测系统和休闲事故监测系统的公共服务信息数据查询，并且已持续5年。

完整的家庭事故监测系统和休闲事故监测系统的数据库包含超过680万条意外的记录，自1978年起，已收集了超过20年，含人工合成30个不同领域的信息。实际上，考虑隐私和数据保护的因素，它不会被使用整个资料库可搜寻，一些领域也禁止市民使用。家庭事故监测系统和休闲事故监测系统并不能让你阅读到个别意外的细节。同时，按照数据保护法等原则，并非所有的数据记录包含准确的日期。要获取此信息，需要联络RoSPA信息中心，它可以提供个性化的情况摘要，提供一个详细分类，提供发生意外的一个月的数据及进一步的细节。

皇家事故预防协会是完全独立的专业团体和慈善机构，它是基于一个简单的基本目标即帮助拯救生命和预防各种伤害事故发生的独立安全组织。皇家事故预防协会通过各种方法使得人们在英国能更加安全的工作，无论人们在哪里，无论人们在做着什么。皇家事故预防协会也提供信息、咨询、资源和培训服务，并出版了各种各样的关于安全产品出版物。皇家事故预防协会正积极参与促进安全和防止事故，在生活的各个方面——工作、家庭、道路、学校、休闲和水附近场所。皇家事故预防协会致力于为中央政府和地方政府、慈善服务组织，警察和大大小小的公共和私营部门服务。皇家事故预防协会的基金有一部分是来自捐赠和赞助，但主要是依赖于支持其日益增长的会员提供。会员享有一系列杂志订阅的折扣。

4.2 HASS&LASS 系统管理体系

家庭事故监测系统(HASS)和休闲事故监测系统(LASS)是两个关联的数据库，记录了在家庭和休闲场所造成的不得不去医院治疗的严重伤害事故。

4.2.1 收集数据

家庭/休闲事故监测系统所掌握的事故数据代表了所有发生在英国境内，并导致了受害人入院治疗的家庭和休闲事故。

全国有多至18个定点医院随时向家庭/休闲事故监测系统提交信息。这些医院的确定要基于一个正式的统计程序。作为最低要求，每个医院必须：

- 每年接治10 000个以上的急诊病例；
- 提供24小时服务；
- 能够执行急救行动。

在英国共有300个左右这样的医院。为了获得更好的依据来做出全国评估，我们混合组成的16～18个医院应该符合以下条件：

- 来自不同的地区；
- 来自城市和农村；
- 服务于不同规模的人群；
- 有不同规模的急诊部。

任何一个医院都不可能完全代表它所在的地区。因此，家庭/休闲事故监测系统的评估只在一定的区域范围内有效，也就是说在英格兰、苏格兰和威尔士，或者整个英国。

在2000—2002年报告期间，有两所医院保留的样本一直没有被取代，芒克兰兹医院提供了到2001年6月的数据，皇家伯克夏医院也保留了到2001年底的样本。

在每个医院，都有经过特殊训练受雇于医院但签订合同为家庭/休闲事故监测系统工作的访谈员来收集信息。一个叫IMS医疗审计组织的市场研究机构代表贸易工业部来负责招聘、管理和训练家庭/休闲事故监测系统的访谈员。

访谈员负责高峰期在急诊部值班。他们鉴别那些遭受家庭或者休闲事故的患者，并且尽快通过标准问卷对这些患者进行调查。成年患者以面对面的方式受访，如果是孩子遭受这种事故，那么就从其父母或者陪同的成年人处了解详情。

访谈员通过医院病历的询问记录来补充信息。如果不能够对患者进行调查，那么他们仅能根据病历来完成家庭/休闲事故监测系统记录。这些信息将通过以下方式进入到家庭/休闲事故监测系统数据库中：

先把问卷调查表中的信息输入到医院家庭/休闲事故监测系统专用的计算机里。计算机将会自动核对这些数据的一致性和准确性。一旦经过核对并确定有效，这些新的数据随即通过ISDN线传送到中央收集系统，并在经过进一步的核对之后传送到贸易工业部的中央数据库中。当然，2003 年 5 月 2 日之后已将现有的数据移交给皇家事故预防协会。

代表英国 18 个家庭/休闲事故监测系统的 11 个定点医院把伤害事故报告提交给欧洲家庭和休闲事故监测系统(EHLASS，现已更名为伤害监测系统 ISS)。该系统建立于 1986 年，目的在于收集所有欧盟成员国的伤害事故记录并进行分类。英国已经像以前一样提交了 2000—2002 年的数据。

欧洲委员会把家庭和休闲事故监测系统合并到家庭和休闲事故中去，作为家庭和休闲事故在 1999—2003 年伤害预防计划一个完整不可分割的部分。2002 年，伤害预防计划(IPP)被合并成了 2003 年 1 月生效的公共卫生计划(PHP)的一部分。在公共卫生计划中卫生部代表着英国。

4.2.2 汇编统计

家庭/休闲事故监测系统数据库含有过去 20 年里收集到的大约 500 万个受害者发生事故的详细信息，综合了 30 个不同领域的信息，涉及 1500 多种产品。用于收集数据的问卷调查表有 50 多个问题，包括：

- 现场情形的简短描述；
- 事故发生地点的详细情况；
- 受害人的详细情况，包括年龄及性别；
- 伤害的详细情况；
- 涉及的产品。

对这些信息进行分类，可以了解事故的全面情况以及它是如何发生的。表格里不同侧重点的统计摘要也可以看出，诸如所有的事故发生者的年龄情况。

大多数研究人员都发现家庭/休闲事故监测系统的标准统计表最为有用。这些关于急诊病例的报告有从 1～12 月一整年的记录。

统计表一般有三方面的信息，例如，运动事故可以通过运动的类型、受害人的年龄及性别来进行分析。这对确定这些因素之间的关系是极为有用的。作为选择，原始的和其他的信息可以作为案例条目提供给特殊分类的随机事故样本。

许多收集的信息项目可以结合起来制作统计表。例如，家庭事故监测系统可以提供年龄在 25 岁以下、在自助劳动中受伤的人数数据。皇家事故预防协会的家庭事故监测系统小组很乐于解答关于事故统计的咨询，并且提供表格和/或者匿名病例研究这样特制的分析材料。

一旦抽样数据从这 16～18 个家庭/休闲事故监测系统定点医院取走后，通过一个方程式可以把这些数据转换成国家数据，即通过取样医院的患者数量来估计全国所有医院的患者数量。

家庭/休闲事故监测系统特殊变量组合案例的数量越少，源于这些抽样案例的国家评估的统计置信度就越低。对于所有的事故来说，可以通过置信限度来证明国家评估是否合理。

个人的意外事故是不可预知的。根据事故的特性，事故都是随机发生的事件。在特定的年份里所记录的事故包含许多选择和情况：人们要做什么；他们怎么去做；以及他们行为无法预料的结果。

基于这些抽样案例的国家评估也一样会存在统计误差。这些误差可以通过置信限度来评价。

国家评估的置信度用E表示；我们的两个置信限度用L(下限)和U(上限)表示。E是在不知道实际事故数量的情况下，能够根据抽样得出的最好单一评估结果。置信度的上限和下限与特定的信心水平有关，通常该比例是95%。这意味着在100个实际的事故案例中有95个置信度在下限(L)和上限(U)之间。这就限定了国家评估(E)的误差幅度。这个幅度可以看做一个实际的数量或者是E的百分比。这限定了国家评估(E)的误差幅度。该误差幅度可以通过一个实数或者E的百分比来表示。

举一个例子来说明，在1993年记录有3189件叮咬事故。套用产生国家评估的方程式，就是E=66 800，置信限度L=64 500，U=69 200。所以，英国所有的叮咬事故的总数就在64 500和69 200之间。相对于国家评估，置信限度下限和上限可能并不精确；而66 800+2400将是比较准确的。

家庭/休闲事故监测系统数据库包含有少部分致命事故的记录。然而，因为在急诊部治疗时或者之后相对很少会有死亡发生，所以这些例子并不能代表所有的致命事故，并且它们也没有包含在该报告中。

4.3 RoSPA系统管理体系

皇家事故预防协会延续了许多情况下对事故预防的影响，如道路交通，家庭，休闲，工作场所及安全教育，虽然仍然要在日益激烈的市场竞争中完成良好的财政收益。例如：欧盟就宣布禁止没有防儿童开启装置的打火机销售(此事皇家事故预防协会首席执行官John Howard已呼吁了许多年)，该决定每年可能在欧盟范围挽救20条生命并且避免1200场火灾，这些事故可能仅仅由小孩玩耍廉价打火机而引起。该例子就说明了皇家事故预防协会的存在的必要性。

得益于一些措施的实施，如职业安全健康国家考试中心全国通用证书的独家发放，有效的振兴活动，在总部大厦设立“John Howard培训套房”。

皇家事故预防协会的八年行动计划把职业道路风险管理(MORR™)提到了协会的最高议事日程上，这导致了全英国和海外对驾驶员和车队解决方案极大的需求。其工作是职业道路安全联盟的一部分，并且同运输部一道增加许多新的设施以保护容易受到伤害的道路使用者——年幼的行人，骑脚踏车的人和摩托车驾驶者。

皇家事故预防协会的休闲和家庭安全组特别强调对高质量数据的需求：各个级别的决策者都需要数据来评估风险，以及决定如何分配这些宝贵的资源。一个既存的问题是与道路和工作场所相比，英国在减少家庭事故费用上的投入还很少。感到骄傲的是，英国的办公场所、工厂和道路都是世界上最为安全的。但是维持这种状况，以及把这些帮助预防死亡和严重伤害造成的不幸的技术扩展到英国经济的其他领域和海外去，仍然是一个艰巨任务。

意外事故不仅会导致身体和精神创伤，还会耗费大量的金钱。皇家事故预防协会的任务就是“在事故预防方面产生有力的影响”，它的目标是通过调查研究、教育以及提供信息来预防事故发生。尽管大多数的事故是可以预防的，但是一天 24 小时，一周 7 天它们都可能在任何地方发生。皇家事故预防协会把它的专业技术归集于以下几个领域：工作，休闲，道路交通，家庭，改变和信息共享。

在这些领域中，皇家事故预防协会扮演着重要问题的倡导者和相关服务的提供者的角色，并通过自己的工作来实现改进。

工作：

- 充分利用事故调查以推动组织学习。
- 通过安全和健康主管行动(DASH)来提高社团的领导能力。
- 增加协会报告的透明度，实行信息公开制度(GoPOP)。
- 通过提供一系列的职业安全培训课程来提高工厂应对内部安全事故的处理能力，从皇家事故预防协会人工处理阶段提高到职业安全健康协会(IOSH)的安全操作要求和职业安全健康国家考试中心(NEBOSH)的六级水平。
- 通过健康和安全咨询来执行最优的方法。
- 通过对 HSG65，BS8800 和 OHSAS18001 的审核活动推动持续的改进。
- 通过皇家事故预防协会的职业健康和安全奖来认可成绩。

休闲：

- 为国家系统提供休闲事故和溺死数据。
- 通过英国政府协调有关溺水的行动。
- 通过风险经历安全教育(LASER)来增加儿童对风险管理的了解。
- 建立这样的认知：运动场应该有必要的安全，而非尽可能安全。
- 在水上和休闲安全领域提供专家咨询和审查。

道路交通：

- 提高对职业道路风险管理(MORR™)需要的认识。
- 提供一系列职业道路风险管理(MORRT™)服务，包括咨询，风险评估，软件工具和驾驶员培训。
- 提高驾驶和摩托车骑行标准。
- 通过皇家事故预防协会的高级驾驶测试和高级驾驶员和骑行者培训来鼓励提高标准。
- 改进驾驶员和摩托车骑行者的行为。

家庭：

- 确定和协调英国政府在促进家庭安全的作用。
- 改善家庭和花园环境的安全。
- 提供遍及全英国的家庭安全咨询。

- 提供全体市民和协会公认的家庭安全培训课程。

影响力：

- 通过有效的公共事务维持皇家事故预防协会和事故预防行动的形象。
- 发起成立安全团体。
- 通过皇家事故预防协会的事件分享最好的实践经验和信息。
- 提高皇家事故预防协会成员的经验。
- 更新皇家事故预防协会安全资源的范围。

支撑这些领域的是一个为所有的目标受众制订的信息计划，包括公共事务，各种会议，研讨会，出版物和一个受欢迎的网站。在这一年中，皇家事故预防协会把信息公开制度的建议应用到了报告其健康和安全系统的业绩中。

举例说明：

关于皇家事故预防协会如何在 2005/2006 年度达到这些目标的例子将在该年度评论的如下部分概述。

4.3.1 成就和业绩

1. 工作

皇家事故预防协会工作场所安全行动(以前叫做职业安全和健康)的收入增加了11%，达到了 490 万英镑。这一点，加上良好的资产利用一起提高了 15.8 万英镑的税收。

充分利用事故调查

皇家事故预防协会和诺德维克风险倡议的 John Kingston 博士一起制定了“职业调查准备定义”的白皮书，以描述有效调查事故和事件的前提。数千人下载了这个公布用于讨论和评论的文件。

各组织报告的领导能力和透明度

皇家事故预防协会研究表明，各组织汇报它们健康和安全业绩的方式是非常不确定的。该发现以及最佳实践建议，都公布在 GoPOP 的网站上，作为正在进行的改进组织报告健康和安全业绩活动的一部分。皇家事故预防协会向健康和安全委员会施加压力，要求它修订健康和安全委员会健康和安全主管职责指南，以使该指南有效实施。

通过培训来提升工厂的能力

在皇家事故预防协会改进培训课程的那年，培训课程代表的数量也随着增加了，从人工处理到职业安全健康协会(IOSH)安全管理和职业安全健康国家考试中心(NEBOSH)六级证书。

皇家事故预防协会通过在全国范围内把培训中心从两个(伯明翰和爱丁堡)增加到九个，使各公司和组织都能更容易的得到高质量的培训。这也极大地降低了受训者旅行和膳宿成本。这种有针对性的“在公司里”课程很受欢迎，因为皇家事故预防协会有能力根据不同组织的需要修改现有的课程以适应它们。

2006年在成本方面的一个主要改变是将总部大厦改造成了“John Howard培训套房”，创造了一个富有现代感的舒适的培训环境，并因此而节约了酒店和会议中心花费，这个地方在接下来的很长一段时间里将处于空闲状态并且可以出租出去。

皇家事故预防协会为国际承认的职业安全健康国家考试中心三级国家通用证书的颁发规定了严格的标准方法。它允许受训者通过间断性的课程学习，而不是传统的连续两周课程计划的学习来获得职业资格。这使得那些还处在安全萌芽状态的职业人员可不必走出办公室，去用一段持续的时间来获得这个重要的资格。

皇家事故预防协会的人员护理中心用新的设备给护理部门开设安全处理课程来提升他们的能力。代表们在现实的工作环境中训练使用最新的设备并且在轮到他们的时候根据他们的工作场所而改变技巧。

新课程包括：

石棉安全意识——旨在培训那些负责建设、维修和保养商业物业的人员如何达到他们的法律职责要求。它帮助处理与石棉有关的健康风险，石棉仍然是英国单一最大的工亡原因。

压力和暴力——考虑到压力和暴力之间相互密切的关系，导致随之产生的令人担忧的由于压力和工厂暴力事件而造成的工作日失职的数据统计。

高级行为安全——提供对制定和维持行为安全计划更多的了解。

不管皇家事故预防协会培训课程的普及性如何，全英国的职场人员中只有很小一部分接受了正式的健康和安全培训。因此，皇家事故预防协会委托Peter Waterhouse教授为经理们写一个关于推行健康和安全培训障碍的报告。报告的成果将用于改善皇家事故预防协会专业知识的易受性。

健康和安全咨询

皇家事故预防协会的顾问们一直在英国和海外工作。为企业提供现行支持是其职责之一，咨询部为大组织提供临时防护建议。为了应对新的法律，客户对详细的火灾风险评估的需求也有所增加，针对新法规的工作场所噪声评估服务也已准备就绪，这可以极大地降低工作场所内可以接受的噪声水平。为了满足需求，皇家事故预防协会也加大了使用国际健康和安全管理规范——OHSAS18001来评估各组织灵活性的情况。皇家事故预防协会不仅审核更加灵活，还与客户一道改进管理系统以及降低事故风险。

审核

各种各样的组织，从大的到小的，公营的到私营的，都邀请皇家事故预防协会对它们的健康和安全管理系统进行详细检查。皇家事故预防协会的审核系统部门使用更多的风险控制指示器来测试一个组织的健康和安全管理系统是否符合特定法律的要求，并且使审核满足客户的要求。OHSAS18001规范的内容对于那些想要对该规范进行单独审核的组织来说是很受欢迎的。

对业绩优良者授奖认可

到第49年，有1300多名皇家事故预防协会职业健康和安全奖的竞争者改进和维持了它们的健康和安全成绩，并且为后来的其他组织作出了积极的榜样。为了筹备该计划实行50周年，已经开展了深入的研究，以探究获奖者的需求并改进颁奖程序。

有少数模范获奖者加入到皇家事故预防协会的合伙人进步计划中。这些组织向皇家事故预防协会提供资金或者非资金支持，以帮助它开展研究以及制定工作场所的方针议程。

2. 休闲

休闲安全收入下降了8%，为21.2万英镑，主要由于创办国家水安全论坛的三年期额外补助将要到期。尽管这样，细致的成本控制还是稍稍对收入下降有所限制。

休闲和意外溺死数据

皇家事故预防协会领导协调国家水安全论坛信息组的工作，以统计出一套全国一致的与用水相关的死亡数据。这意味着皇家事故预防协会领导全国发起新的安全运动。

皇家事故预防协会发现旅游相关的溺死人数有增加的趋势，这促使葡萄牙特别对在本国旅游的英国人和葡萄人中加强了水安全通报。在此之后仅有一名英国旅游者在葡萄牙溺死。

皇家事故预防协会的事故数据是英国海岸营救服务使用信息的一部分，通过这些数据它们可以决定在何处配备救生艇和救生直升机。

由于休闲事故监测系统被政府摒弃之后没有替代措施，皇家事故预防协会建立了一个休闲事故数据系统(PIDS)。该系统整理尽可能多的提供休闲事故和事件数据，包括地方政府报告和剪报。

关于溺水的政府协调

皇家事故预防协会在协调国家水安全论坛中的作用已经使得它第一次在形式上作为一个独立的实体代表所有的政府部门，对影响水安全的问题负责任。政府跨部门小组(GIG)现在意识到了混乱的内河航行问题，并且让论坛去调查内陆水以找出问题的范围。许多地方政府正在考虑提供海滩救生员服务，而有些地方政府却采取倒退的做法——撤除海滩救生员。这种情况已经报告给了政府跨部门小组，该小组正在与政府协调如何解决该问题。

风险经历安全教育(LASER)

在卫生部的资助下，皇家事故预防协会已经被安排发展风险经历安全教育鉴定计划。人们普遍认为风险经历安全教育是确保年轻人了解危险和风险的最佳途径之一。皇家事故预防协会的工作已经大大推进了这些计划，并且通过风险经历安全教育鉴定计划将确保对年轻人教育的一致性和高质性，并且保持每年以一定的数量增长及计划的长久性。一个新的皇家事故预防协会的风险经历安全教育网站允许现存的计划能够得到鉴定所需的资源，并且为他们提供一个共享最优方法信息的论坛。

运动场

皇家事故预防协会的观点是运动场应该“有必要的安全，而非尽可能安全”。它通过2006年6月在埃文河畔斯特拉特福举行的主题为“预防VS风险体验”的首届国际运动安全会议,来提倡令人兴奋和刺激的运动场所应该具有的高运动价值观念。皇家事故预防协会的运动质量工作者奖也证明了提供有趣的、高质量运动设施的承诺,其中包括为残疾人提供类似的设施。在该次会议上宣布了第一个获奖者,该奖吸引了许多运动场所来接受审核并且为运动工作者制定了高标准去竞争获得荣誉。

咨询和审核的规定

皇家事故预防协会已经开展了针对水上和休闲场所以及家庭和海外活动的审核,且次数在不断增加,目的在于为旅游者和参观者提供一个更安全的环境。通过这项工作,皇家事故预防协会提倡使用安全点——安全信息和公共营救设备的结合。通过与其他组织的合作,皇家事故预防协会为海滩安全旗帜和水域安全标志制定了统一的标准,皇家事故预防协会提倡在所有适合的地方实施该措施。

3. 道路交通

收入增加了15%,达到1900万英镑,利税也增加了67 000英镑。政府资助的项目都需要时间和金钱,而高速增长的驾驶员和运输企业的过剩,主要是由于激烈的竞争造成的。

职业道路风险管理(MORR™)意识

为了在决策者心中有道路安全工作意识,皇家事故预防协会同健康和安全部门以及交通运输部门保持着联系,并且向工作和养老金部负责健康和安全的部长Hunt阁下汇报。

皇家事故预防协会还为职业道路安全联盟(ORSA)提供秘书处并且开设了网站,该网站在这一年中点击率超过43 000次。职业道路安全联盟代表着100多个组织,它把雇主、工会、地方政府、警察部门、安全组织和安全人员以及同业公会集合在一起。它还唤起了人们对工作相关的道路安全意识并且鼓励企业更有效地管理工作中的道路安全风险。

支持职业道路风险管理(MORR™)

皇家事故预防协会加强了驾驶员和车队解决方案组,以满足对职业道路风险管理日益增长的关注。在这一年中,皇家事故预防协会与驾驶技术(英国)有限公司一起开展了道路测试——第一个专门为企业驾驶员设计的高级驾驶测试。公司卡车和火车驾驶员发生事故的比率要比私家车驾驶员高出35%~50%。该测试目的在于降低因工作而发生道路交通事故的人数,因为调查表明,高级驾驶员发生道路事故的概率通常要低25%。

近90人获得了以培训车队驾驶员为基准的皇家事故预防协会高级驾驶教练国家证书。现在可以在英国和爱尔兰的六个区域中心参加该课程,这使得全国的报考者可以就近学习并且获得这个对促进职业道路风险管理(MORR™)至关重要的资格。

可以从驾驶员和车队解决方案网站上获得新的免费在线职业道路风险管理(MORR™)顺应性评估,能够为各公司执行它们当前的职业道路风险情形简单的审核提供一个有成本效益的方案。

皇家事故预防协会使得运输企业通过获奖心理风险评估工具“模拟驾驶员”来更

加强调那些工作中驾驶员的“行为和态度”。它通过帮助各公司把它们的驾驶员分成高风险、中风险、低风险三种类型,来改进公司用于评估其员工的方法。其他新的预防事故的方法包括驾驶员网络学习以帮助中低风险的驾驶员,还有在线个体驾驶员风险评估,这是对“模拟驾驶员”的补充。

提高驾驶和骑行标准

皇家事故预防协会研究了初学驾驶员所面临的问题,并且开设了一个新的网站www. helpingldrivers. com。它告诉家长需要保证他们的孩子在学习驾驶阶段获得足够多的指导驾驶(骑行)经验,以及通过私下练习支持他们的职业课程。初学者私下练习越多他们就会变得越有经验,他们发生道路事故的概率就越小。

皇家事故预防协会还是运输部门道路安全顾问团成员,它帮助指导制定国家道路安全战略。议会制作了关于道路安全主题的宣传单,包括 MSPs,苏格兰 MPs 和苏格兰 MEPs 以及皇家事故预防协会领导制订了针对苏格兰地区的儿童安全行动计划,该计划是欧洲儿童安全联盟项目的一部分。

皇家事故预防协会作为主席接管了骑自行车者培训会议组织,监督着新的骑自行车者培训国家标准。皇家事故预防协会制作了 500 份“自行车和卡车”的拷贝,且制作了一部新的由 CEMEX 资助的影片,来强调在道路交合处靠着大型运输工具骑行的危险。它们分为骑行组,道路安全部门和警察。

提高驾驶员和骑行者的行为

有 270 多人参加了皇家事故预防协会第 71 次道路安全代表大会“增强道路安全行为”,该大会向行业人员通报了最新的思想以及用于改变驾驶员和骑行者行为的方法。

驾驶和骑行也是一个新的道路安全教育光盘的主题,该光盘是由皇家事故预防协会制作的“公民道路安全 2”。它包括关于速度、骑摩托车、骑车碰撞和工作经验的学生传单,皇家事故预防协会制作了 11 000 份这样的传单免费发放到各中学去。青少年驾驶和骑行初学者最容易发生交通事故,这些教育信息对他们来说是非常必要的。

皇家事故预防协会向摩托车骑行者、摩托车团体、地方政府和警察散发了 11 万份名为“安全骑行:如何避免 5 种最常见的交通事故”的免费宣传单。这些建议也可以在相关网页上看到,或者以 PDF 格式的文件下载下来,以帮助摩托车骑行者改进他们的骑行,这些骑行者是英国最易受伤害的道路使用者。

地方政府和企业也收到了大约 3 万份有关两个新的指南的拷贝,这两个新的指南主要面向那些有驾驶或骑行工作人员的雇主们。它们提供了确保雇员在饮酒、吸毒或者用药以后不要驾驶的方法建议,以及帮助那些使用自己的汽车工作的雇主们。

皇家事故预防协会高级驾驶员和骑行者联盟

皇家事故预防协会的高级驾驶员联盟已经更名为皇家事故预防协会高级驾驶员和骑行者联盟,以示对日益增长的摩托车骑行者群体的认可。该联盟的 50 周年纪念因为在国会上议院和全英国的一些事件而备受关注。

皇家事故预防协会制定了新的“合格指导员”和“高级指导员”资格制来代替现有

的“观察员”，这些“观察员”已经是这个组织团体的中坚力量。全英国有54个团体的成员受到经验丰富的志愿者的免费指导，来提高它们的驾驶标准以应对皇家事故预防协会的高级驾驶测试。有大约2000人在该年通过了测试，这有助于降低他们发生道路事故的可能性。

4. 家庭

由于政府拨款的缩减，收入下降了5%，达到了68.7万英镑——这是一个让人失望的情况，英国政府在降低家庭事故发生率上投入太少。然而，由于严格的成本控制，利税增加了61万英镑。

政府的作用

皇家事故预防协会向副首相办公室、卫生部与贸易和工业部施加压力，要求联合政府系统的力量来处理家庭安全问题。

政府的家庭事故监测系统已经被代替。这曾经是为决策者提供公共和私人领域使用的重要家庭安全数据的唯一来源。卫生部正在新建立电子患者记录系统将记录所有的急诊病人。皇家事故预防协会寻求事故的原因而不仅仅是为伤害寻求保险，因为这对事故预防研究至关重要。同时，贸易和工业部落后的家庭和休闲事故监测系统(HASS/LASS)数据库仍然可以很容易地通过皇家事故预防协会的网站来访问，在该年中其单击量已经达到80 000次。

建筑环境安全

皇家事故预防协会已经确定了简单、低成本的事故预防措施，这些措施可以在新房子设计建造阶段或者翻新装修时考虑采用。对这些措施其中之一项的支持来自苏格兰，在苏格兰所有新建或者装修改建的浴室如今都必须安装温度调节装置混合阀。苏格兰政府咨询了英国其他做出这种改变的地方政府，皇家事故预防协会相信如果大家都采取该措施，那么每年因烫伤而严重受伤的人数将大幅下降。

皇家事故预防协会游说了12家建筑商和开发商，以期获得他们对“家里会永远安全吗?”这个政策文件所述改进的支持。在展示配置有安全装置的样品房的同时，向购房者提供安全手册。

贸易和工业部决定资助皇家事故预防协会以支持13个住房建设项目。这些主要集中于通过提供窗户闸门板、楼梯的第二扶手以及存放化学品和药品的安全柜来改进现有的家庭安全。其中12个项目到目前为止已经完工，既提高了全英国2534户家庭的安全，又和当地的从业者建立成功的合作关系。

家庭安全咨询

皇家事故预防协会提供了家庭安全咨询服务，并且很乐于与雇主们一道在其员工中促进事故预防。皇家事故预防协会帮助特易购宝贝和幼儿俱乐部制作了一个婴儿安全光盘，告诉家长们家庭安全技巧。它还和注册气体装置技工委员会(CORGI)一起制作了五部电视宣传片来强调英国的“无声杀手”威胁——一氧化碳中毒。

培训

皇家事故预防协会每年为1000多名代表培训家庭安全培训课程。所有的皇家事故预防协会的家庭安全课程都得到了全体居民和行业公会的认可。

5. 皇家事故预防协会的影响

收入增加了9%,达到12万英镑,利税增加了5.6万英镑。

公共事务

皇家事故预防协会正在积极地参与欧洲儿童安全联盟一个关于家庭安全的活动。苏格兰和北爱尔兰的儿童安全行动计划作为欧洲儿童安全联盟计划的一部分正在着手制定。

皇家事故预防协会的公共事务顾问是欧洲公共卫生联盟的主席,并且参加了在希腊举行的欧洲伤害预防会议。皇家事故预防协会也是建立针对老年人安全的欧洲网络工作组的协助单位。

皇家事故预防协会的网站 www.rospa.com 到现在开办已经有一年时间,在2005年的最佳网站评比中获得了卓越大奖。在这一年里网站的点击量超过169万次,文件下载次数超过61.5万次。

获奖的皇家事故预防协会儿童汽车座椅网站 www.childcarseats.org.uk 在8月重新开办。新的儿童汽车座椅法颁布以后,随着人们的关注度逐渐增加,该网站的访问量也提升了25%。皇家事故预防协会信息中心处理来自其成员和公众的咨询已经提升了60%。

皇家事故预防协会对一些问题的看法会对电视、广播以及其他国家新闻媒体产生重要影响,这些问题有例如速度摄像机,饮酒驾车,迷你摩托车,温度调节混合阀和圣诞节安全装置等。专业杂志刊载有关皇家事故预防协会的文章,包括汽车观察杂志有关驾驶员观察的跨版文章和英国议会杂志(该杂志由议会主办)上有关皇家事故预防协会关于道路安全观点的特写。皇家事故预防协会自己的期刊对安全职业人员来说也是一个重要的信息来源。

安全团体

皇家事故预防协会深度参与了英国的安全团体的发起活动。这是在国家健康和安全团体委员之外组成的,该委员会代表着大约80个社区性的团体,这些团体为它们所在地区的小型和中型企业提供建议。这些团体向地方的小企业伸出援助之手以帮助它们创造更安全的工作场所以及同HSE达成合作协议。

活动

许多新的活动被发起。这包括道路安全交流,这为安全职业人员提供了一种更为灵活的收集他们所需要的全部信息的方式,他们只需参加一个活动并且仅仅关注那些他们关心的问题。

有200多个从业者和组织参加了一个关于新儿童汽车座椅和安全带法的研讨会,会议简要的向他们介绍了如何向公众解释这种改变。

许多安全职业人员从皇家事故预防协会的水上、家庭、道路、职业安全和健康方面,以及皇家事故预防协会苏格兰代表大会和职业道路风险管理研讨会上获取最新信息和学习新的方法。

皇家事故预防协会是一个成员组织，它通过委员会、调查和一个改进的成员圈网站来讨论各成员关于健康和安全问题的观点。该网站如今设有“月度问题”并且比以前更具交互性，它允许成员们就有异议的问题进行表决。例如，90%的答复者同意皇家事故预防协会一贯的立场，即英国的夏令时应该常年保留以帮助在漫长黑暗的冬天夜晚降低事故发生率。自从该网站重新开办以后，点击量每月可以达到2万次。

皇家事故预防协会鼓励它的成员们向其股东传播健康和安全知识。皇家事故预防协会的成员可以提供许多好处，如权威期刊，实时通信，专家建议，免费咨询并对许多皇家事故预防协会服务费用打折扣。

对大多数组织来说，皇家事故预防协会成员资格的吸引力因为企业会员卡的发放而有所提高。为改进管理系统包括创建一个专门的成员组而工作。所有这些开端既提高了持续率又增加了新成员。

安全资源

有许多新的资源可以纳入，其中有许多从皇家事故预防协会培训课程获得的知识来支撑并且作为独立的安全设备来使用。在线的EVD服务也开办了，它允许健康和安全程序经过个人电脑的直接筛选。

所有的视频和光盘都在增加并且推进安全设备的销售以及收入。公共安全产品受到审查，新的产品也加入进来，包括家庭安全视频/光盘。一些主题海报也在销售，如移动电话，高空高噪声作业以及饮酒驾驶——使得雇主们把一些皇家事故预防协会的核心健康和安全目标传达给他们的雇员。

4.3.2 皇家事故预防协会健康和安全业绩

英国社团健康和安全(H&S)业绩报告仍然是十分不确定的，这使得股东们很难评估该关键领域的进展。因此，皇家事故预防协会通过信息公开制度(GoPOP)提倡健康和安全业绩应该有更大的透明度。该部门把信息公开原则适用于皇家事故预防协会。

政策

皇家事故预防协会健康和安全委员会的主要特点是在高级管理人员领导下，通过员工参与，能够以法律要求作为最低限度在一个安全和健康的工作环境下工作。该政策在2005年8月接受了审查，帝国勋章获得者P. W. Hughes先生已经在执行委员会审查了皇家事故预防协会的健康和安全业绩。

2005/6的成绩

审查健康和安全委员会的章程和目标。健康和安全委员会的章程和目标已经更新，并成立了附属委员会来制定和皇家事故预防协会联络沟通控制机制。

审查所有的风险评估。常用的风险评估已经完成，并且制定了一个通过在线管理人员对风险评估进行记录的系统。

为所有的在线管理人员提供进修培训。提供给他们一系列的进修课程。

审查对新的预定任用者和保姆、承包商和急救的安排。针对新的预定任用者和保姆制定了风险评估程序，完成了对承包商的审查，并制定了新的急救政策。

升级有关移动电话和驾驶的相关政策。移动电话政策已经被修订，以明确禁止手动免费设置。

在成功执行使命方面，皇家事故预防协会视其员工为其战略的重要组成部分。它得到了对其认可的人们的投资，并持续发展壮大员工团队。

随着 John Howard 的离职，由高级管理组每月开一次会议来协调政策和企业的发展活动。这包含了皇家事故预防协会所有部门的领导，它提供了一个有操作性的决策论坛，并且为皇家事故预防协会不同层次的职员和执行委员会的理事们两者之间的交流提供了一个最基本的工具。

皇家事故预防协会一直维护和寻求改进其员工的内部网络方式，使得它作为总部、在家员工及在爱丁堡、卡迪夫和贝尔法斯特分会联系的主要方式。

4.3.3 咨询

皇家事故预防协会的员工也是许多为新标准或者法律工作的委员会的会员。然而，皇家事故预防协会也会对很多咨询文件做出回应或者通过它的国家委员会起草提出法律议案，并且对议会指定委员会的询问做出回应。这些回应包括：

道路安全

出租车和私人租赁汽车——关于最佳实践指南参考草案（交通部），关于汽车辅助视觉（反射镜）配件的参考意见（交通部），重型汽车车身反光标识的应用（交通部），对强制座椅安全带与轿车和货车儿童控制安全服的修订文件（交通部），股东对有资格的乘车者行人保护（欧共体）实验性培训规章提案稿的参考建议（驾驶标准局），英国电信监管机构（Ofcom）关于把 24GHz 近程雷达设备从无线电报许可中分离出来的通知（英国电信监管机构），对违规驾驶违反道路交通的审查（内政部），汽车保险强制登记（交通部），更新环路 1/93 设置限速标识（交通部），二类和三类动力轮椅和动力小轮摩托车（交通部），北爱尔兰对强制座椅安全带与轿车和货车儿童控制安全服的修订文件（环境部），专业技能驾驶证（驾驶标准局），地方运输噪声稳静化草案（交通部），北爱尔兰的 NIAO 道路安全考试（北爱尔兰审计署），关于 2005 年 M6 高速公路收费站（限速）规定的咨询（高速公路局）。

家庭安全

建议在 2004 年建筑物（苏格兰）规则之下修订指南——标准 4.9（来自加热的危险）（苏格拉建筑物标准局）建议修订建筑规则的条例 B 部分消防安全（英国副首相办公室）。

职业安全

关于企业过失杀人的咨询（工会、退休金和民政事务专责委员会），切合实际的安全网上讨论（健康和安全部），关于公众保护的咨询（健康和安全委员会），审查受伤、疾病及危险事故报告规定（RIDDOR）（健康和安全部），对于强制检查和执行的汉普顿审查。

4.4 附录

卷入不安全产品的诉讼——值得思考的例子！

给议会的报告

根据1987年消费者保护法的要求，贸易和工业部部长最近向国会作了关于过去5年执行相关安全法律情况的工作报告。数字显示由地方贸易标准服务部门引起的诉讼已经进一步减少。这是一系列报告中第四个显示英国不安全产品买卖相关的诉讼已经减少，从平均每年600例降到100例。

贸易和工业部部长1988年的一份报告记载在当年基于相关安全法律的诉讼就有897例，但这只是在1987年10月1日消费者保护法颁布之后很短的时间内。政府官员们以前在贸易标准管理局(ITSA)现在叫做贸易标准局(TSI)出版的一份秘密公报上报告经过挑选的案例。这些记录显示起诉率已经从1988年的95例下降到1994年的48例。

最新的报告承认那些数据是不完善的，因为度量衡法第70条并没有地方政府要按法定程序向贸易和工业部报告的要求。也可以向公平贸易局报告，但这也是自愿的。

评论

从起诉案件戏剧性的下降可以看出，要么①消费产品已经变得更安全；②针对现存的风险已经找到了替代性的方法；③该地区地方政府工作部门的官方活动减少了。1987年消费者保护法之下的产品安全法规的执行，是地方度量衡部门的义务，主要通过其贸易标准部门来实施。执法者可以假装购买产品，如果他们发现这些产品不符合安全要求时可以再对其采取适当的行动。有时候，通常是没有办法的情况下，才会起诉那些销售危险产品并且使公众有受伤害危险的商家。

理论上，这些监督工作应该基于统计方法，欧盟范围内应该统一标准，并且正式行动的记录应该公开。官方的通报系统——欧盟非食品快速预警系统(RAPEX)使得各国政府能够把在欧盟范围内发现的在售最危险产品通报给其他成员国。政府的监督工作是消费者反对危险产品的最后一道防线，估计这些危险产品每年会导致多达100人死亡。失败的监管制度将会导致危险产品流入市场并使得消费者面临危险。一个有效的监管制度是主动有效预防事故的基础，但是这也得有足够资源来提供支持。消费者需要更好地了解那些疑似危险产品以及他们所面临的危险，以判断他们及其家庭所面临的危险程度。这些信息可以从经过修订的通用产品安全指令里获得。一般都认为起诉仅仅是贸易标准部门有效的方法之一，商家自愿地改进比对簿公堂要好。因为打官司既花费时间又耗金钱，并且很明显不会轻松。

执法者应该尽可能客观的评估消费产品的危险程度，以采取最适当的行动并且区分调查的优先次序。新的CoPRA方法将对此有帮助。地方政府贸易标准部门和北爱尔兰环境卫生部采取官方行动时应该做详细记录。这对显示执法活动的权威和效力是很有必要的。

在近几年遭受了许多变化以及强迫接受了附加的食品标准之后，贸易标准局也需要一段时间的稳定并且可以期待一些好消息。如果市场几乎没有不安全的产品，那么这就是大家都乐见的。起诉案例的大幅减少并不意味着贸易标准局对安全产品所承担义务减少。

第5章

日本产品伤害管理机构

日本负责收集产品伤害信息并调查研究的机构主要是日本国民生活中心(National Consumer Affairs Center,NCAC),也叫国家消费者事务中心,及对消费生活用品事故分析、进行安全性调查的独立行政法人制品评价技术基础机构(NITE)。在工作上接受经济产业省、厚生劳动省和内阁府的监督指导,向消费者团体和各地消费生活中心提供信息,同时收集消费者的反馈意见,供政府部门参考,以推动消费者保护行政的发展和完善。

5.1 日本国民生活中心

日本国民生活中心是依据《消费者保护基本法》,于1970年10月作为一个特殊组织而成立的,并且于2003年10月重新组织为一个独立的管理机构。其目的是"为了对国民生活的安定和提高做出贡献,从综合性角度进行与国民生活有关的信息提供和调查研究"。

近年来,随着信息化、全球化、少子高龄化等的急速发展,像消费者所接触的商品、服务的安全性等这一类与国民生活息息相关的问题也变得更加多样化且复杂化。要想为消费者创造安全且放心的生活,可信度高的信息变得越来越重要。

1970年成立伊始,NCAC已经答复消费者询问;发布种类繁多的信息,包括产品检测的结果;并在帮助消费者做出消费选择的过程中起到非常重要的作用。在全国有将近490个由当地政府运行的消费者中心,作为这个网络的核心,国家消费者事务中心收集各类信息并且进行分析。这些信息都会提供给大众百姓。全球化带来的日常生活和生活方式的巨大变革,信息社会的发展和日本国内各项规定的解禁要求现在的消费者必须更能自我决定。国家消费者事务中心在很多领域收集和提供信息,以应对出现的经济和社会变革并建立消费者网络。

国民生活中心根据《消费者基本法》(2004年6月发布),与国家以及全国的消费生活中心等机构合作,在消费者问题方面发挥着中坚机构的作用。因此,它从全国的消费生活中心等地收集有关消费生活的信息,能够为消费者防患于未然,或减轻消费者受害的程度。而且，在处理消费者意见的同时，它还将重新实施法庭外解决纠纷的手续(ADR)。此外，该中心还进行商品测试，针对以各地方公共团体职员、消费生活咨询员为对象的研修、生活等展开调查研究，为了给予每一位消费者安心的生活，该中心将通过各种媒体进行广泛的宣传等，致力于支援国民的生活。

国民生活中心设立了类似美国的产品安全事故统计系统，即 NEISS 系统。伤害数据是从全日本设置急诊部门的几百家医院中选取的十几家医院作为概率样本收集而来的。系统的基础依赖于急诊部门监测数据，同时系统还收集监测和调查附加数据。监测数据确保 NCAC 有关专家对消费品相关联的伤害数目做出及时的评估。同时这些数据对特殊产品的进一步研究提供所需要的证据。后续的追踪研究为调查原因和规避潜在伤害提供重要的线索。从而促使人们制定相关政策，采取措施防止类似事故的再次发生。

日本消费者管理结构图(图 5.1)。

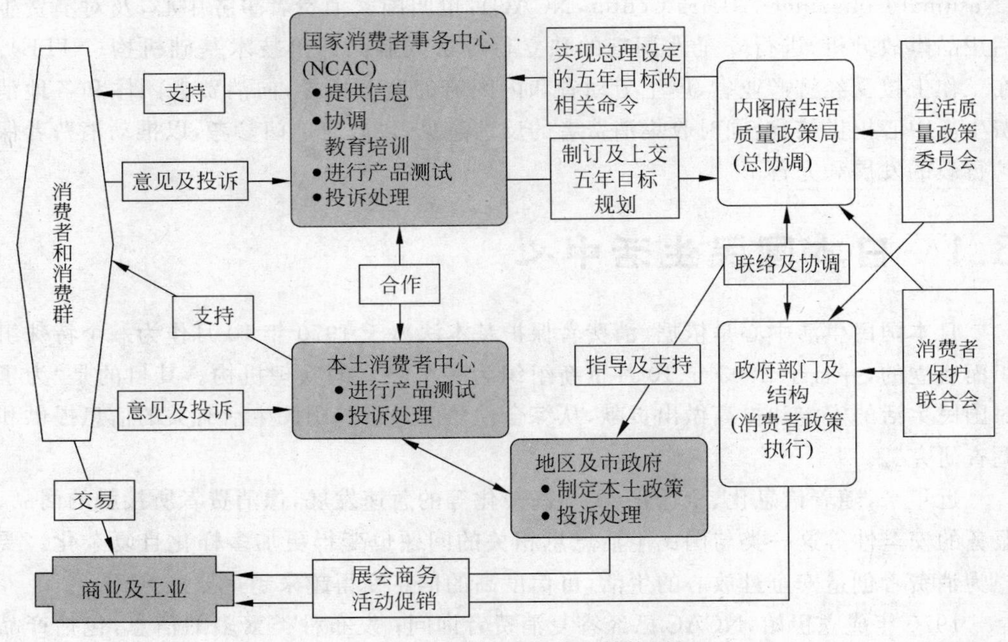

图 5.1 日本消费者管理结构图

5.1.1 国民生活中心发展历史

1970 年 5 月	人民生活中心法律事务所通过并宣告成立
1970 年 10 月	国家消费者事务中心宣誓成立
1971 年 4 月	《人民生活》月刊第一期出版
1971 年 10 月	消费者管理员工培训及课程启动 国家消费者事务中心赞助的电视广播节目启动

续表

1972 年 7 月	搬迁至都港区新建的国家消费者事务中心大厦
1973 年 2 月	首次使用计算机
1974 年 11 月	首次比较产品测试
1975 年 1 月	消费者顾问培训课程启动
1980 年 3 月	神奈川县相模原市产品测试及培训设施完成
1981 年 2 月	《评论之窗》双月刊杂志第一期
1984 年 4 月	全国消费生活资讯网路系统(PIO-NET)首次亮相
1988 年 10 月	消费者事务年报(首次)
1991 年 7 月	官方合格消费者顾问系统宣誓成立
1991 年 12 月	《评论之窗》确定为月刊
1995 年 10 月	处理消费者投诉特别委员会成立
	互联网主页启动
1997 年 4 月	组织结构重新调整
1997 年 6 月	国家消费者事务中心活动顾问委员会成立
1998 年 10 月	互联网主页更新
1999 年 3 月	分析家庭事故的设施建立
2000 年 10 月	纪念成立 30 周年
2001 年 1 月	因中央政府重组,管理机构由经济规划处改为内阁府
2001 年 3 月	信息技术培训中心在产品测验和培训设施落成
2001 年 4 月	消费者合同法分析协助新办事处成立
2001 年 12 月	《评论之窗》庆祝创刊 20 周年
	内阁决定将国家消费者事务中心独立
2002 年 7 月	互联网主页启动,为手机用户提供资讯。
2002 年 8 月	由全国消费生活资讯网路系统(PIO-NET)收集的各种数据通过互联网主页部分对公众开放
2002 年 11 月	独立管理机构——人民生活中心法律事务所通过(2002 年 11 月 27 日通过)
2002 年 12 月	独立管理机构——人民生活中心法律事务所宣告成立(2002 年 12 月 4 日)
2003 年 10 月	日本独立管理机构全国消费者事务中心成立(2003 年 10 月 1 日)
2004 年 4 月	组织结构重新调整

5.1.2 组织架构图

国家消费者事务中心组织结构框架图(见图 5.2)。

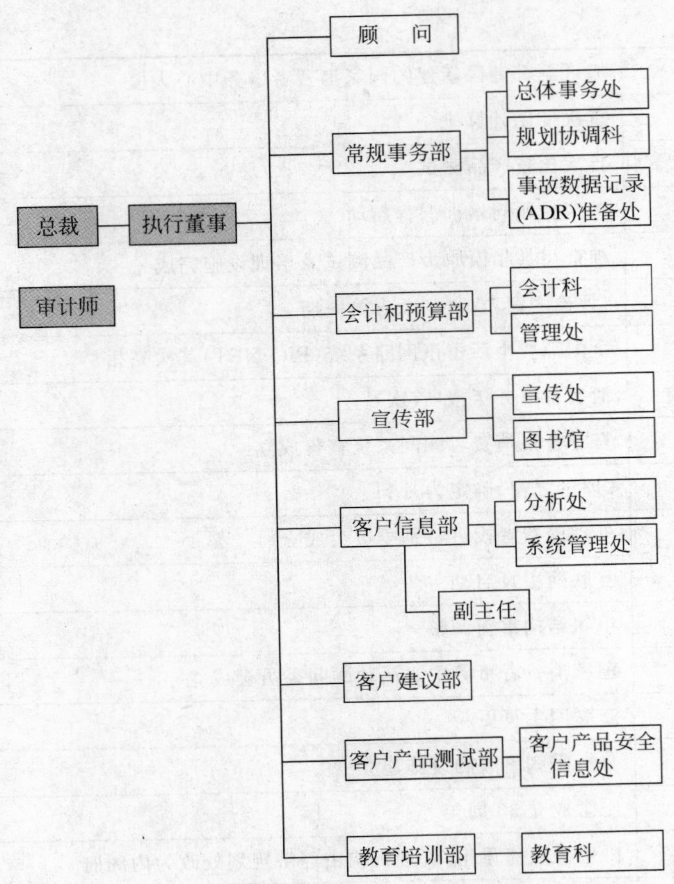

图 5.2　国家消费者事务中心组织结构框图

5.1.3　主要活动

5.1.3.1　信息网络

国家消费者事务中心通过客户在线网络收集信息，客户网络将国内各地消费中心连接起来，并与医院合作。该系统称为全国消费生活资讯网络系统（PIO-NET）（图 5.3）。它可储存一些主题数据，该类数据包括：从国家消费者事务中心、本地消费中心以及与国家消费者事务中心计算机主机中同产品相关的事故接收到的关于消费者投诉和咨询的数据信息。国家消费者事务中心提供经过分析的数据给公众、媒体、相关政府部门和机构。地方消费者中心也会利用全国消费生活资讯网络系统来处理对自己的投诉和咨询。

5.1.3.2　消费者咨询

国家消费者事务中心接受并处理消费者的投诉和咨询，主要包括消费者相关事宜，但从更广的范围来看，是同普通老百姓的生活相关的事务。

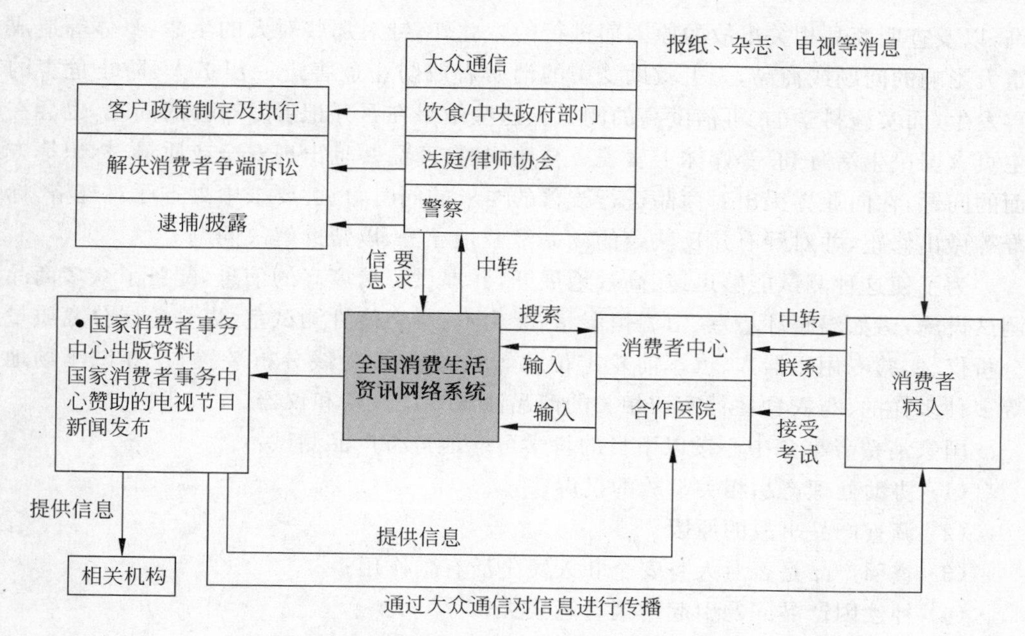

图 5.3　全国消费生活资讯网络系统

消费者顾问是这些领域的专家，他们可以客观地处理消费者在消费生活中提出的诸多方面的咨询并解决他们的投诉，包括产品和服务。除了处理消费者投诉和解决其提出的咨询之外，国家消费者事务中心也会以核心消费中心的身份处理一些地方消费中心难以解决的问题。

5.1.3.3　通过各种媒体提供信息

国家消费者事务中心不仅处理消费者问题，还处理更广范围内关系到全体人民福利的问题。例如，它为关系到整个国计民生的一些问题提供至关重要的信息，以刺激、提高消费者意识，并预防损害和损伤。杂志、新闻发布会、信息资料、电视、教育类传单、宣传册和网络等都在为国家消费者事务中心服务。加上主要面向消费者的节目和活动，国家消费者事务中心向地方消费中心和日本消费组织提供与人民生活相关的信息，因此给他们的工作提供了很大帮助。

5.1.3.4　调查和研究

国家消费者事务中心展开多种调查和研究，与那些只关乎消费者事宜的调查与研究不同，国家消费者事务中心的调查和研究涉及影响到大众生活的各个方面。为让公众了解调查和研究的结果，国家消费者事务中心推出季刊《人民生活研究》，该刊刊登国家消费者事务中心和其他机构得出的研究结果。而且，国家消费者事务中心每年还出版刊物《人民生计趋势之调查》，此刊旨在调查家庭主妇在日常生活方面的活动和意识。

5.1.3.5　产品测试

这是为了解决国民生活中心或全国消费生活中心等地受理的有关商品纠纷的咨

询，以及查明商品相关事故的原因而进行的。此外，针对那些对人的生命、身体等造成重大影响的问题或商品，为了救助受害的消费者或防止危害进一步扩大、防止危害的再发生，而实施科学的、可信度高的测试。这些结果在召开记者发布会的同时，也会在主页、《国民生活月刊》等媒体上发表。与此同时，商品一旦出现安全或质量、标识等方面的问题，在向业界提出对商品进行改善的要求的同时，也会要求中央省厅对规格、标准等做出修正，并对疑有违反法令的商品给予指导等，以帮助解决问题。

为了使这种测试能够迅速、高效地展开，并提供可信度高的信息，配备了众多商品测试设施，诸如温暖环境室、恒温恒湿室、无尘室、难燃烧性测试室、煤气色层分离质量分析仪、实验专用机器人、汽车前轮定位装置或荧光 X 射线分析装置、户外试车场地等多种多样的、与衣食住行密切相关的商品测试专用设备和仪器。

国家消费者事务中心按以下目的科学可靠地进行产品测试：

(1) 协助处理产品相关事故的投诉；

(2) 调查产品事故的原因；

(3) 查明产品是否对人身安全和人民生活有副作用；

(4) 补偿因产品问题引起的消费者损失；

(5) 预防产品相关事故损伤的传播；

(6) 预防产品相关的事故重复出现。

为达到测试目的，特进行以下三种不同测试方法：

(1) **确定事故原因而进行的产品测试**。地方消费中心委任国家消费者事务中心处理和产品相关的消费者投诉事宜并调查事故原因时，主要执行此类测试。

(2) **检验产品安全、卫生环境和其他因素的测试**。此类测试旨在检查产品是否会对人身安全和人民生活起副作用，或是否有可能导致产品相关事故。所有测试结果都会通过新闻发布会、网站、评论之窗公布于众。此类测试还用于向行政权威机构就政策制定提出建议，并请求对产品进行改进。

(3) **应对公共需求之测试**。因公众需要，此类测试为帮助公众解决个人纠纷。地方消费中心还在产品测试部门进行联合测试和技术合作。

所有测试结果都在诸如杂志、网站和电视节目等媒体上公布。

5.1.3.6 教育培训

为增加消费事宜之不同方面的知识和技能，国家消费者事务中心贯彻多种教育和培训计划，主要对象为工作在地方消费中心的员工和顾问、消费者以及相关企业的员工。国家消费者事务中心尤其注重改进预防性措施以排除意外事故，并且更有效地为消费者弥补损失或伤害。为应对信息技术的发展，国家消费者事务中心已开始提供与因特网相关之问题的新程序。除此之外，还为消费者咨询专家创立了一个合格认证系统，用来为消费者中心解答消费者咨询提供所需知识。

5.1.3.7 国际交流

由于消费者事宜是全球普遍存在的问题，因此国家消费者事务中心从海外系统地收集相关信息，并就日本相关单位消费者问题趋向和活动的信息进行传播。规划协调科负责该部分工作，并负责编辑月报，月报包括海外相关信息，出版国外时事通讯，并且为海外来客提供援助。国家消费者事务中心通过这些活动对全球消费者问题的趋向进行核实。

5.1.4 信息收集

为了迅速处理复杂化、多样化、广域化的消费者被害事件，国民生活中心通过在线网络与全国消费生活中心相连接，积累并灵活运用有关消费生活方面的信息。

国民生活中心通过对PIO-NET(PIO网：全国消费生活信息网络体系)所积累的消费生活咨询信息或危害信息进行调查和分析，为防止消费者受害程度进一步扩大，会适时召开记者发布会或者通过中心主页、《国民生活月刊》等途径向广大消费者提供信息。

此外，还会在中心主页上公开"消费生活咨询数据库"，该数据库可以根据商品、商法等条件进行抽选或搜索。而且也会向相关省厅要求修正(行业)标准等，向相关机构要求做出改善。

即便商品、服务、设备等尚未有造成(消费者)伤亡的信息(危害信息)，或者不至于对消费者构成危害，国民生活中心也仍会收集有这种可能性的信息(危害信息)，同时也向合作医院收集相关危害信息。危害信息系统就是分析这些信息，在必要时对商品进行测试，为防止消费者被害程度进一步扩大，防患于未然而提供信息的系统。

成立于2007年4月的危害信息室，正在致力于实现危害与危险信息的共享和有效利用。

另外还利用互联网收集信息系统开设了"消费者投诉电子邮箱"，直接从消费者那里收集消费者产生纠纷时的体验等相关信息。

5.1.5 处理咨询

在受理消费者投诉和咨询的同时，国民生活中心也会向消费生活中心提出建言或者与消费生活中心共同来处理等。

(1) 消费生活咨询

国民生活中心设有专业的咨询员，直接利用电话等方式受理消费者针对商品、服务等整个消费生活领域中的投诉或咨询，并争取以公正的立场来解答消费者的相关咨询。

(2) 中间咨询

所谓中间咨询是指全国消费生活中心等机构以某种形式与消费者接触后，再由国民生活中心来介入该消费者的咨询。

其类别有以下三种：

- 针对消费生活中心关于处理方法或有无发生同种事例等方面的咨询，由国民生活中心给予建议性的"建言"。
- 国民生活中心与消费生活中心等机构一同来处理的"共同处理"。
- 国民生活中心受消费生活中心等机构的委托，进行全面处理的"移送"。

(3) 高度专业咨询

除了由律师组成的法律咨询以外，在住宅、汽车、金融与保险、信息通信、特定交易法等相关方面也能够得到专家们的协助，努力寻求咨询的解决方案。

(4) 个人信息咨询

国民关于个人信息的咨询，将由专业咨询员受理，并努力帮助解决。

在通常的咨询处理中遇到很难解决的事例时，我们会根据国民生活中心理事长的意见，从公正中立的立场给予(咨询方)建言。国民生活中心将以此为指导，致力于解决消费生活方面的咨询。

5.1.6 宣传与推广

通过每月召开的记者招待会，对外公布消费者纠纷相关信息、商品测试信息、调查报告书等内容。此外，还设立了各种采访窗口以便让消费者能全方位的了解到所需要的信息。

通过《国民生活月刊》、电视节目、主页、宣传单等迅速提供有助于消费生活的实用性信息。

(1) 电视节目

将商品测试结果或恶劣的经销手段等与生活息息相关的最新信息，准确且浅显易懂地传递给大家。

(2) 用于启蒙(消费者的)宣传单

对于消费者问题中的合适主题，我们会发行专用于启蒙(消费者)的宣传单，配以插图和浅显易懂的解说。此外，对于地方公共团体等组织，我们也可以更改发行者的名字进行印刷。

(3) 网站主页

除了收集避免受害的信息栏目——“敬请注意”以外，还提供咨询案例、商品测试结果、全国消费生活中心咨询窗口、商品的回收与免费修理等相关信息。

提供恶劣经销手段(曝光)、全国消费生活中心咨询窗口等信息。

(4) 电子杂志

每个月两次发布中央省厅、全国消费生活中心及公共机构主页最新刊登的生活信息。

为了保证老年人、残疾人和孩子能够安心、安全地生活，通过老年人与残疾人专版(最新焦点信息)、幼儿专版(资助儿童信息)等专版，发布因恶劣经销、劣质产品、设施与设备造成的事故信息和召回信息等。

5.1.7 庭外解决纠纷手续(ADR)的导入

《独立行政法人国民生活中心法》得到部分修正后，针对消费者与经营者之间产生的纠纷当中，其解决方案就全国而言具有重要意义的案件(重要的消费者纠纷)，设立了纠纷解决委员会，以实施中间和解或仲裁。目前正在紧锣密鼓地做着准备，力争在2009年4月能够导入该项制度。导入该项制度后，将联合地方公共团体等组织，谋求最迅速、最适合纠纷实情的解决之道(图 5.4)。

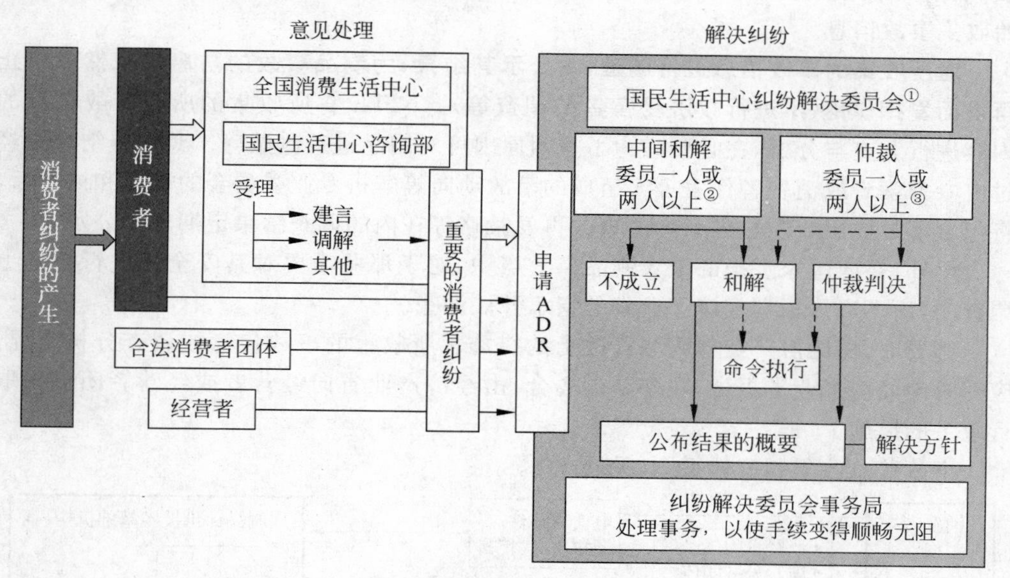

图 5.4 庭外解决纠纷流程

① 委员会独立行使职权，由 15 人以内的委员组成。委员从具有法律等相关专业知识背景的人中选拔，经内阁总理大臣批准后，由国民生活中心理事长任命。

② 关于法令解释等，在必要的场合由身为律师的委员给予建言。

③ 仲裁由含律师等在内的委员实施。

5.2 制品评价技术基础机构(NITE)的事故信息收集制度

5.2.1 制度的主旨

基于消安法的事故报告、公告制度的管理对象是消费生活用品的重大产品事故，即规定为十分明确并非因产品缺陷发生的事故之外的事故。而报告义务者是消费生活用品的制造企业或者进口企业。防患于未然，在尚未发展到重大产品事故前，网罗收集发生的轻微事故、重大事故，并对其进行精细地分析是十分重要的。

因此，经济产业省于 1973 年开始与产品事故信息收集、分析的独立行政法人制品评价技术基础机构(NITE)合作，作为事故信息报告、公告制度的补充制度，对非消安法的制度所管理的对象，由 NITE 的事故信息收集制度负责。

5.2.2 制度概要

收集日常生活中所发生的制品事故信息。独立行政法人制品评价技术基础机构(NITE)作为经济产业省制品安全行政管理的重要一环，收集日常生活中人们所使用的制品所发生的事故信息。2007 年 5 月修正的消费者安全法开始实施，知晓重大制品事故发生后的制造、进口业者具有向国家报告事故信息的义务。根据该修正消安法，上报国家的重大制品事故以外的事故均由 NITE 收集。NITE 自 1974 年 10 月开始收集事故信息。

对所收集的事故信息进行调查，并公示其结果，为制品事故的防患于未然或防止再发而发挥作用（不进行救济受害者的调查等）。NITE 将所收集的所有事故信息的内容进行调查与分析，在必要时为了查明原因可对制品进行测试等。其调查结果在经过由专家学者或消费者代表等人组成的事故动向等解析专业委员会的审议和评价后，将包含事故原因或防止经营者的事故再发策略等在内的调查结果定期进行公示。

此外，在向国家上报的重大制品事故当中，对于那些需要对其安全性进行技术上调查的，由 NITE 根据经济产业省的指示开展调查。

必要时，由经济产业省采取行政上的措施。所收集的事故信息或调查分析状况，应随时向经济产业省报告，在必要的场合，由经济产业省向经营者或经营者团体采取行政上的措施。

事故信息收集制度体系图，见图 5.5。

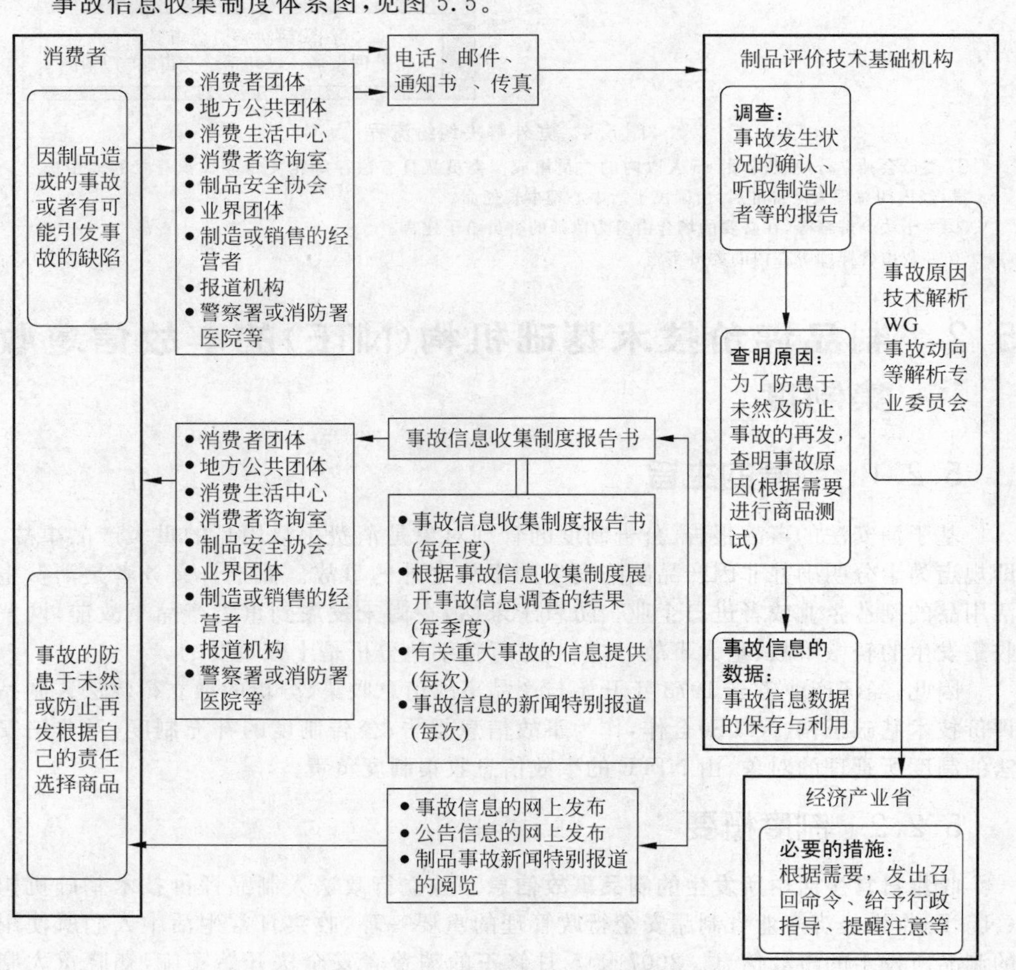

图 5.5 事故信息收集制度体系图

5.2.3　事故信息的处理

独立行政法人制品评价技术基础机构(NITE)对于受理的事故采取分别探究原因的方式。调查当中,会请制造企业或进口企业的各位提供资料和回答问题。事故受理之后,将进入如下程序。

5.2.3.1　迅速发布事故受理状况

受理的事故需总结整理一周,在该周后的第二周将事故受理年月日、产品名称(一般名称)、事故发生年月日、事故内容、受害状况、受害发生地都道府县的名称公布在NITE的主页上。该事故为召回产品的相关事故时,在与制造企业或进口企业确认后,公布制造企业或进口企业名称、机种和型号。

5.2.3.2　探究事故原因

对受理的事故分别探究原因。有向制造企业或进口企业询问事故发生时的详细状况、产品有关信息、产品试验结果的数据等,也有根据需要紧急购买样品进行试验,自己探究事故原因。

5.2.3.3　事故原因的评价、公告

事故原因的分析结果在咨询了由第三方组成的“事故动向等解析专家委员会”后,一季度一次公布查明的事故原因结果。公布内容为,事故发生年月日、事故发生地、产品名称、产品使用期限、事故通知内容、事故原因、防止再次发生的措施、通知者的属性、受理年月日。此时,因产品引发的事故,则向制造企业或进口企业确认后,公布制造企业或进口企业名称、机种和型号。

5.2.3.4　其他

上述框架之外,当同一产品多次发生事故,为防止事故的再次发生,需要紧急唤起消费者的注意时,独立行政法人制品评价技术基础机构将制作“特辑新闻”随时公布事故通知和对策。

5.3　消安法中的产品事故信息报告、公告制度

5.3.1　基本定义

消费生活用制品的定义:消安法(《消费生活用制品安全法》)第2条第1项将“消费生活用制品”定义为:“主要供给一般消费者的生活用制品”。即以供给一般消费者生活用为目的,通常在市场上销售给一般消费者的制品,全都称为消安法的对象制品。

产品缺陷的定义:①制造商的缺陷(产品制造过程中,因混入劣质材料、产品组装有误等原因无法按照设计、规格制作而缺乏安全性);②设计上的缺陷(产品设计阶段没有充分考虑安全性导致整体产品缺乏安全性);③标识、警告上的缺陷(对于存在因

保证有用性、效用而不能消除危险性的产品，制造企业人员等没有采用简明易懂的方法提供令消费者确切防止、回避因发现其危险性引起事故的信息）。

产品事故的定义：根据消安法第2条第4项，“产品事故”是指消费生活用品使用中发生的事故，其中，①对普通消费者的生命或身体产生危害的事故；②为生活消费用品的消失、或损坏事故，可能会对普通消费者的生命或身体产生危害。属于上述任一危害，都被规定为十分明确并非因产品缺陷发生的事故之外的事故。

重大产品事故的定义：消安法第2条第5项中规定的重大产品事故是“产品事故中，发生、或有可能发生的危害重大的事情，关于该危害内容或事故形态应符合政令规定的主要条件”。

具有以下的①及②中所示发生危害的产品事故可判断为重大产品事故。①对普通消费者的生命或身体产生危害的事故：死亡事故、重伤病事故（需要治疗期为30日以上的负伤、疾病）、后遗症残疾的事故、一氧化碳中毒事故；②为生活消费用品的消失或损坏事故，可能会对普通消费者的生命或身体产生危害：火灾（消防部门已经确定的）。

5.3.2 产品事故信息报告、公告制度

5.3.2.1 制度主旨

为确保日常生活中所使用产品的安全性，企业制造、销售安全产品并向消费者提供信息，政府通过行政管理确保安全性，消费者合理地选择和使用产品等，企业、政府、消费者切实发挥各自的作用是不可或缺的。

防止危险性产品的制造、销售是毋庸置疑的，而当发生产品事故时，社会全体共享事故信息，防止事故的再次发生也是必要的。为此，厂家等企业负有义务向国家报告产品事故，而国家向消费者迅速且切实地提供事故信息都是不可缺少的。

消费生活用制品安全法（1973年法律第31号）中，设置“产品事故信息报告、公告制度”。企业人员在从事业务活动时，要充分理解消安法中的这项制度，力求恰当的应对产品事故。通过扎实地实施这项制度，使国民免于成为产品事故的牺牲者，为创建安全、安心的社会而努力。

5.3.2.2 制度概要

消安法中的产品事故信息报告、公告制度大体有以下两个措施：

事故信息的收集与公告：

- 企业承担有关事故信息的基本责任和义务；
- 制造、进口企业负有报告事故的义务；
- 经济产业大臣（主管大臣）迅速公告事故内容等；
- 销售企业等必须对重大产品事故进行通知。

防止事故再次发生的对策：

- 对于防止事故的再次发生，企业承担基本义务和责任；
- 销售企业应尽力协助实施产品回收等措施。

5.3.2.3 制度流程

产品事故信息报告、公告制度中，重大产品事故的发生、制造企业或进口企业就产品事故信息的报告、由主管大臣（经济产业大臣）对事故信息进行公告、对不报告的企业发出命令、惩罚等全部流程如下（图 5.6）：

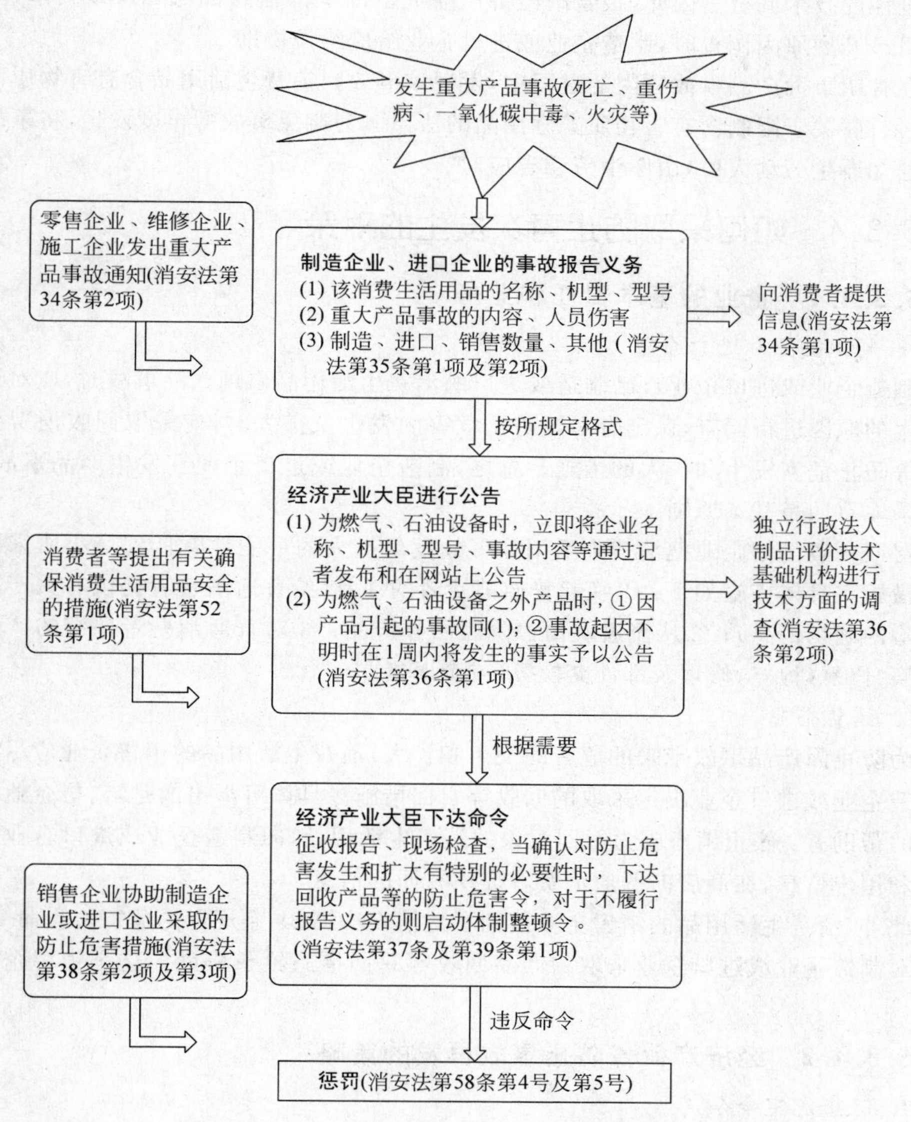

图 5.6 产品事故报告、公告制度流程图

5.3.3 经济产业省对重大产品事故进行发布

经济产业大臣的职责是必须尽力收集有关重大产品事故的信息，通过制造企业或进口企业的报告等，获知发生重大产品事故的情形下，认定有必要防止危害发生或扩

大该消费生活用品对普通消费者生命或身体的重大危害时，对该消费生活用品的名称及型号、事故的内容、其他有助于避免该消费生活用品使用危险等事项予以发布。

经济产业大臣关于重大产品事故信息的公布，委托日本消费生活用品事故分析的核心专业机构——独立行政法人制品评价技术基础机构(NITE)进行关于消费生活用品安全性的技术调查。因此，报告给经济产业大臣的全部信息都与NITE共享，同时当NITE开展原因调查时，制造企业或进口企业给应给予协助。

在查明重大产品事故原因的过程中，发现该事故因消费生活用品含有害物质而引起时，依据"关于限制含有害物质家庭用品的法律"，为避免事故的再度发生，将事故的信息通知厚生劳动大臣，由厚生劳动省应对。

5.3.4 如何采取防止再次发生的对策

5.3.4.1 企业的基本责任和业务

1. 制造企业和进口企业

制造企业或进口企业自己制造或进口的消费生活用品出现产品事故时，应对该事故发生的原因进行调查，认定有必要防止危害的发生及扩大时，应采取回收消费生活用品等防止危害发生和扩大的措施。总之，制造企业或进口企业在发生产品事故时，迅速采取召回是基本原则。

召回一般是指企业把消费生活用品事故发生扩大的可能性降低到最小所采取的应对措施。具体措施如下：①唤起普通消费者的注意(给普通消费者提供有关产品事故风险的确切消息)；②从流通及销售阶段回收产品；③对普通消费者保有的产品进行交换、修复(检查、修理及部件交换等)或者退货。

2. 销售企业

为防止因产品事故带来的危害的发生和扩大，消费生活用品的销售企业应尽力协助制造企业或进口企业决定采取的回收等召回措施。具体可举出的是，销售企业能够实施的帮助有：停止销售成为召回对象的消费生活用品，向制造企业或进口企业提供库存和用户信息，在商店向普通消费者提供召回的信息。

此外，消费生活用品的销售企业接到下达消安法第39条规定的危害防止命令后，必须对制造企业或进口企业采取的产品回收等召回措施给予协助。这是销售企业的义务。

5.3.4.2 经济产业省防止事故再发的策略

1. 防止危害命令

经营者负有报告重大产品事故的义务，并把该信息向一般消费者公布，如果仅仅把这些作为防止事故再发的对策，可以说还远远不够。日本经济产业省运用有关产品安全的法令，为防止重大产品事故的再发，迅速采取对策。

(1) 特定产品的制造商、进口商或销售商在没有PSC标志的情况下销售特定产品；

(2) 特定产品的制造商或进口商制造、进口或销售不符合该特定产品技术标准的产品，由于以上任一事由，被认为都有可能会对一般消费者的生命或身体造成危害，并认定必须特别注意防止该危害的发生和扩大时，经济产业大臣可以命令制造商等人采取诸如设法召回已销售的该特定产品等的必要措施(**消安法第 32 条**)。

此外，当因消费生活用制品的缺陷导致发生重大制品事故时，或者发生其他的给一般消费者的生命或身体造成重大危害、或者会发生紧急危险的场合，并被认定必须特别注意防止该危害的发生和扩大时，经济产业大臣可以命令制造商或进口商采取措施，设法召回该消费生活用制品(**消安法第 39 条第 1 项**)。这被称为防止危害命令，在旧法中被称为紧急命令。经济产业大臣在下达防止危害命令时，必须将其主要内容予以公布(**消安法第 39 条第 2 项**)。

基于上述消安法第 32 条的召回产品等的命令，是在特定制品违反了商标义务或者不符合技术标准义务的情况下下达的命令，而以消安法第 39 条为依据的防止危害命令，在以下两方面与它存在着巨大的差异。防止危害命令并不仅限于特定制品，而是以所有的消费生活用制品为对象的，此外，它下达命令的条件只是看(产品)是否存在缺陷。

2. *义务者不存在的情况*

发生重大产品事故有必要实施产品回收等召回时，应采取召回的企业因倒闭等原因已不复存在的情况也有不少。此时，经济产业省会将多次发生重大产品事故的产品信息通过记者发表，通知普通消费者。

对于财力较弱的企业，为能够迅速应对因重大事故采取的产品回收等措施，应事先准备好应急办法，例如通过利用民间保险公司提供的召回保险等。

5.3.5　体制整备命令及惩罚

5.3.5.1　体制整备命令

经济产业省通过其他方法获知发生重大产品事故，直接向该事故相关制造企业或进口企业征收报告后的结果是，该制造企业或进口企业疏于履行重大产品事故的报告义务，又或提供虚伪报告时：

(1) 重大产品事故相关的产品名称、企业名称、机种或型号名、事故内容(事故发生日、事故发生场所、受害情况等)、事故原因等经记者发表的同时在经济产业省的主页上予以公告。

(2) 对该制造企业或进口企业下达收集、管理和提供事故信息所必须的公司内部体制进行整顿的命令(体制整备命令)(消安法第 37 条)。

5.3.5.2　惩罚

制造企业或进口企业违反上述的体制整备命令时，处以 1 年以下徒刑或者 100 万日元以下的罚款。同时也存在并罚的情况。法人公司违反时，惩罚行为者本人是毋庸置疑的，对法人公司也要给予罚款处罚。违法的法人公司与行为者本人同样处以 100 万日元以下的罚款。

另外，违反消安法第32条和第39条第1项（防止危害命令）的人（指违反行为者本人，通常是指命令的接收人——法人代表），会被处以1年以下徒刑或者100万日元以下的罚款，抑或是二者并罚（消安法第58条第4号）。此外，如果法人违反命令，那么惩罚行为人本人是毋庸置疑的，同时对法人也会处以严厉的罚款或刑罚。违反命令的法人与个人相比，被处罚的罚款（1亿日元以下）或刑罚会加重100倍（重罚法人）（消安法第60条第1号）。

5.3.5.3 产品安全自主行动计划策定指南（1944年3月制定）

消安法的事故信息报告、公告制度是需要遵守的最低规则。为促进企业致力于自行确保产品安全，经济产业省发表关于企业高层意识的明确化和应对产品事故等的《产品安全自主行动计划策定指南》。

5.4 相关法律

消费生活用制品安全法（简称消安法）作为确保消费生活用品安全性的一般法规，于1973年公布，次年实施，迄今为止应时代的要求已经修改数次。消安法为防止因消费生活用制品给普通消费者的生命、身体带来危害，采取了一系列的措施以求达到保护消费者利益的目的。

消费生活用制品安全法择要介绍如下。

第三章 关于制品事故等的处理措施

第一节 信息的收集及提供

（主管大臣的责任与义务）

第三十三条 主管大臣必须致力于收集重大制品事故的相关信息。

（经营者的责任与义务）

第三十四条 从事消费生活用制品的制造、进口或零售（即对一般消费者销售。以下同此条。）的经营者，必须尽力收集其制造、进口或零售的消费生活用制品所发生的制品事故等相关信息，并对一般消费者适当地提供该信息。

2 从事消费生活用制品的零售、修理或设施工程的经营者，在得知其零售、修理或与设施工程相关的消费生活用制品发生重大制品事故时，应当努力把这种情况通知该消费生活用制品的制造商或进口商。

（向主管大臣报告等）

第三十五条 从事消费生活用制品的制造或进口的经营者，在得知其制造或进口的相关消费生活用制品发生重大制品事故时，必须把该消费生活用制品的名称和款式、型号、事故内容以及制造或进口该消费生活用制品的数量、及销售的数量向主管大臣报告。

2 根据前项规定，报告的期限与样式由主管省部决定。

3 主管大臣在接到第一项规定的报告时，当认定该报告中所涉及的重大制品事故对一般消费者生命或身体所造成的危害或危害的扩大能够根据政令所规定的其他法律规定得以防止，应该根据该政令所规定的其他法律规定，把该报告的有关内容通知负责防止危害发生和扩大的大臣。

（由主管大臣发布）

第三十六条　主管大臣在接到前条第一项所规定的报告时，当得知发生其他重大制品事故时，认为有必要防止该重大相关事故所涉及的消费生活用制品对一般消费者生命或身体造成的重大危害以及防止该危害的扩大时，除了根据同条第三项规定进行通知以外，必须公布该重大制品事故所涉及的消费生活制品的名称、款式与型号、事故内容，以及使用该消费生活制品时为避免危险而应注意的事项。

2　主管大臣根据前项规定（对事故）予以公布时，在认定有必要时，可以要求相关机构对消费生活用制品的安全性展开技术上的调查。

（体制整备命令）

第三十七条　当从事消费生活用制品的制造或进口的经营者违反第三十五条第一项规定而迟迟不上报或者做出虚假报告时，主管大臣认为有必要确保制造和进口该种消费生活用制品的安全性时，为了收集制造或进口该种消费生活用制品所产生的重大制品事故信息，并给予合适的管理和提供相应的信息，可以命令从事该种消费生活用制品的制造或进口事业的经营者建立必要的体制。

第二节　为防止危害的发生及扩大所采取的措施

（经营者的责任与义务）

第三十八条　从事消费生活用制品制造或进口的经营者，在制造或进口该种消费生活用制品发生制品事故时，认定有必要对该种制品事故所发生的原因展开调查，以防止危害的发生及扩大时，必须尽力采取诸如召回该种消费生活用制品等防止其他危害发生及扩大的措施。

2　从事消费生活用制品销售的经营者，在从事制造或进口的经营者准备采取前项所述的召回或防止其他危害发生及扩大的措施时，必须尽量予以协助。

3　从事消费生活用制品销售的经营者，在从事制造或进口的经营者接受下一条第一项规定的命令而采取措施时，必须予以协助。

第三十九条　因消费生活用制品的缺陷而发生重大制品事故，或者发生其他的对一般消费者生命或身体造成重大危害，以及有可能发生紧急危险时，主管大臣认定特别需要防止该危害的发生及扩大时，除了可以依据第三十二条规定或政令所规定的其他法律条文命令采取必要的措施以外，还可以在一定限度内，命令从事该种制品制造或进口的经营者，召回制造或进口的该种消费生活用制品，或采取其他必要的措施，以防止该种消费生活用制品对一般消费者生命、身体造成重大危害及危害的扩大。

2　主管大臣在根据前项规定下达命令时，必须公布其主要内容。

第6章

澳大利亚产品伤害监测系统

6.1 概述

据统计,澳大利亚每年因伤害导致的住院人数约40万,约有8000人或6%的人死亡,澳大利亚于1986年将伤害预防与控制作为国家卫生重点项目(NHPA)。

澳大利亚从国家层面上设计和开发了伤害监测系统。近年来伤害监测系统经历了重大变化,并计划进一步发展。澳大利亚的伤害监测系统经历了三个阶段,每个阶段各具特色和优势。第一代伤害监测系统以日常的死亡率和发病率统计为基础,是统计结果的附属品;第二代系统是经过专门设计的,主要是从医院急诊室收集意外伤害数据;目前正在发展的是第三代伤害监测系统,即公共卫生监测系统。在发展第三代系统的同时,需要一个过渡系统,用以处理第一代和第二代系统的数据量和数据分类。

澳大利亚卫生和老龄部(The Department of Health and Ageing)通过执行国家伤害预防计划,旨在减少伤害的发生率和死亡率,其主要的信息来源是澳大利亚卫生福利研究院(The Australian Institute of Health and Welfare, AIHW)国家伤害监测组(The National Injury Surveillance Unit, NISU)、国家尸检信息系统(National Coroners Information System, NCIS)、国家中毒登记系统(National Poison Register, NPR)等的统计数据和资料。

6.2 澳大利亚国家伤害监测组

澳大利亚国家伤害监测组设在位于南澳大利亚州阿德莱德的弗林德斯大学的伤害研究中心(The Research Centre for Injury Studies, RCIS),是澳大利亚卫生福利研究院在伤害领域的合作单位,其主要职能是:对现有数据进行分析和报告,完善现有信息来源,评估新的信息来源和机制,开发新的信息来源和其他相关基础设施,为从事伤害控制及相关事宜的机构提供咨询和服务,完成卫生福利研究院在伤害领域的使命。

国家伤害监测组的工作经费由卫生福利研究院和联邦卫生和老龄部提供。

6.3　国家伤害数据标准

6.3.1　数据分类代码

对伤害发生情况定期进行调查是有效开展公共健康伤害控制工作的重要部分。其中，一些调查工作可以利用为公共卫生伤害监测目的之外的其他原因而收集到的数据来完成。验尸记录、医院住院数据和工伤赔偿记录都是这一类数据源。这些数据源的特别之处在于，它们是现成的数据，利用这些来源的数据可以省却建立伤害预防数据收集系统的费用，避免因此造成的困难。

但是，通过这些系统收集到的数据通常因所选的数据项以及数据分类方法的不同而显得价值有限。大多数澳大利亚医院住院数据和所有死亡数据都是以能够确定伤害死亡的方法进行分类的。数据集利用年龄、性别，以及其他几个人口统计变量可以进行数据分析。伤害预防可以利用的数据，特别是关于伤害是如何发生的数据则少之又少。四位"外部原因"代码(或"E代码"，现按照"国际疾病分类"第9修正版规定，ICD-9)对此有一些介绍。

E代码提供了澳大利亚人死亡数据和医院隔离数据。E代码类别对"机动车因相互碰撞而发生的交通事故：对骑车人的伤害(E813.6)"、"浴缸内意外溺亡和淹没事故"(E910.4)和"因其他原因和不明意图自杀和自残伤害：跳入或躺在移动物体前(E958.0)"等进行了分类。

E代码提供了有效的数据，但其中也存在严重的局限性。比如：E代码没有(极少数情况除外)对职业伤害加以区别，也没有对体育运动和休闲事故进行区别，没有教育机构发生的事故数据。但对这些数据进行分类又特别重要，因为它们明确了伤害的类别，针对这些伤害类别开展的预防工作又分属于特定的机构和领域。

针对现有数据系统存在的不足之处，现已开发了专用于伤害监测的特定数据系统。伤害监测信息系统(ISIS)便是这样一个系统。该系统设计主要在医院急诊室使用，由国家伤害监测和预防项目开发和试点。开发伤害监测信息系统时，各急诊室几乎都没有建立电子病例信息系统。因此，伤害监测信息系统开创了"先河"。该系统的设计宗旨是，建立一个"多轴向"类别，对每一利益概念进行独立分类。

"伤害监测信息系统(ISIS)数据集与分类"以软件形式已在各大医院应用了5年多的时间。目前共收集了60万条多项记录。

伤害监测信息系统(ISIS)数据集逐步得到了应用，而系统的应用近年来有所下降。这是因为数据集软件中经过编码的信息项(特别是"身体部位"、"伤害本质"、"伤害背景"、"伤害地点"以及"因素")和选填栏(特别是"出现了什么问题"一栏)都提供了相对详细的信息。不足之处在于，某些分类存在缺陷(特别是"故障事件"和"机制")；数据集总量(应用稳定性不足，数据调查源有限，不够全面)；很难与其他来源的数据实现对接或进行比较(部分缘于数据定义和分类的不同)。

除建立一个"独立"的伤害监测数据系统这一方法之外，还可以采取开发数据集与分类的方法，设计融入其他数据系统(如：医院病例信息系统)中。

在这一思路下，1991年末国家伤害监测中心和很多其他相关部门建议为此目的建立一个数据集。该数据集原为“定期基本伤害监测最小数据集”，发布于1994年2月，NMDS(伤害监测)1.1版便是基于该数据集而开发的，之后又开发了国家伤害监测数据标准(NDS-IS)。

6.3.2 国家伤害监测数据标准

国家伤害监测中心与澳大利亚伤害监测和预防运作机构一起，确定了一系列公共卫生伤害监测数据标准。

数据开发中，遵循以下原则作为指导。它们是：

- 提供对伤害预防工作人员来说极其重要的信息；
- 数据少，但简单易用(至少采用最简单的形式；分等级)，以使这些数据能够作为定期运行的重要数据收集站点(医院急诊室；如可行，亦包括医院患者服务处、验尸办等)的数据；
- 与“国际疾病分类”和其他广为采用的数据标准具有很好的兼容性；
- 能够提供可靠、有效的数据。

数据开发主要是核心数据项的开发，核心数据结果在数据系统中主要或仅用于伤害监测之用。而“一般信息项”不是专为伤害监测目的所收集，它是某些健康数据系统的一部分，来源于标准数据源。

NDS-IS(国家伤害监测数据标准)现行版本提供了两个级别的监测数据，第三级别的监测数据即将推出。

第1级即最低级别数据(与之前的NMDS-IS1.1版几乎相同)，1级标准建议在定期进行的公共健康基本监测中使用该数据。

2级监测数据标准是在1级数据基础之上，对某些数据项以及增加的数据项进行更为广泛的分类。这一数据集适合于各大医院的急诊室采用，开发这一数据集是为了反映医院急诊部门和其他包含伤害监测数据收集资源的场合对标准数据的需求。

3级数据标准拟用于与特定数据项收集工作有关的专门监测或研究活动中。3级数据目前处于早期开发阶段。

国家伤害监测数据标准三级别数据一览表见表6.1。

表6.1 国家伤害监测数据标准三级别

级别	目的	数据项		
		伤害数据项	一般数据项	收集范围
1	为针对伤害等级和模式定期开展的基本公共卫生监测工作提供所需的数据： • 作为广泛进行政策开发的基础； • 告知社区； • 假定； • 监测绝大多数目标对象	叙述性的 基于ICD分为四个类别项	10个数据项(NHDD*项子集)	伤害初级保健(包括EDs)和各种场合的伤害监测设定中进行的广泛数据收集

续表

级别	目的	数据项		
		伤害数据项	一般数据项	收集范围
2	提供数据用于以下目的： • 协助确定危险情况和解决方案； • 设定目标； • 确定和监控新的/特殊的伤害事件	与1级数据相比，具有以下特点： • 不再是简短的代码列表，取而代之的是完整的ICD分类； • 对伤害发生地点和伤害事件进一步进行分类	与1级数据相比：增加了三个数据项	适合于EDs和所有具有充足的数据资源可供收集和采用的场合。目的是代表或标明各州的数据收集范围
3	详细调查特定类别的伤害事件，增加对风险因素的了解，使研究和评估工作得以顺利开展	有待确定	有待确定	如果需要更为详细的信息，如果资源允许的话，可以通过在较低级别的数据收集中对病例进行抽样调查

* NHDD=国家健康数据词典。

各数据项一览表见表6.2。

表6.2 NDS-IS数据项

数据项	1级	2级
伤害事件描述	简短叙述	无限制性结构性叙述
主要“外因”	重大外因 *29* 按意图分类 *11*	外部原因代码 (ICD 9或10)数百个
伤害地点类型	事故发生地点：类型 *13*	事故发生地点：子类 *65* 事故发生地点：*47*
活动类型	伤害时从事的活动：类型 *9*	伤害时从事的活动：子类 *140*
外伤	重大伤害的本质 *32* 重大伤害身体部位 *22*	基本诊断：伤害或中毒 (ICD9或10)数百项
主要因素		重大伤害因素 *137*
伤害发生机制		伤害发生机制：类型 *54*
伤害发生日期		日/月/年
伤害时间		时分

注：① 一般信息项：病例号、建档号、性别、出生日期、居住地、出院模式、国籍、原始状态、就业情况、职业、语言、就诊日期和时间。

② 斜体表示每一分类中的类别数量。

尽管国家伤害监测数据标准(NDS-IS)的开发主要为医院急诊室数据收集工作提供工具，但在开发时亦考虑了对其他伤害监测所需数据的适用性问题。这样做的目的是，为提高通过各种不同数据源收集到的伤害数据的兼容性奠定基础。

1 级标准目前应用相当广泛。现已收录在国家卫生部门数据库急诊室数据词典中,并将在下一版的“国家卫生数据字典”中涵盖。目前,已有一个州强制要求根据该标准来收集数据。该标准现已在急诊室使用的商业软件中有应用,并收录在了新建的国家脊髓患者住院登记系统中。2 级标准最近刚刚发布。目前已有多个数据收集站点表示愿意采用,试点实施工作将很快启动。

澳大利亚目前的伤害监测工作存在的严重不足之处在于,缺乏适合于进行消费品安全监控的国家量化数据源。针对这一缺陷,最好的解决办法是,收集明确的急诊室就诊抽样数据。目前开展的急诊室数据收集开发工作以及国家伤害监测数据标准均为此类系统的开发奠定了基础。在此过程中,将会对国家伤害监测数据标准进行测试,进一步开发成一种工具,用于伤害预防和控制。

6.4 国家伤害预防计划

6.4.1 概述

伤害预防与控制于 1986 年首次被确定为国家健康优先工作领域。2000 年 8 月建立了“战略伤害预防合作伙伴关系”(SIPP),为在澳大利亚率先开展伤害预防提供了一个平台。SIPP 负责“国家伤害预防计划”优先级设定和计划的贯彻实施。

国家伤害预防计划:2001—2003 年优先工作,确定如下 4 个优先领域:

- 老年人摔伤;
- 儿童摔伤;
- 溺死和近乎溺死;
- 儿童中毒。

伤害预防计划重点突出、层次分明,可使卫生领域的利益相关者在 4 个明确的伤害领域采取及时措施。此外,伤害预防计划鼓励注重在各辖区的上述领域开展合作,确定在这些领域的合作潜力。

目前,有关 2001—2003 年计划目标达成情况尚待确定。初步数据表明,国家的方法重点突出、层次分明,在上述主题中开展的伤害减少与伤害干预工作成效显著。

在 2004 年伤害优先问题的选择上应以 2001—2003 年计划目标(即鼓励跨区域合作和建立合作伙伴关系)为基础。重点考虑持续实施 2001—2003 年计划制定的干预和预防战略。

为下一个计划提供的建议和为选择能够更为准确地体现伤害复杂性的优先议题时,提供了更大的灵活性。比如:新计划应考虑目前和新出现的问题和国家作为一个整体以及各州和地区的响应。计划还应超越某一具体的伤害问题,利用风险因素可跨越特定伤害类型,针对整个群体采取相应的方法可以更为有效地降低伤害的发生。

超越以往采取的具有特定目标的方法，应对未来的诸多挑战，会使确定优先领域的问题变得更为复杂，但提供了更多的选择。以澳大利亚社区范围内伤害预防所处的大背景，作为选择优先议题的指南。"战略伤害预防合作伙伴关系"倡导采用统一、综合的方法开展伤害预防工作，包括对整个政府领域进行监控和评估。结合采用基于人群、重点突出的伤害方法，伤害预防公共卫生方法提供了一个框架，在此框架内，SIPP可以实现持续加强伤害预防和减少伤害发生的成效。

建议2004年考虑的伤害优先问题包括5个基于广泛的人群选择的议题和一个相应的风险因素(酒与伤害)：

- 老年人(75岁以上)；
- 儿童(0～14岁)；
- 青少年(15～24岁)；
- 土著民和托里斯海峡群岛人；
- 农村和偏远地区人群；
- 酒与伤害。

基于人群选择优先问题体现了伤害预防和干预的复杂本质。在每一人群类别中，不同的伤害组合非常明显，选择基于人群的群体可以根据某一利益相关者的需求确定不同的伤害。但就实施和监控预防及干预策略所需的基础设施而言，每一群体之间又存在着相似性。基于人群的方法可以为特定的伤害区域引入一系列目标战略，但鼓励开展基础设施开发，这样可以使整个群体都受益。

如：老年人(75岁以上)摔伤可能是某一州出于需要确定的一个伤害领域，鉴于老年人道路交通伤害事件不断增加而成为不同管辖区的优先工作。采取基于人群的方法，各管辖区可以设定不同伤害区域老年人伤害减少和干预的优先顺序。此外，如果目标是在老年人群体中成功实施预防和干预战略，则在某一领域进行的基础设施开发应能够受益于整个群体。

对于摔伤和道路交通伤害进行的预防和干预，将会从对现有数据库进行的改进，以及为监控这一群体的项目成果而进行的战略开发中受益。

在选择的优先领域中，可以继续开展2001—2003年计划伤害议题开始开展的工作。可以将2001—2003年优先工作编入2004年优先工作中，倡导对某些主题采取持续、引导性的新方法。

鉴于对鼓励开展基础设施开发的需要，现已确定了4个跨领域问题。分别是：成果监控和保持，确定和衡量严重度，合作伙伴关系开发，平等。

6.4.2 公共卫生方法

伤害预防公共卫生方法提供了一个框架，在此框架内可以了解到优先议题的参数。伤害响应问题的连续体在公共卫生方法中分为4个步骤，如图6.1所示。

所列步骤可能会同时发生而不是按顺序发生。所选择的优先问题最好在本框架内进行分析。整体而言，2001—2003年计划中的优先问题均集中于连续体中间的步骤中。伤害死亡率和发病率预防和降低主要通过干预评估来实现时，风险因素的确定则主要通过突出特定的外部原因和风险群体来解决。像伤害监测和实施监控等问题目前仍尚待全面解决。下面对连续体中各步骤进行分析，确定与优先级设定的关联性问题。

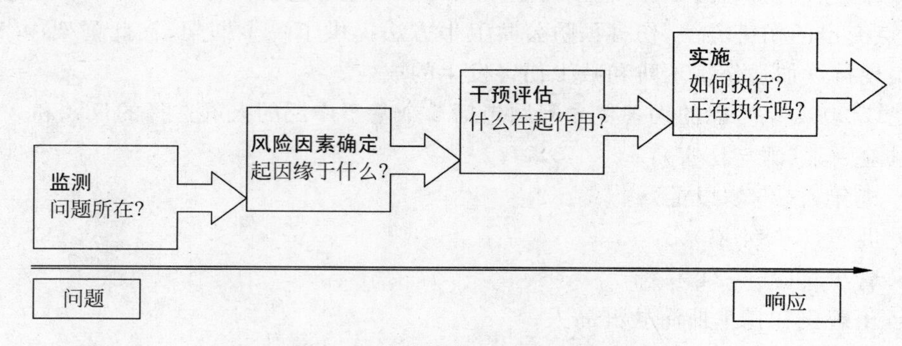

图 6.1　伤害预防公共卫生方法

6.4.2.1　监测

“随着对设计、实施和评估公共卫生预防项目所需健康数据进行的持续不断的系统化收集、分析和监测”，世界卫生组织对监测进行了明确的定义（世界卫生组织 2001）。监测系统不仅仅是进行简单的病例数计算，该系统为发病率、死亡率和冒险行为划定提供了帮助。

澳大利亚目前拥有的监测系统仅局限于其应用范围。图 6.2 表明的是很多领域存在的局限性以及其中的 4 个监测领域。基本死亡率和发病率数据库有待进一步开发。比如：它无法确定基本的医院隔离数据中某些重要的外部伤害因素，伤害发生和收集到有效数据之间的滞后时间太长。

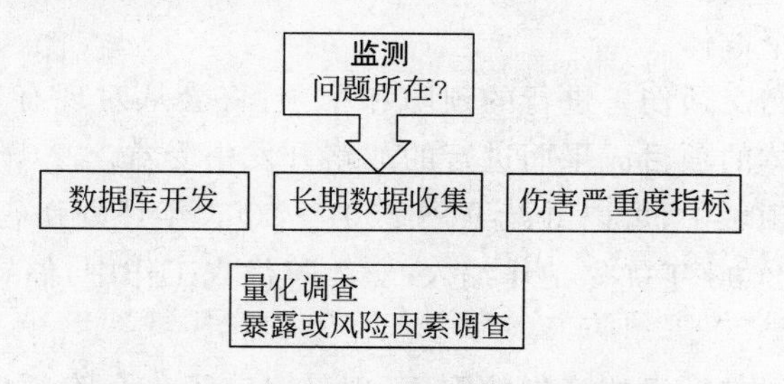

图 6.2　伤害监测和潜在优先领域

此外，确定的大多数伤害风险因素并不是通过进行定期数据收集来确定的，而是通过不同政策领域不同系统的其他机构收集而来的。伤害严重度指标的构建，因上述限制因素以及目前收集的数据质量和编码水平而受限制。需要进行研究和开发，来建立新的数据库和探究对复杂人群（如土著民和托里斯海峡群岛人）数据收集的其他方式。在某些伤害领域需要进行人群纵向研究时，澳大利亚现有的系统亦受跨领域类型分析所限，需要通过定性数据收集获得的信息加以扩充。

监测系统的应用，有助于进一步加强伤害预防和伤害干预。此领域优先级设定的重要性不可忽视，在下面将会给予介绍。伤害预防目标的实现，取决于可靠和有效的数据收集和传播。

6.4.2.2 风险因素的确定

伤害预防连续体的第二个阶段是确定风险因素。在讨论风险概念时还应确定预防因素。结合对影响伤害（风险因素）因素进行的确定，伤害（预防因素）预防为实施有效的干预奠定了基础。

图 6.3 举例介绍了 4 种已知风险因素。在更多的风险和预防因素影响伤害组合的同时，这 4 个因素被确定为潜在优先问题。每一因素均需要就监测与监控、干预评估与干预执行协调中的改进给予关注。下面简要介绍每一个影响因素。

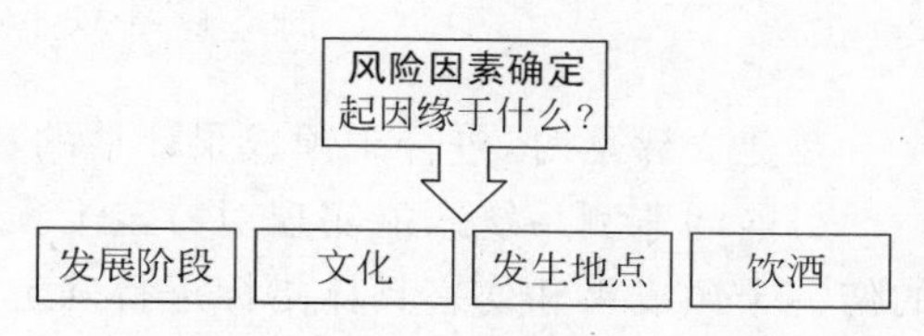

图 6.3 风险因素确定与潜在优先领域

之前一直在通过划定年龄组（如：0～4 岁，或 65 岁以上）对个人年龄风险进行检验。以 5 岁或 10 岁进行简单的年龄分段无法解释发展阶段的潜在影响和不断改变的本质。比如：伤害统计中对青少年与年轻人间的年龄（特别是年轻男性）进行了显著的区分。确定与不同发展阶段有关 2004 年的风险因素需要开展大量的工作。

有关环境因素的影响（如伤害风险存在的地点），特别是城市/农村的区别也需要开展更多的工作。农村居民在一些伤害类别中的形势一直不容乐观（如年轻人自杀）（Harrison et al，1997）。文化也在伤害风险中起着重要的作用（Lewis et al，1997），现已开始对土著民和托里斯海峡群岛人中的伤害预防进行调查，以获得一些数据。

饮酒是造成澳大利亚伤害死亡和发生的主要原因，每年有很多死亡和住院治疗事件均起因于高风险饮酒（Chikritzhs et al，2000）。有关饮酒在伤害死亡中所占比例的数据并未进行定期收集。部分数据在死亡数据集中有涵盖，但尚未获得可靠或一致的住院相关数据（Driscoll et al，2003）。

6.4.2.3 干预评估

伤害预防的一个主要目标是成功开发和实施伤害干预项目。1999 年国家伤害预防咨询委员会出版物“伤害预防方向”建议，伤害预防需要有两个方向（国家伤害预防咨询委员会，1999）。首先，开展更多的战略研究；其次，在不同研究领域和操作人员之间建立干预合作伙伴关系和协作研究。图 6.4 确定的是影响伤害干预认识和评估的很多重要因素。

协作是建立 SIPP（战略伤害预防合作伙伴关系）的基础，通过开展卫生联盟合作，可以汲取到很多伤害干预方面的经验。所选择的优先问题鼓励跨区域进行伤害干预，推动了从个人或社区角度对伤害问题的分析。比如，年轻男性的伤害应放在多学科环境中予以解决，在此环境中可以共享应对风险因素的技术（如冒险行为、饮酒、暴力和自我伤害）（Moller，1995）。

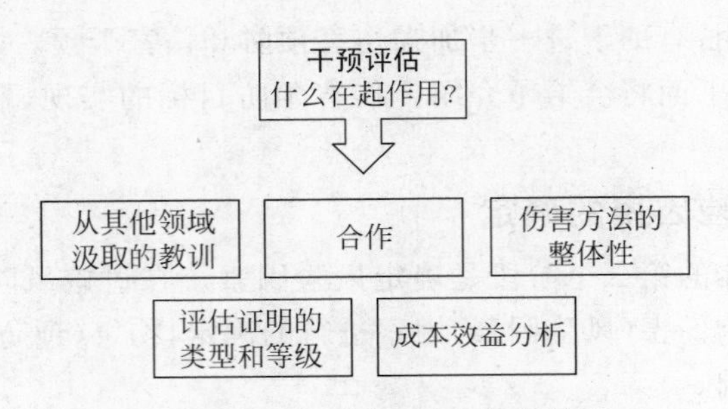

图 6.4 干预评估和潜在优先领域

在建立评估时,进行干预成果评估的数据类型和水平是需要重点考虑的事项。

目前的监测系统未能实现对特定干预工作的效力进行评估。2004 年需要就取得的伤害干预成果和伤害具体指标进行确定,并需要就确定干预成功或失败所需的数据类型和水平进行划定。显著的效力通常要求开展资金充足的具体研究。

成本始终是需考虑的因素,使健康投资获得收益是重要目标之一。确定有效的干预和为贯彻实施扫清障碍应是优先开展的工作。此外,应对更为广泛的优先问题持续提供资金资助。比如,就老年人摔伤所做的工作可以在"老年人(75 岁以上)"优先问题范围内继续开展。

6.4.2.4 贯彻实施

伤害预防项目的实施应以能够最大化规划和产出阶段性成果的方法进行。图 6.5 围绕实施干预项目中建立的合作和协作,确定了 4 项优先工作。前 3 个问题主要与产出项目和干预机制相关,第 4 个问题突出的是监控项目执行情况的需要。

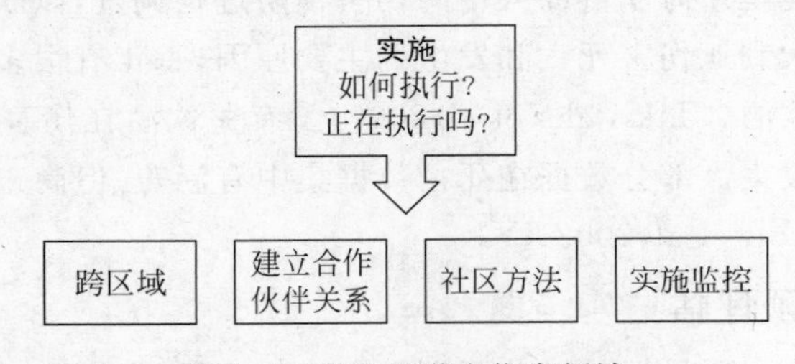

图 6.5 实施和潜在优先领域

与其他开展干预工作的管辖区和社区合作应是一项优先工作。在获得合作时,可以朝着建立合作伙伴关系的方向采取重要的措施。一些合作是在某些社区和风险伤害群体中已有的社会资本的基础上建立或建设从而实现的。利用社区方法,彰显社区成员在伤害预防中扮演的重要作用是非常重要的。

监控干预成果也是伤害预防项目贯彻实施中的一项重要工作。评估项目是否已经得到了贯彻实施和确定遇到的挑战,有助于日后其他项目的贯彻实施。

6.4.2.5 总结

公共卫生连续体的 4 个步骤提供了一个框架,在此框架内可以对伤害预防工作进行优先级设定。每一步骤均可以确定很多问题，但是，确保步骤和问题不会相互排斥这一点很重要。

伤害预防框架内优先级设定的作用，通过老年人(75岁以上)优先群体便可以得到解释。老年人群体中，摔伤是最常见的伤害。比如，预防老年人摔伤有效的干预措施是轻度锻炼。利用伤害预防框架评估轻度锻炼项目在减少老年人摔伤普遍性和严重性方面的作用如图6.6所示。

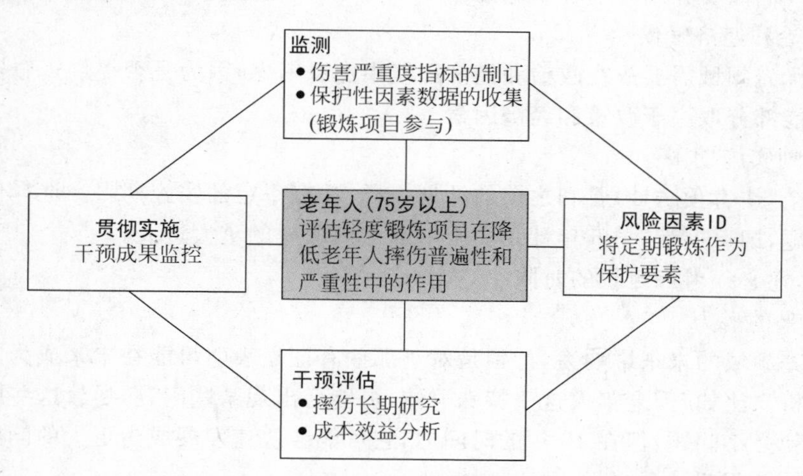

图6.6 在伤害预防框架内评估轻度锻炼在老年人中的作用

如图6.6所示，收集和获得确定是否实施了轻度锻炼项目(或任何锻炼项目)的数据是一个必要的步骤，有助于执行其他步骤。扩展后的数据收集工作不仅有助于确定风险因素，在此情况下还可以确定和监控潜在预防因素。利用基本监测数据可以更容易地对轻度锻炼的作用进行评估，便于进行纵向评估和更为有效的成本效益分析。最后，利用相同的数据，辅以人群调查，可以对轻度锻炼项目的实施情况或“进展情况”进行评估和监控。

6.4.3 评估潜在议题的标准

对优先领域的选择是在健康和老年人保健部和SIPP(战略伤害预防合作伙伴关系)的方向和指导下进行的。在首个“计划”的实施中，选择一定数量的议题可以最大程度地推动很多不同区域工作的开展。此类方法特别重要，因为通过有限的经济资源，可以在更小的伤害领域起到更好的作用。为避免资源重叠，还要在选择的主题中进行甄选。其他联邦和联合管辖区域都在积极参与伤害预防和干预工作，特别是职业伤害和交通伤害领域的预防和干预工作。

除了DHA和SIPP的指导外，从各种数据源收集到的信息，包括向专家咨询和审查以往的优先级设定文件，也进一步缩小了选择的潜在优先领域范围。利用基于人群的方法选择了6个主题领域。现已在很多其他伤害领域进行了甄选(如关注妇女群体或文化和语言多元化群体的主题)，同时还考虑了涵盖或排除这些群体的价值。如果将这些群体排除在外，则无法体现其重要性，而只是结合以下一系列标准进行评估，确定将选择的主题限制为6个主题的决策。

目前制定了评估潜在伤害议题的标准。以有限的方式使用标准，可以对优先工作领域的选择进行指导。更为重要的是，他们以更广阔的视角反映了每一优先领域以及每一领域的需求，以及很多标准重要性的变化。

下面我们简要介绍一下各个标准：

• 政治和经济气候

潜在优先领域需要放在政治和经济环境中加以考虑，因为是否提供资金资助和持续支持可能部分取决于政策和经济因素。

• 计划实施期限

下一个“伤害预防计划”和之前的计划一样，都有一定的实施期限。选择作为优先工作的问题，即可展示3～5年计划实施期限之内取得的重大进展。

但是，还必须考虑更长的时限。

• 未来的潜力

对优先领域的未来影响力，特别是对于那些有证据表明可能在未来成为问题的领域进行分析。比如，因老年人这一特殊群体，可能会出现某些问题，尽管这些问题在现在看来可能是小问题，但在10年的时间内，它可能会快速发展成为更大的问题。

• 现有主题动力

这一标准确定的是在某些领域是否已经投入了很多资金或建设了基本设施。为使这些问题得到进一步的解决，在缺少关注度可能导致不进反退的情况下，需要保持持续的关注。与此相关的问题是有效投资的门槛。

• 干预的有效性

在某些领域，干预有效性是重要的考虑事项，特别是在进行成本效益分析时。此类标准评估的是，是否可以进行干预以及是否需要应用于更广泛的范围，或者确定了在实施干预项目时相应的干预区域。

• 伤害的频率和严重性

评估优先领域时，伤害问题的规模和范围是要考虑的重要事项。可以通过基本的监测信息，查看死亡率和发病率不断上升或不达标领域。

• 数据缺陷

某些问题因缺乏监测基础设施，因此被考虑作为潜在优先领域。指标不一定对所有的问题始终都奏效，那些已有的指标可能受到了严重的制约或仅仅反映了多维度问题的某些有限方面。

6.4.4 跨领域问题

建议将利用人口群体作为主要的概念框架，在此框架内考虑伤害预防的优先问题。但是，某些问题可能与伤害预防的关系更为密切。对于现在的目的，尽管可以称为其他名称，但我们在此将这些问题称为“跨领域问题”。

跨领域问题可能不适合作为所说的优先领域，但他们对于成功开展优先领域的伤害预防工作有着影响。在这些领域有很多议题可以考虑。在本文中，建议考虑4个多元化主题，分别是对成果进行监控和维护，确定和衡量严重度，平等问题和合作伙伴关系开发(图6.7)。必须对与伤害预防和干预相关的基础设施给予重视，以便成功实施国家规划。确定的4个议题均在下面有所介绍，在6大优先领域的介绍中有着更为详细的讲述。

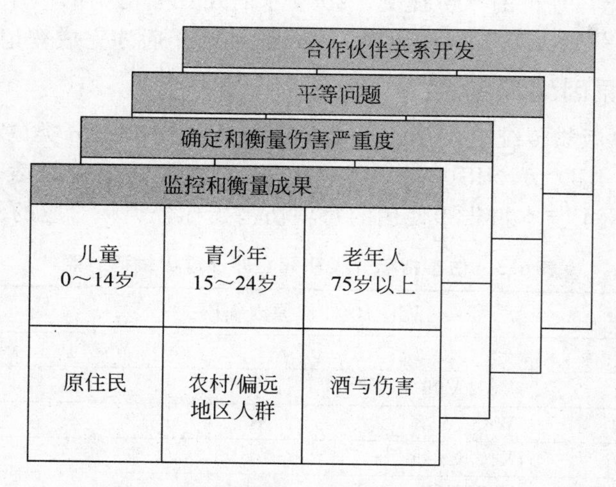

图6.7 跨领域问题与优先伤害领域

6.4.5 伤害优先问题

只要情况允许，在提供其他监测指标的同时，均提供了每一群体的伤害发生数据。但是，应该注意，现有的数据源在本报告中被用于了各种不同的目的。先前在伤害预防优先级设定中参考的报告，现在趋向于在ICD“外部原因”分类，死亡率数据(最近更多的医院住院患者数据)中使用。此方法虽显公平，但也存在不足之处。它只是强调了某些特定的伤害类别和风险因素，并未全盘考虑选择优先主题时相关标准的范围。本报告中，我们试图基于人群领域采取一种不同的方法，突出一种重大风险因素(酒)。

这一方法未完全“拘泥于”现有数据源。这样做的优点是，它从不同角度揭示了现有数据的不足之处(如缺乏大多数风险因素和暴露相关数据)。另一个不足之处是，数据目前无法对某些希望解释的方面给予解释。

6.5 国家伤害信息来源

6.5.1 死亡数据

死亡数据均来源于澳大利亚统计局(ABS)从1979年到2000年的死亡率单位记录数据收集。人口数据也从ABS获取。

6.5.1.1 病例定义

在澳大利亚，所有登记的死亡的潜在原因(UCoD)都由ABS根据国际疾病分类(ICD)进行分类。该分类第9修订版(ICD-9)(世界卫生组织1977)用于1979年至1998年的死亡登记。第10修订版(ICD-10)(世界卫生组织1992)用于1999年以前的死亡登记。本报告包含由ABS给定ICD-10外因编码(2000年登记)的所有死亡。

数据均按照死亡登记的年份提交。2000年的死亡登记中的一小部分发生于早些年间，还有一小部分发生于2000年的死亡直到2000年后才完成登记。

6.5.1.2 原因编码集合

NISU统计出版物传统上使用ICD-9外部原因(E-code)分类的标准集合。通过在1999年初引入ICD-10，NISU制作了一份图表，以获得新分类表下的同等标准集合。表6.3即介绍了与本报告中使用的每项伤害指标分类相对应的外部原因编码。

表6.3 伤害指标分类和死亡外部原因编码对照

	ICD-10 外部原因编码
非故意	
交通	V01. V99
溺死及溺水	W65. W74
中毒，药物性的	X40. X44
中毒，其他物质	X45. X49
摔落	W00. W19；X59 以及“多种原因”编码的骨折
火灾/烧伤/烫伤	X00. X19
其他非故意	W20. W64，W75. W99，X20. X39，X50. X58；X59(部分)，Y85. Y86，Y89. 9
故意，自戕	X60. X84，Y87. 0
故意，他人致害	X85. Y09，Y35. Y36，Y87. 1，Y89. 0，Y89. 1
死因不明	Y10. Y34，Y87. 2
外科和内科治疗并发症	Y40. Y84，Y88. 0. Y88. 3

必须注意到“意外摔落”死亡率的定义与通常基于ICD-9(如E880. E888)报告中的“意外摔落”分类保持着相似性。本报告中所示的病例数量包括死亡潜在原因编码(UCoD)在W00-W19范围内的死亡，以及UCoD为X59和表明骨折的多种死亡原因编码的死亡(如“不明原因的骨折”，对应于ICD-9 E-code，E887)。与伤害有关的医院隔离的外部原因的分类可同样处理(Harrison & Steenkamp，2002b)。

6.5.1.3 年龄调整

大多数情形下各年龄组比例需要进行调整，以消除人口比较中不同年龄段(以及不同伤害危险)人口比例差异的影响。因此采用了直接标准化法，即将1991年的澳大利亚的人口作为参照标准。小间隔的年龄组(如65～69岁)中的年龄结构变化很小，因此对于间隔5岁的年龄组就无需进行调整。需要注意的是，这里报告的都是粗略的比例。

6.5.1.4 数据质量

死亡原因资料的可靠性取决于 ABS 提供的 ICD 编码的可靠性，而这在很大程度上又取决于 ABS 通过出生死亡和婚姻登记署提供的资料的完整性，以及来源于验尸官和开业医师的资料的完整性。现已出版的资料很少有符合这一过程规定的数据质量的，尤其是将其运用于伤害死亡时。自 20 世纪 90 年代中期起，ABS 的布里斯班办公室的死亡率编码集中化已减少了因编码技术的地区差别而造成的潜在差异。然而影响信息记录、提供或编码的因素可通过不同途径，如不同的区域、期限或人群，来影响数据的质量。因此，明显的差异需要慎重对待(Harrison & Steenkamp，2002b)。

6.5.1.5 药物标签

为提高药物在澳大利亚人死亡中所起作用的详细信息的级别，ABS 于 1999 年引入了药物标签。有关药物标签所用的子分类包括：

(1) 与吸烟有关的死亡；

(2) 与酒精有关的死亡；

(3) 除酒精或香烟之外的药物；

(4) 兼具 1 和 2 两种缘由(如香烟和酒精)；

(5) 兼具 1 和 3 两种缘由(如香烟和除酒精之外的药物)；

(6) 兼具 2 和 3 两种缘由(如酒精和除酒精之外的药物)；

(7) 兼具 1、2 和 3 三种缘由(如香烟和酒精和除酒精之外的药物)。

6.5.2 医院数据

医院隔离的数据由澳大利亚卫生和福利研究所(AIHW 2001a)负责提供。NISU 处理、检查以及将有关数据按年汇总以便于数据的分析。

人口数据可从澳大利亚卫生和福利研究所获取，同样的这些数据将被提交给第 3101.0 号人口统计分类(ABS)。通过利用截至 1999 年 12 月 31 日的最终人口估算可计算出比例。

6.5.2.1 选取标准

本报告选取病例的标准是第 XIX 章中的主要诊断结论(“伤害和中毒”，S00-T98)，而首次出现的外部编码是在第 XX 章(V01-Y89)范围内。不论外部原因编码是否已经提交，这一标准都将第 XIX 章中未记录主要诊断结论的病例排除在外。

编码系统需要记录大量的外部原因。为保持报告位置的一致性，须统一使用“首次出现”而不是“主要”外部原因编码。

6.5.2.2 原因编码集合

如上所述的死亡率数据，NISU 统计出版物传统上使用 ICD-9 外部原因(E-编码)分类的标准集合。随着 1999 年初 ICD-10-AM 的引入，为获得在新的分类表下的同等标准集合，NISU 制定了一份图表。外部原因编码见表 6.3。

6.5.3 住院病例和其他病例

并非所有的伤害都会引起住院治疗。大约7例就诊于急诊室的病患仅有一例住院,至少相同的伤害病例会去咨询全科医师(GP)而不是去医院治疗(Harrison & Steenkamp,2002a)。除此之外,有不明数量的伤害没有经过专业处理而得到解决。同样地,导致快速死亡的重伤害病例在医院隔离期间没有记录,但却记载为死亡率数据。

6.5.4 说明

6.5.4.1 错误,不一致性和不确定性

国家伤害信息来源使用的是从各州和地区医院收集的数据。在从州和地区收集并进行编码后,数据要由AIHW和NISU做进一步处理。数据的地理扩散以及处理过程中,大量人员的参与,增加了不同时间和位置数据不一致性的风险。尽管在相当多的时间内已经使用了国家最小数据集,但报告和编码过程中的差异仍存在于不同的区域中。

6.5.4.2 比例的计算

为了对年龄和年份进行相关比对,比例已经通过直接标准化法,以1999年的澳大利亚人口为标准进行了调整,进而纠正年龄的比例差异。年龄组是以5年为一组而划分的,最后85岁以上的为一组。未进行年龄标准化的比例是那些粗略的比例或特定年龄的比例。

6.5.4.3 土著人和托里斯海峡岛民人口数据

如文中所说,影响土著人和托里斯海峡岛民人口数据的最根本问题是识别。为保持技术的同一性,从新南威尔士、维多利亚、澳大利亚首都地区和塔斯马尼亚州收集的数据已从这一分析排除出去,因为通常认为这些数据集对于土著人和托里斯群岛居民现状的了解是不可靠的。土著人和托里斯群岛居民统计来源于在南澳大利亚、西澳大利亚、皇后岛和北部地区收集的数据。通常认为这些数据集是相对可靠的。尽管这些地区的数据仍具有某些不确定性,但可能更加完整。

6.5.4.4 农村和偏远地区人口数据

该项工作中农村和偏远地区人口的分类是基于农村、偏远地区和城市地区(RRMA),结构来源于收入国家卫生数据辞典的统计地区信息(澳大利亚卫生和福利研究所,2001b)。这个分类系统提供了七种分类,而且这一分析包括编码值3～7的数据(3＝大的农村中心;4＝小的农村中心;5＝其他地区;6＝偏远地区的中心;7＝其他偏远地区)。因此,这一决策系统将农村和偏远地区分类定义为澳大利亚境内城市中心居住人口少于10万人的所有地区(Strong et al,1998)。

预计人口来源于AIHW提供的数据,假定按5年年龄组、性别、RRMA分类,州和地区估算居住人口。由这些数据计算出的伤害比例以1991年的全部人口住院和死亡比例的人口调查数据为年龄标准。这里所说的5年年龄组是指所有的年龄组比例。

第7章

我国产品伤害监测的探索和实践

国家质检总局缺陷产品管理中心是经国家质量监督检验检疫总局批准成立的工作机构,在业务上接受国家质检总局的指导和委托,负责组织实施缺陷产品召回的日常管理工作。

缺陷产品管理中心的一项重要职能是收集、整理相关产品的缺陷信息,组织技术专家或组建专家委员会进行缺陷产品调查和认定,并开展有关产品安全的政策、法规、标准、技术等方面的科学研究。

国外发达国家的经验表明,建立以医院为基础的伤害监测系统,是主动收集有关产品缺陷信息的重要途径之一。国外发达国家建立的与消费品有关的伤害监测系统,如美国消费品安全委员会(CPSC)建立的国家电子伤害监测系统(NEISS),英国家庭事故监测系统(HASS)和休闲事故监测系统(LASS),等等,为政府部门和相关机构进行产品安全管理,制定消费者安全政策,评估政策效果,消除安全隐患提供了重要的决策依据。

为此,国家质检总局缺陷产品管理中心提出了建设我国产品伤害监测系统的设想。建设我国产品伤害监测系统建设的目的,是通过全国范围内的样本医院,收集各种由于产品缺陷或者产品存在的安全隐患而造成的伤害事故,为识别产品危害,评估缺陷产品风险提供信息来源,实时了解和评估全国产品安全现状,提高我国缺陷产品管理的科学决策水平,改善我国产品安全现状,全面提高产品质量。

研究发现,我国卫生部有关部门已于2005年开展全国伤害监测工作,其目的是持续、系统地收集、分析、解释和发布伤害相关的信息,从而实现对伤害流行情况和疾病负担进行详细和全面的描述。如果以此项工作为基础,补充收集有关造成伤害的产品信息,并逐步完善和提高,将能有效地促进我国产品伤害监测系统的建设。

7.1 我国伤害监测方案主要内容

7.1.1 目的

掌握我国伤害发生的分布特征及变化趋势,为制定相关政策,评价伤害干预效果提供依据。

7.1.2 监测对象及监测方式

监测对象：在哨点医院就诊被诊断为伤害的首诊患者。

监测方式：全国伤害监测采用哨点监测方式，以年度为单位持续进行。

7.1.3 监测点选点方法

参照全国疾病监测点抽样框架，随机抽取43个县（市、区）作为全国伤害监测点，并结合当地实际情况进行适当调整。其中，农村点23个，城市点20个。

7.1.4 监测内容和方法

全国伤害监测使用由中国疾病预防控制中心慢性非传染性疾病预防控制中心（简称慢病中心）统一制定的《全国伤害监测报告卡》，由各监测哨点医院医生/护士填报。《全国伤害监测报告卡》内容主要包括：

（1）伤害患者一般信息：如姓名，性别，年龄，身份证号码，户籍，文化程度，职业等。

（2）伤害事件的基本情况：如伤害发生的时间，患者就诊的时间，伤害发生的地点、原因、意图，伤害发生时的活动等。

（3）伤害临床信息：如伤害的严重程度、结局、临床诊断、性质、部位等。

（4）填报人信息。

7.1.5 监测工作流程

（1）中国疾控中心慢病中心设计、制定、印刷《全国伤害监测方案》、《全国伤害监测工作手册》，编制数据录入软件，并下发至全国伤害监测系统所辖各省、自治区、直辖市、计划单列市疾控中心。

（2）中国疾控中心慢病中心就《全国伤害监测方案》、《全国伤害监测工作手册》及数据录入软件对有关省、自治区、直辖市、计划单列市、县（市、区）级疾控中心伤害监测工作人员进行一级培训。

（3）有关省、自治区、直辖市、计划单列市、县（市、区）疾控中心对各哨点医院伤害监测管理人员进行二级培训。

（4）各哨点医院相关工作管理人员对伤害监测报告卡填报人员就相关内容进行三级培训。

（5）监测点县（市、区）级疾控中心负责收集当地伤害监测哨点医院填报的伤害病例报告卡，录入数据库，每季度上报所属省、自治区、直辖市、计划单列市疾控中心，并负责伤害病例报告卡的保存和管理。

（6）全国各省、自治区、直辖市、计划单列市疾控中心每季度将监测数据库报送中国疾控中心慢病中心。

（7）中国疾控中心慢病中心对全国所有伤害监测点的资料进行分析，对结果进行解释，撰写并发布全国伤害监测年度报告。

（8）中国疾控中心慢病中心定期召开全国伤害监测工作会议，总结、完善监测工作。我国的伤害监测工作起步较晚。2004年卫生部在全国11个省（市）的70家医疗机构开展了为期一年的伤害监测试点工作，2005年正式开展全国伤害监测工作。

7.2 我国产品伤害监测系统建设方案主要内容

7.2.1 监测目的

掌握全国范围内与产品有关的伤害事故发生的总体数量、分布特征、变化趋势，了解事故发生方式和原因，评估产品质量安全状况，为制定产品安全政策，评估产品伤害干预效果提供依据。

7.2.2 监测系统建设原则

(1) 充分利用现有资源，国家产品伤害监测系统将以全国伤害监测系统为基础，围绕产品伤害进行完善。

(2) 系统建设方案进行统一设计和规划，按实际工作需要分阶段实施。

(3) 系统建设应反映产品质量管理的重点，兼顾全国城乡。

7.2.3 监测点和样本医院的确定

以全国伤害监测系统的43个伤害监测点，共129家医院为基础，收集具有全国代表性的产品伤害基本信息和各类典型的产品伤害专项信息。同时，可以结合一定时期内产品质量问题的重点，适当增设医院或目标人群进行专题调查。

7.2.4 监测系统结构与内容

国家产品伤害监测信息由三个部分组成。伤害监测核心信息以全国伤害监测系统为基础，在核心监测信息中增加伤害涉及产品信息，在所有样本医院收集；产品伤害专项信息根据不同时期产品质量管理的工作重点来确定，使监测信息能及时反映产品质量状况和管理成效；产品伤害专项调查作为信息补充渠道，对特别重要的产品质量情况组织小范围的专门调查，以深入了解与某类(种)产品相关的伤害的详细信息。

7.3 我国产品伤害监测试点

7.3.1 目的

探索在我国建立以医院为基础的产品伤害监测系统的可行性，为建立全国产品伤害监测系统奠定基础。

7.3.2 项目试点现场确定

(1) 项目试点现场：兼顾城乡、地理分布及经济发展的差异并结合当地伤害预防控制工作基础，确定全国伤害监测点：浙江省常山县(农村点)和广东省深圳市(城市点)为本项目实施现场。

(2) 项目试点现场医院：浙江省常山县、广东省深圳市全国伤害监测点医院为本项目试点现场医院，包括：

常山县人民医院，常山县中医院，常山县招贤镇中心卫生院，常山县辉埠卫生院；

深圳市北大医院、南山医院、公明医院。

7.3.3 监测对象

在项目试点现场医院就诊被诊断为伤害的首诊患者。

7.3.4 监测内容

产品伤害监测模式研究项目试点工作使用统一制定的《产品伤害监测报告卡》，由各现场医院医生/护士填报。《产品伤害监测报告卡》内容主要包括：

(1) 患者一般信息：如姓名，性别，年龄，身份证号码，户籍，文化程度，职业等。

(2) 伤害事件的基本情况：如伤害发生的时间，患者就诊的时间，伤害发生的地点、原因、意图，伤害发生时的活动等。

(3) 伤害临床信息：如伤害的严重程度、结局、临床诊断、性质、部位等。

(4) 产品相关信息：指伤害涉及物品(避免由医务人员判断产品)、受伤时活动情况描述、联系方式等。

(5) 填报人信息。

7.3.5 项目工作流程

(1) 中国疾控中心慢病中心及国家质检总局缺陷产品管理中心根据项目总体方案共同制订项目试点实施方案，并进行专家论证。

(2) 就项目试点实施方案在项目现场进行项目预试验，并根据预试验结果对方案进行修订。

(3) 中国疾控中心慢病中心根据专家论证后的项目试点实施方案，对项目试点现场疾控中心/慢性病防治院项目负责人、项目试点现场医院项目负责人进行项目一级培训。

(4) 项目试点现场疾控中心/慢性病防治院项目负责人以及项目试点现场医院项目负责人，对现场医院报告卡填报人员进行项目二级培训。

(5) 现场实施收集产品伤害相关信息，为期一年。

① 在项目试点现场疾控中心/慢性病防治院的指导下，项目现场医院结合医院本身的工作安排情况以及全国伤害监测的工作模式，确定由医院医生/护士为产品伤害监测报告卡的填卡人。

② 项目试点现场医院确定专人(医院防保科)负责收集填写完毕的产品伤害监测报告卡，每周一次，并检查报告卡的填报质量，必要时进行补填和修改。

③ 项目试点现场疾控中心/慢性病防治院确定专人负责收集各现场医院产品伤害监测报告卡，每两周一次，并将卡片信息录入数据库。

④ 常山县疾控中心负责向浙江省疾控中心上报录入完毕的数据库，由浙江省疾控中心上报中国疾控中心慢病中心，每月一次。深圳市慢病防治院负责向中国疾控中心慢病中心上报录入完毕的数据库，每月一次，同时抄送广东省疾控中心。

7.3.6　质量控制

1. 重视组织工作

国家、项目省/市、县(区)各级疾控中心/慢病防治院及现场医院应分别成立项目工作组，各级项目工作组明确职责。

2. 统一质量控制方法

对培训、监测对象确认、报告卡填写、数据管理等制定统一的质量控制方案。

3. 加强工作督导

各级项目工作组承担各自所辖区域内的医院伤害监测的督导任务。定期开展漏报、错报、漏录、错录调查，评估监测系统的运行情况，保证数据质量。

7.3.7　试点结果

7.3.7.1　产品相关伤害总体情况

在2008年2～8月试点期间，监测点共上报有效伤害病例39 573例，涉及至少一种产品的病例即产品相关伤害病例为25 102例，占总报告病例的63.43%(见表7.1)。

表7.1　2008年2～8月产品伤害监测病例报告情况

地　　区	有效报告病例/例	产品相关伤害病例	
		例数/例	占有效病例比例/%
深圳地区合计	33 039	21 327	64.55
深圳北大医院	11 222	6775	60.37
深圳公明医院	10 570	6759	63.95
深圳南山医院	11 247	7793	69.29
常山地区合计	6534	3775	57.77
常山县人民医院	5538	3330	60.13
常山县招贤卫生院	681	306	44.93
常山县辉埠卫生院	315	139	44.13
两地总计	39 573	25 102	63.43

25 102例产品相关伤害病例中，共计发生产品相关伤害27 676人次(如：1例产品相关伤害病例可涉及1种及以上产品)。本报告全部产品相关伤害病例的产品及伤害情况分析是基于人次数统计的。

伤害涉及的前五类产品类别依次为“道路交通工具”(25.52%)、“公共场所设施”(23.45%)、“家庭用品”(21.82%)、“工业设备或生产机械”(18.07%)和“食品、药品、化妆品”(4.10%)(见表7.2)。

表7.2　伤害涉及产品构成

产品类别	合计		深圳		常山	
	人次	频率/%	人次	频率/%	人次	频率/%
儿童玩具	55	0.20	36	0.15	19	0.46
儿童用品	63	0.23	42	0.18	21	0.51
道路交通工具	7063	25.52	5261	19.01	1802	43.70

续表

产品类别	合计		深圳		常山	
	人次	频率/%	人次	频率/%	人次	频率/%
家电产品	141	0.51	123	0.52	18	0.44
家庭用品	6039	21.82	5086	22.34	953	23.11
文教、体育休闲	1024	3.70	868	3.69	156	3.78
公共场所设施	6489	23.45	6020	25.56	469	11.37
农用机械	124	0.45	27	0.11	97	2.35
烟花爆竹	35	0.13	11	0.05	24	0.58
危险化学品和毒性物质	149	0.54	74	0.31	75	1.82
热物质	327	1.18	290	1.23	37	0.90
消防器材	6	0.02	6	0.03	0	0
工业设备或生产机械	5002	18.07	4662	19.79	340	8.24
食品、药品、化妆品	1134	4.10	1023	4.34	111	2.69
医疗器械	25	0.09	23	0.10	2	0.05
合计	27 676	100.00	23 552	100.00	4124	100.00

1. 年龄分布

在产品相关伤害病例中，居前三位的年龄组依次为25～44岁(42.86%)、20～24岁(16.51%)和45～64岁(11.95%)(图7.1)。

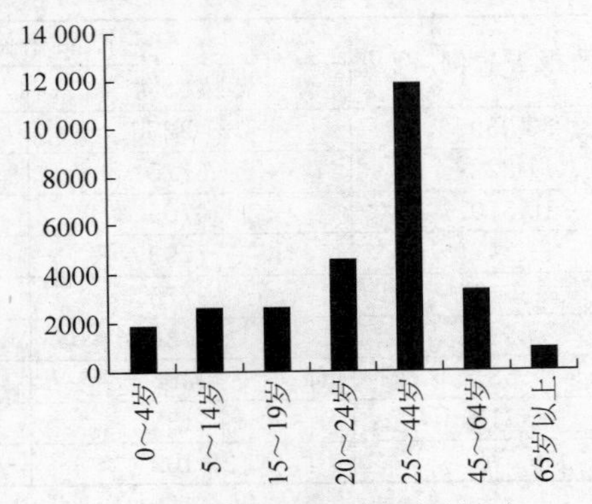

产品相关伤害病例的年龄分布

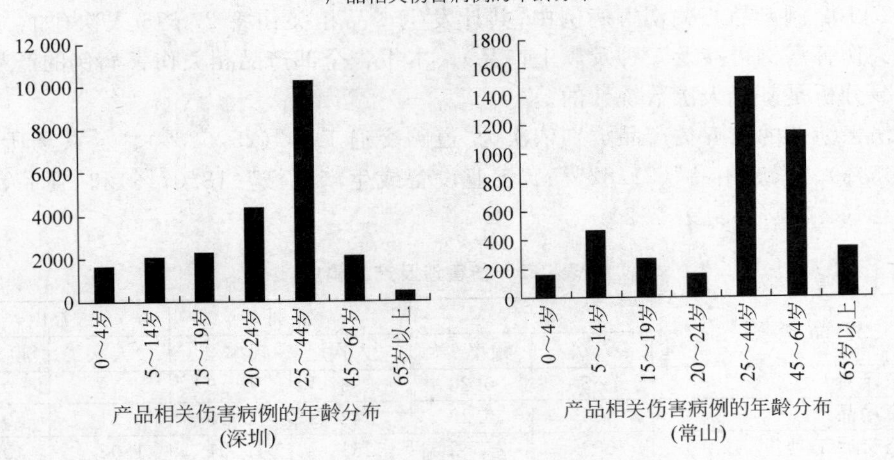

图 7.1

2. 伤害发生原因

在产品相关伤害病例中，居前三位的伤害发生原因依次为跌倒/坠落(31.36%)、车祸(28.12%)钝器伤(20.08%)(图 7.2)。

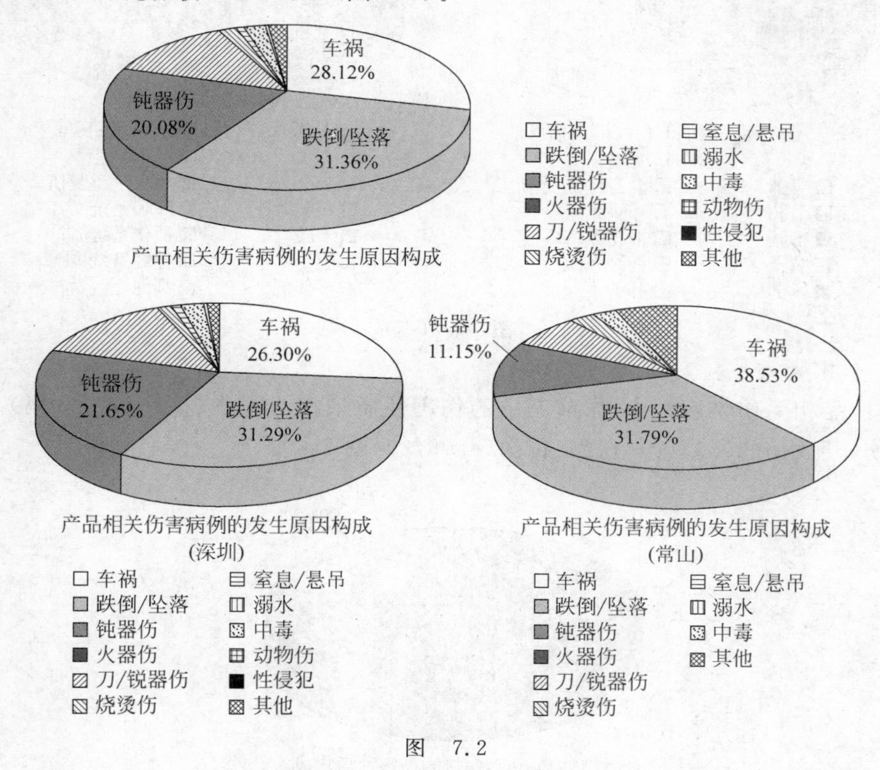

图 7.2

注：车祸包括机动车车祸和非机动车车祸，下同。

3. 伤害部位

在产品相关伤害病例中，居前三位的伤害部位依次为上肢(33.34%)、头部(24.16%)、下肢(23.59%)(图 7.3)。

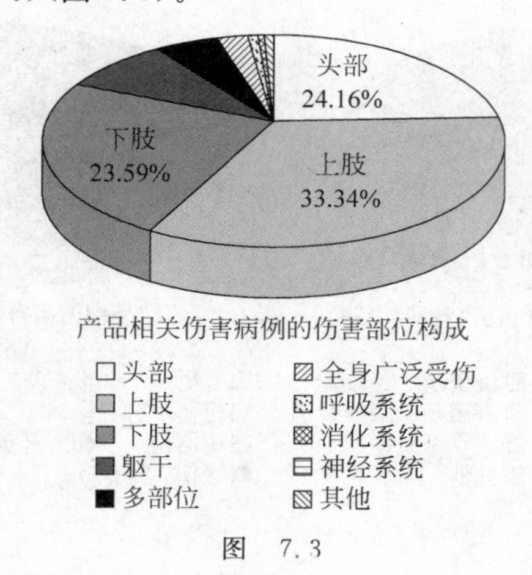

图 7.3

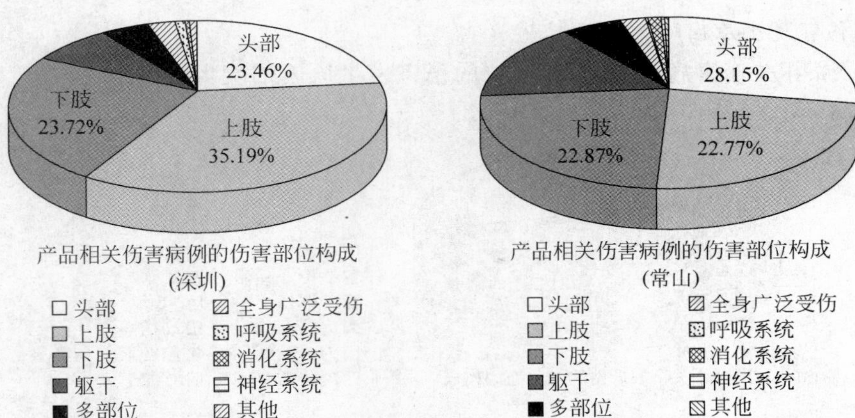

图 7.3(续)

4. 伤害性质

在产品相关伤害病例中，居前三位的伤害性质依次为挫伤、擦伤（47.99%）、锐器伤、咬伤、开放伤（29.97%）、扭伤/拉伤（8.09%）（图 7.4）。

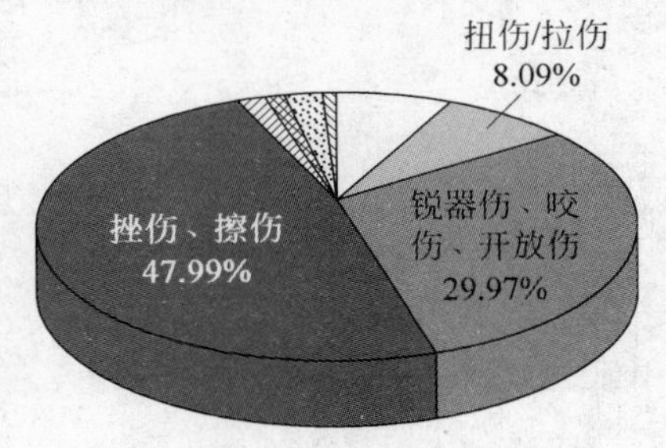

产品相关伤害病例的伤害性质构成

□骨折 ▨烧烫伤
□扭伤/拉伤 ▨脑震荡、脑挫裂伤
■锐器伤、咬伤、开放伤 ▨器官系统损伤
■挫伤、擦伤 ▨其他

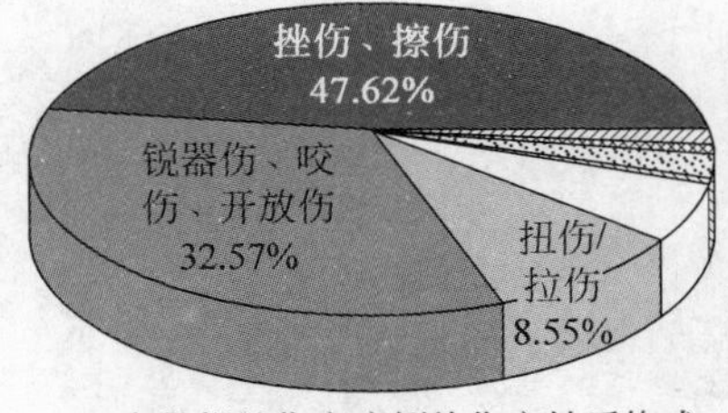

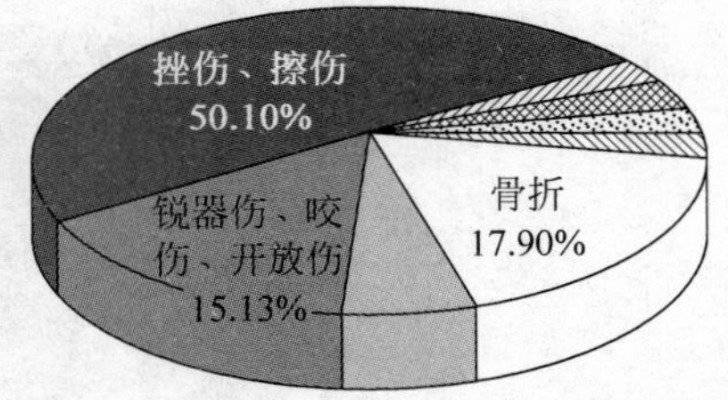

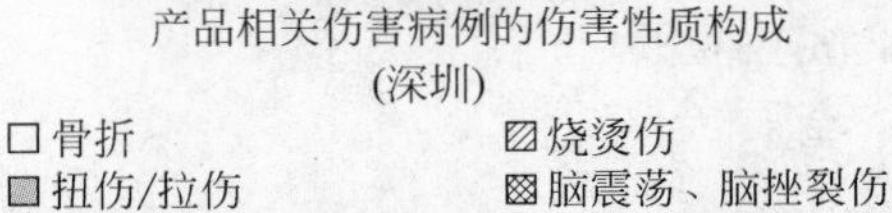

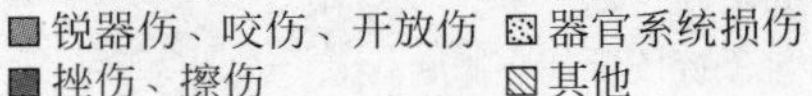

烧烫伤
脑震荡、脑挫裂伤
器官系统损伤
其他

产品相关伤害病例的伤害性质构成
(常山)

□骨折 ▨烧烫伤
□扭伤/拉伤 ▨脑震荡、脑挫裂伤
■锐器伤、咬伤、开放伤 ▨器官系统损伤
■挫伤、擦伤 ▨其他

图 7.4

7.3.7.2 各类产品相关伤害情况

1. 道路交通工具

在道路交通工具相关伤害中，居前三位的道路交通工具依次为小型载客汽车（不超过 9 座）（30.37%）、非机动车（24.15%）、摩托车（22.50%）（图 7.5）。

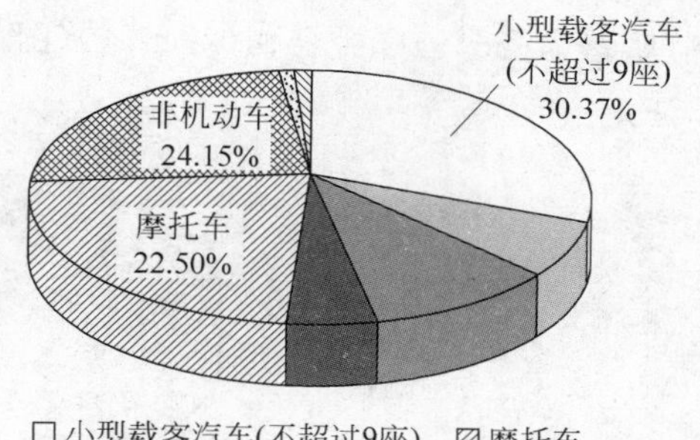

图 7.5 伤害病例涉及道路交通工具类产品构成

(1) 年龄分布

在道路交通工具相关伤害中，居前三位的年龄组依次为 25～44 岁（48.86%）、20～24 岁（16.55%）、45～64 岁（15.11%）（图 7.6）。

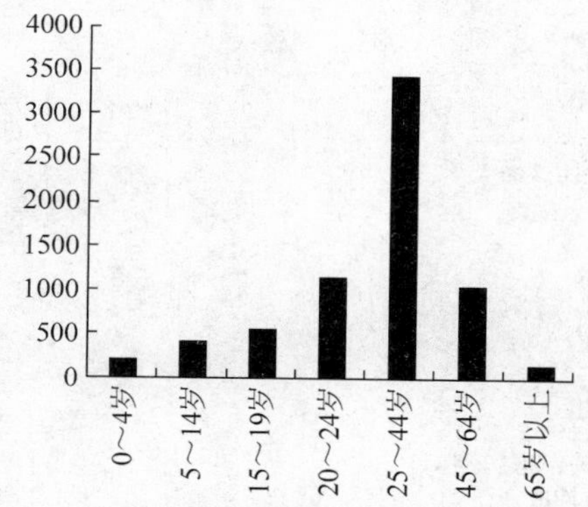

道路交通工具相关伤害病例的年龄分布

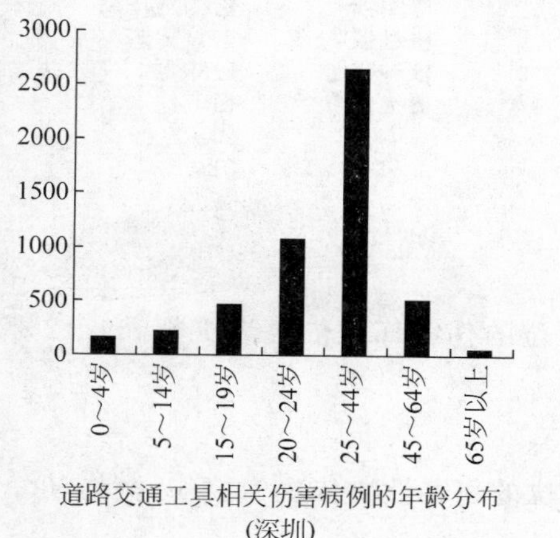

道路交通工具相关伤害病例的年龄分布
(深圳)

道路交通工具相关伤害病例的年龄分布
(常山)

图 7.6

(2) 伤害发生原因

在道路交通工具相关伤害中，居前三位的伤害发生原因依次为车祸（91.52%）、跌倒/坠落(4.66%)和钝器伤(2.45%)(图 7.7)。

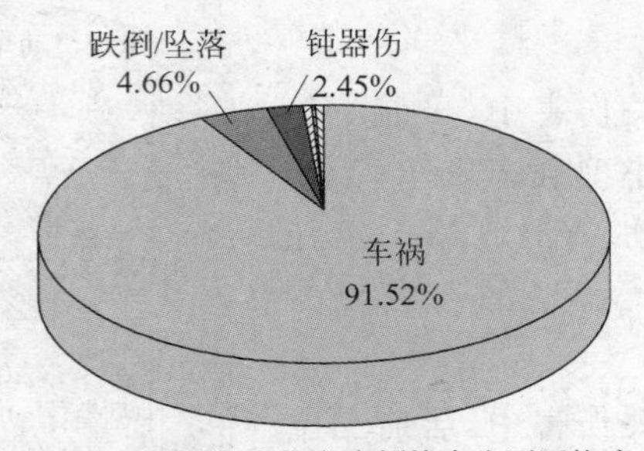

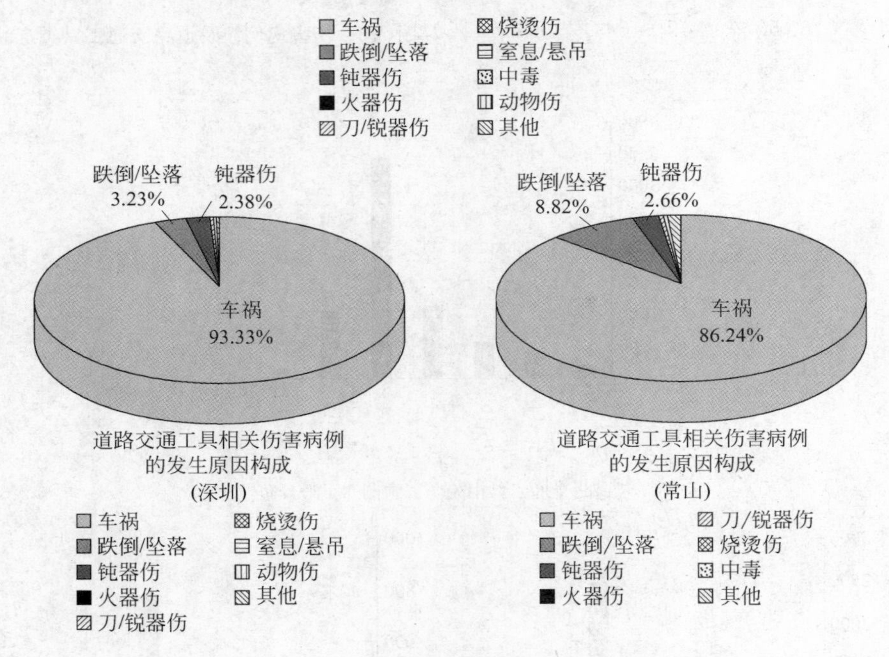

图 7.7

(3) 伤害发生部位

在道路交通工具相关伤害中,居前三位的伤害部位依次为头部(29.12%)、下肢(29.10%)、上肢(16.31%)(图 7.8)。

(4) 伤害性质

在道路交通工具相关伤害中,居前三位的伤害性质依次为挫伤、擦伤(60.19%),锐器伤、咬伤、开放伤(24.66%)、骨折(8.41%)(图 7.9)。

2. 公共场所设施

在公共场所设施相关伤害中,居前三位的公共场所设施依次为交通设施(34.23%)、社区设施(26.31%)、体育设施(12.04%)(图 7.10)。

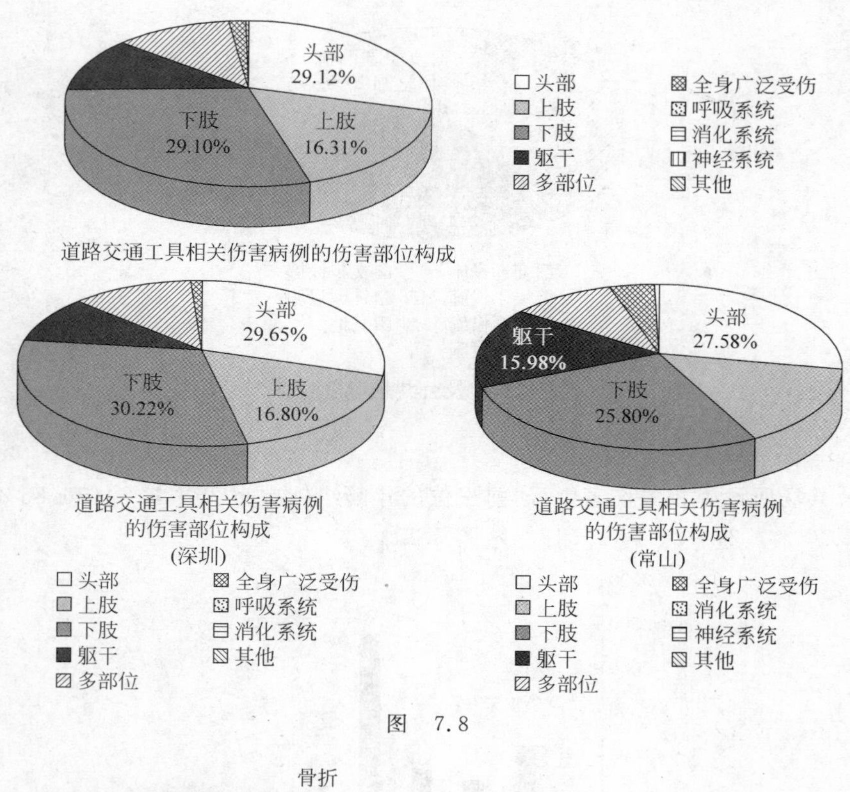
头部
29.12%
上肢
16.31%
下肢
29.10%
头部
上肢
下肢
躯干
多部位
全身广泛受伤
呼吸系统
消化系统
神经系统
其他
道路交通工具相关伤害病例的伤害部位构成
头部
29.65%
上肢
16.80%
下肢
30.22%
道路交通工具相关伤害病例
的伤害部位构成
(深圳)
头部
上肢
下肢
躯干
多部位
全身广泛受伤
呼吸系统
消化系统
其他
头部
27.58%
躯干
15.98%
下肢
25.80%
道路交通工具相关伤害病例
的伤害部位构成
(常山)
头部
上肢
下肢
躯干
多部位
全身广泛受伤
消化系统
神经系统
其他

图　7.8

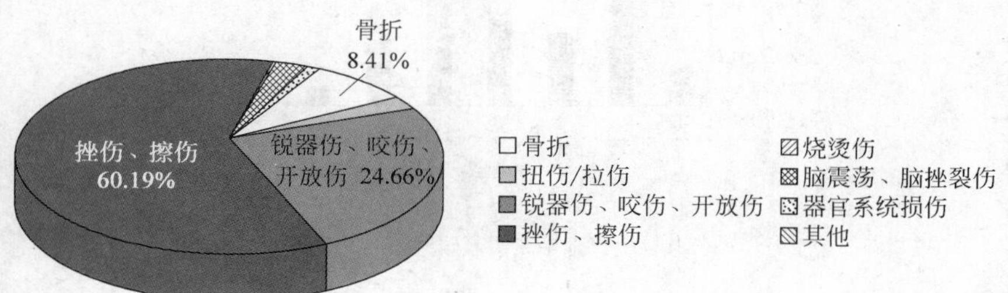
骨折
8.41%
挫伤、擦伤
60.19%
锐器伤、咬伤、
开放伤 24.66%
骨折
扭伤/拉伤
锐器伤、咬伤、开放伤
挫伤、擦伤
烧烫伤
脑震荡、脑挫裂伤
器官系统损伤
其他
道路交通工具相关伤害病例的伤害性质构成

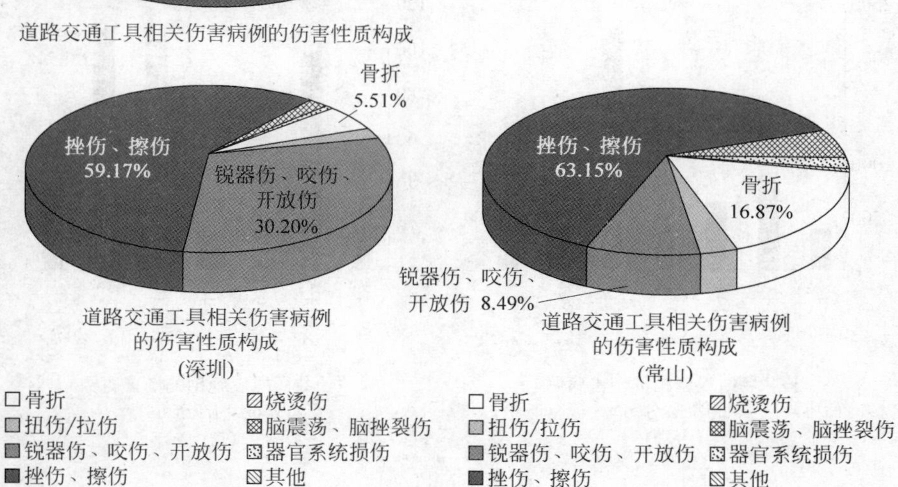
骨折
5.51%
挫伤、擦伤
59.17%
锐器伤、咬伤、
开放伤
30.20%
道路交通工具相关伤害病例
的伤害性质构成
(深圳)
挫伤、擦伤
63.15%
骨折
16.87%
锐器伤、咬伤、
开放伤 8.49%
道路交通工具相关伤害病例
的伤害性质构成
(常山)
骨折
扭伤/拉伤
锐器伤、咬伤、开放伤
挫伤、擦伤
烧烫伤
脑震荡、脑挫裂伤
器官系统损伤
其他
骨折
扭伤/拉伤
锐器伤、咬伤、开放伤
挫伤、擦伤
烧烫伤
脑震荡、脑挫裂伤
器官系统损伤
其他

图　7.9

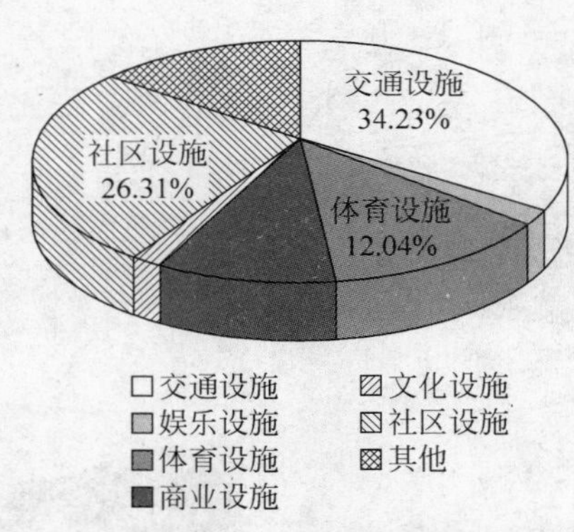

图 7.10　伤害病例涉及公共场所设施类产品构成

(1) 年龄分布

在公共场所设施相关伤害中，居前三位的年龄组依次为 25～44 岁(36.83%)、5～14 岁(17.32%)、20～24 岁(15.18%)(图 7.11)。

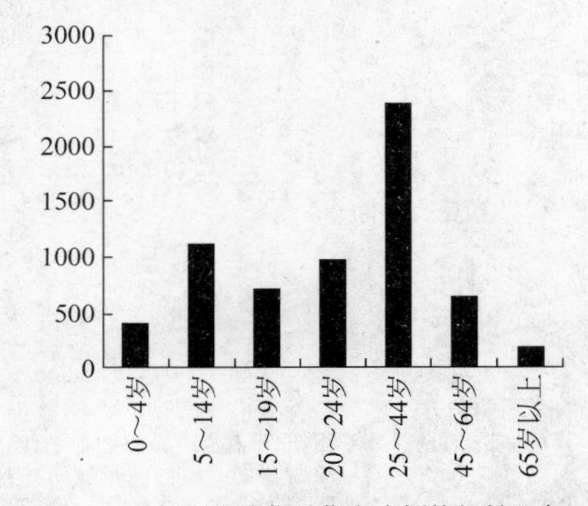

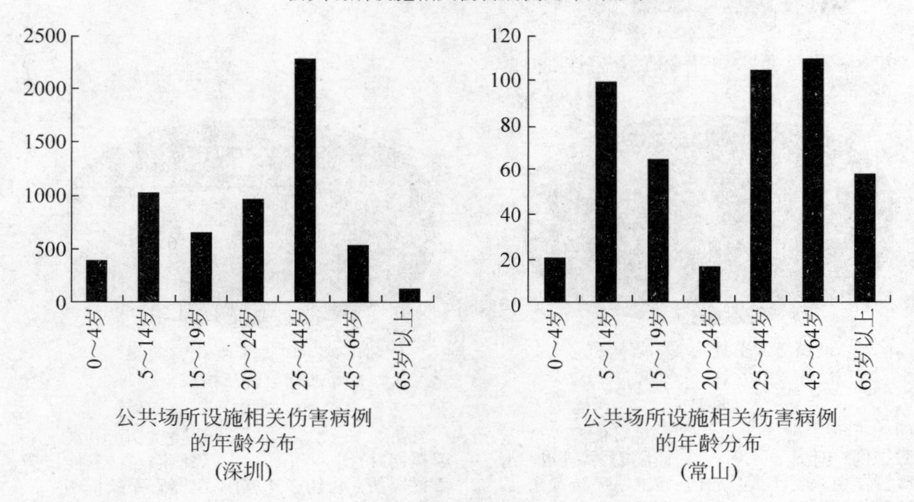

图　7.11

(2) 伤害发生原因

在公共场所设施相关伤害中,居前三位的伤害发生原因依次为跌倒/坠落(70.41%)、车祸(18.52%)、钝器伤(7.37%)(图 7.12)。

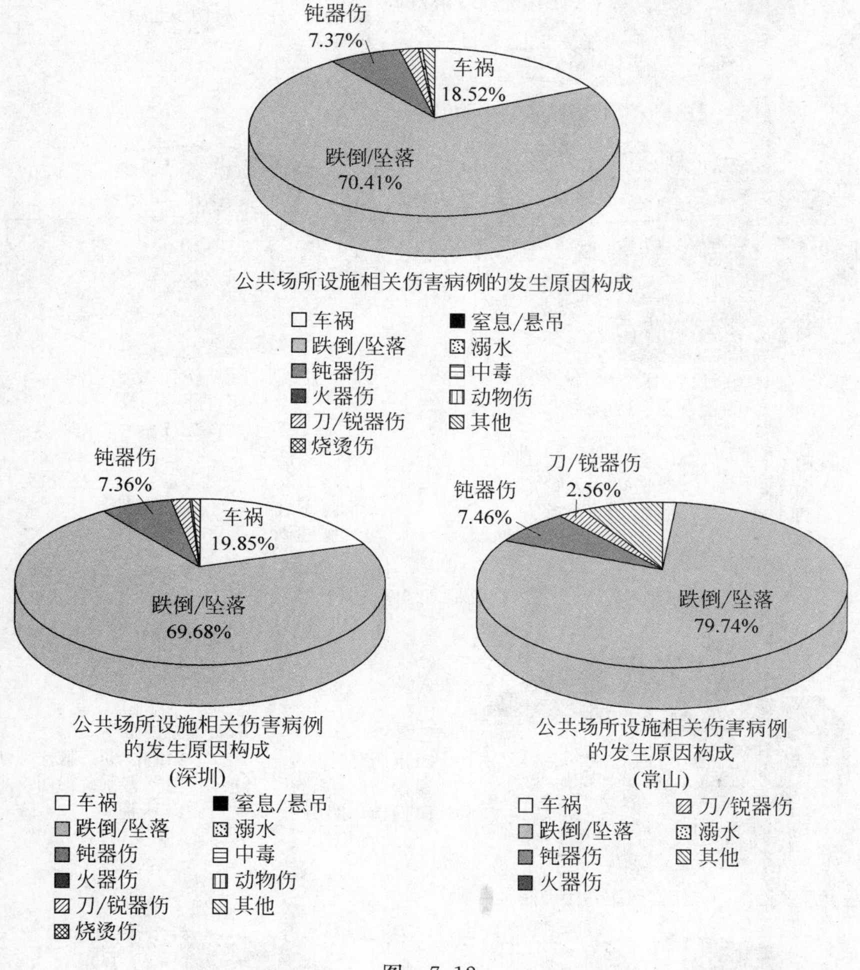

图 7.12

(3) 伤害部位

在公共场所设施相关伤害中,居前三位的伤害部位依次为下肢(36.42%)、头部(26.69%)、上肢(21.19%)(图 7.13)。

(4) 伤害性质

在公共场所设施相关伤害中,居前三位的伤害性质依次为挫伤、擦伤(56.16%)、扭伤/拉伤(18.71%)、锐器伤、咬伤、开放伤(14.30%)(图 7.14)。

3. 家庭用品

在家庭用品相关伤害中,居前三位的家庭用品依次为室内固定建筑设施(47.81%)、厨房用具(25.82%)、家具(10.23%)(图 7.15)。

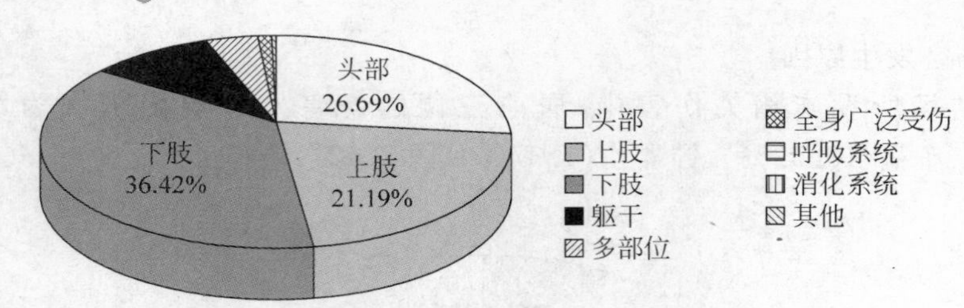

公共场所设施相关伤害病例的伤害部位构成

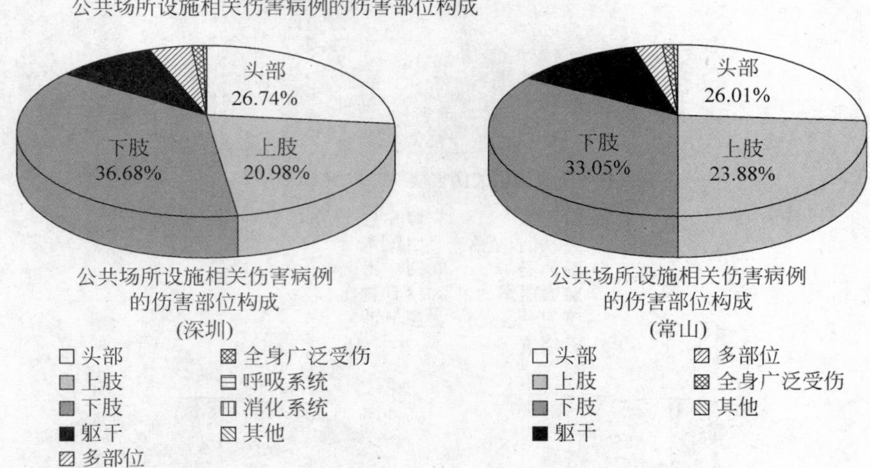

图 7.13

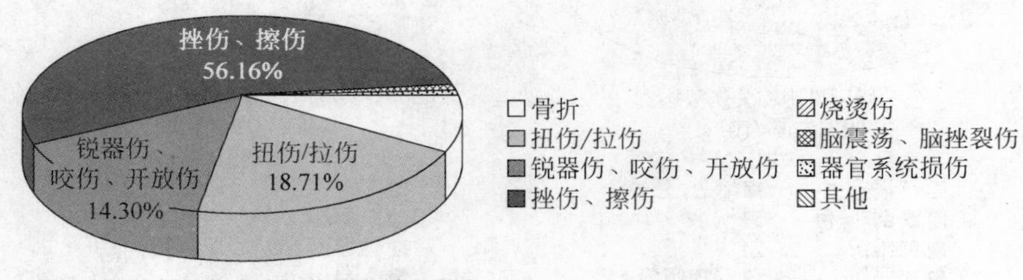

公共场所设施相关伤害病例的伤害性质构成

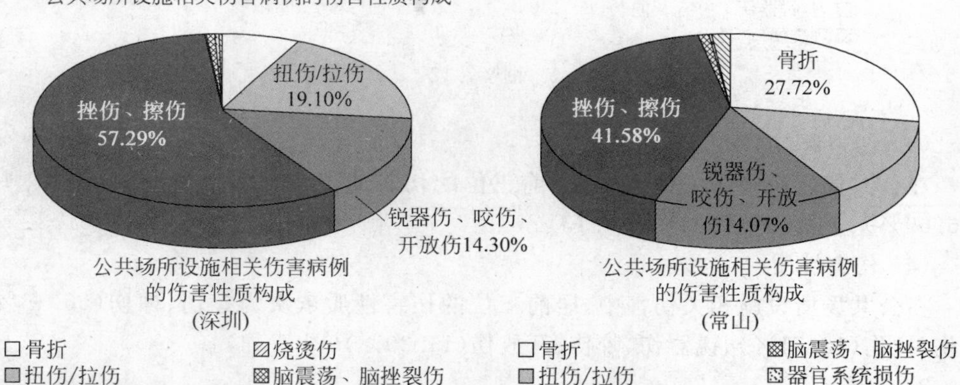

图 7.14

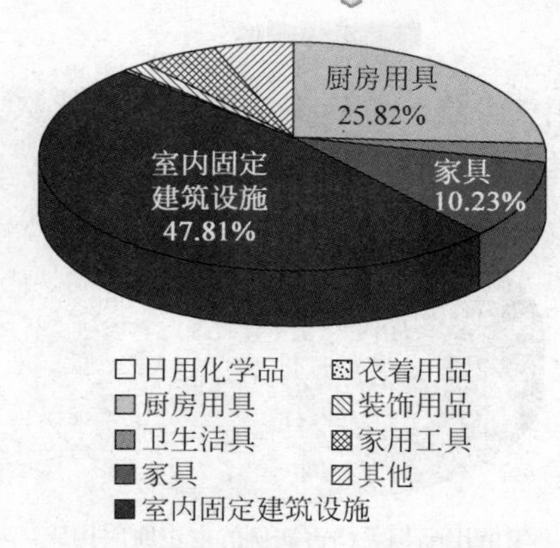

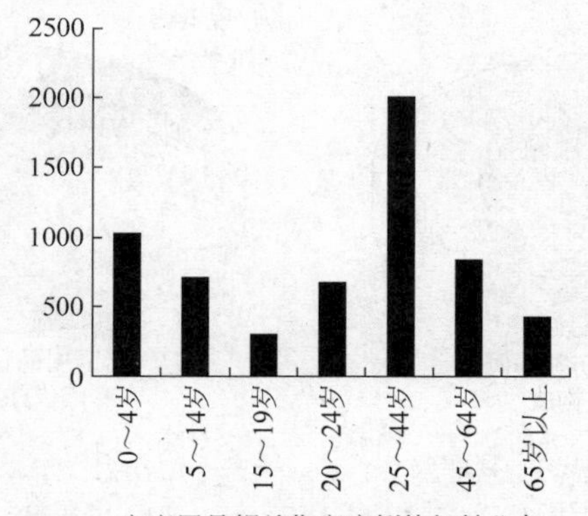

图 7.15　伤害病例涉及家庭用品类产品构成

(1) 年龄分布

在家庭用品相关伤害中，居前三位的年龄组依次为 25～44 岁(33.47%)、0～4 岁(17.12%)、45～64 岁(14.03%)(图 7.16)。

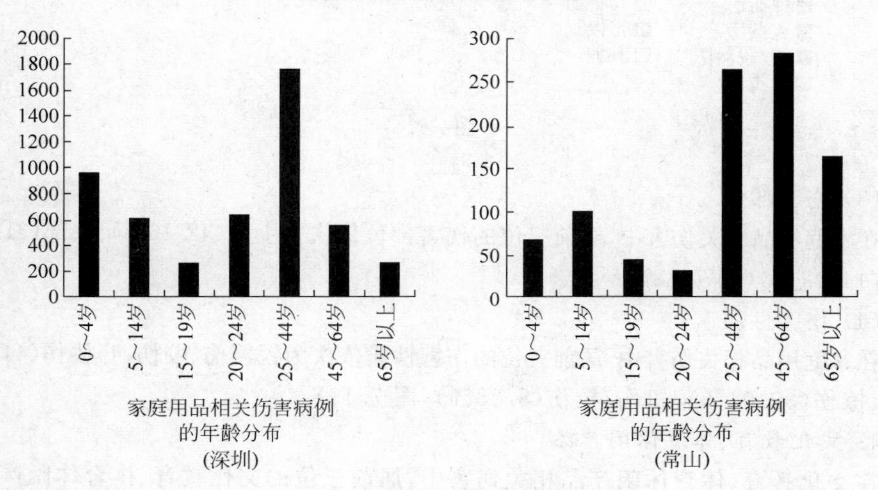

图　7.16

(2) 伤害发生原因

在家庭用品相关伤害中，居前三位的伤害发生原因依次为跌倒/坠落(50.54%)、刀/锐器伤(31.91%)、钝器伤(14.72%)(图 7.17)。

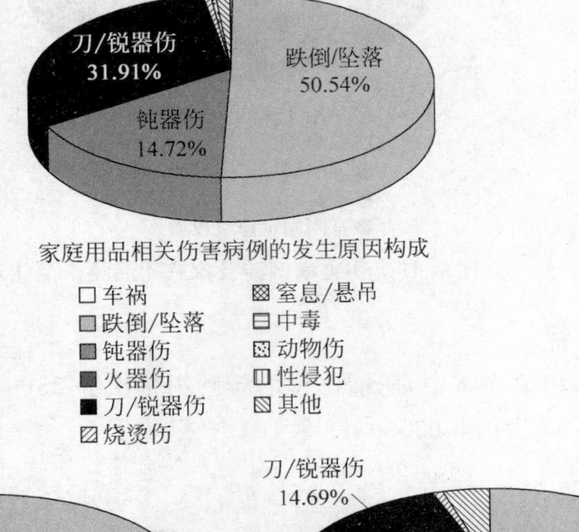

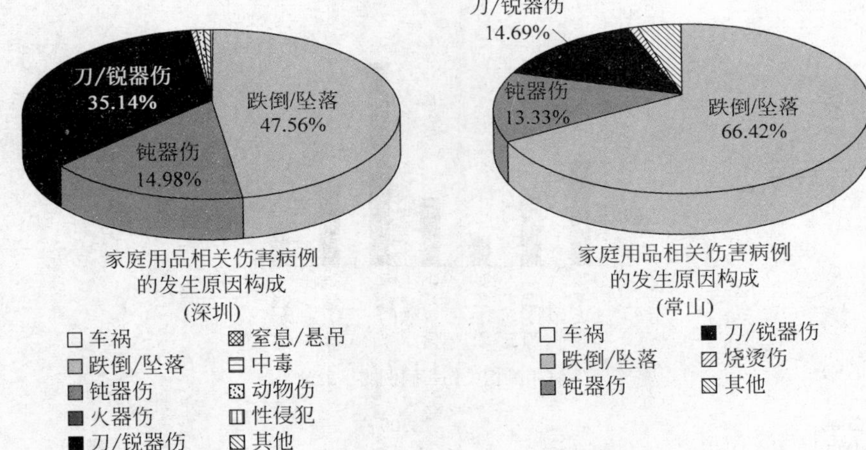

图 7.17

(3) 伤害部位

在家庭用品相关伤害中，居前三位的伤害部位依次为上肢(42.16%)、头部(31.26%)、下肢(14.52%)(图 7.18)。

(4) 伤害性质

在家庭用品相关伤害中，居前三位的伤害性质依次为锐器伤、咬伤、开放伤(44.99%)、挫伤、擦伤(38.04%)、扭伤/拉伤(8.28%)(图 7.19)。

4. 文化教育、体育休闲产品

在文化教育、体育休闲产品相关伤害中，居前三位的文化教育、体育休闲产品依次为体育用品、器材(47.27%)、文化用品(6.74%)、办公家具(5.47%)(图 7.20)。

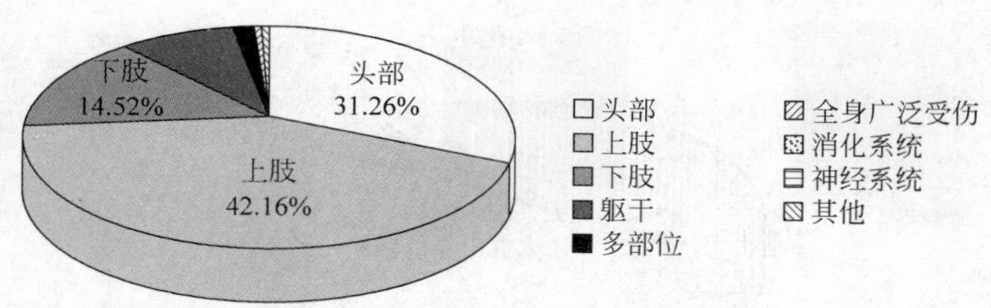

家庭用品相关伤害病例的伤害部位构成

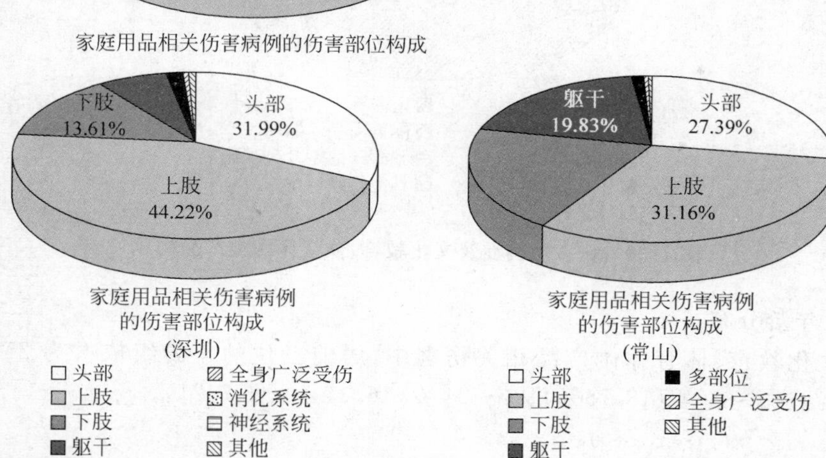

家庭用品相关伤害病例的伤害部位构成(深圳)

家庭用品相关伤害病例的伤害部位构成(常山)

图 7.18

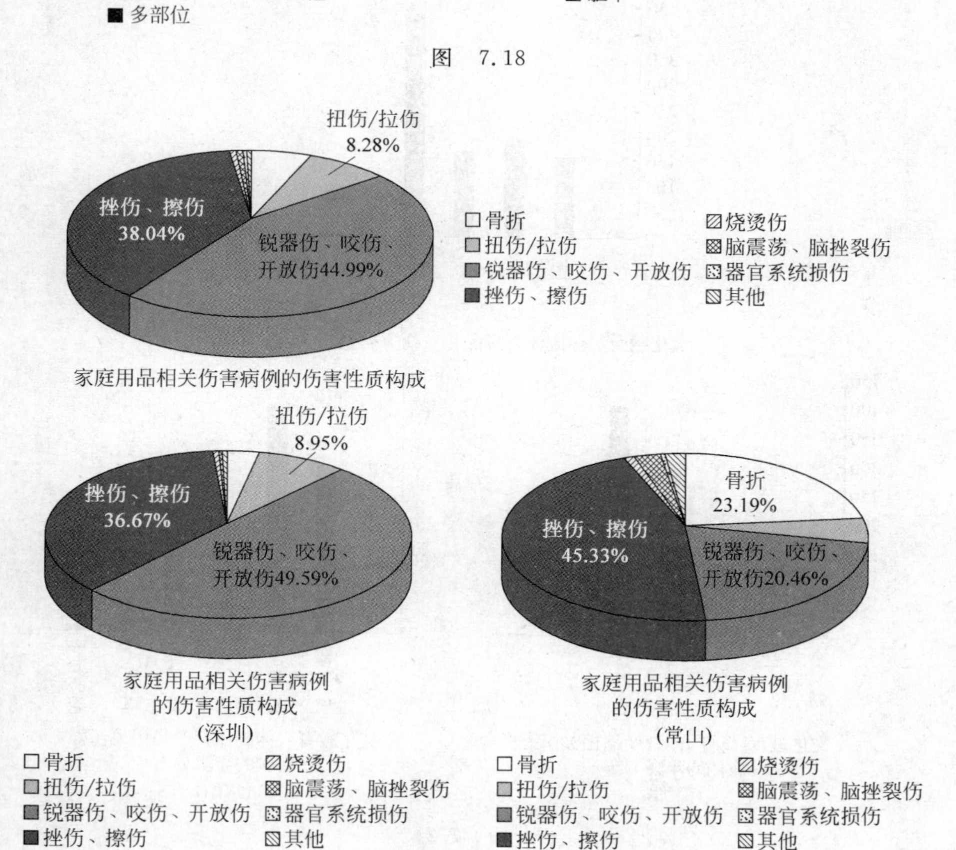

家庭用品相关伤害病例的伤害性质构成

家庭用品相关伤害病例的伤害性质构成(深圳)

家庭用品相关伤害病例的伤害性质构成(常山)

图 7.19

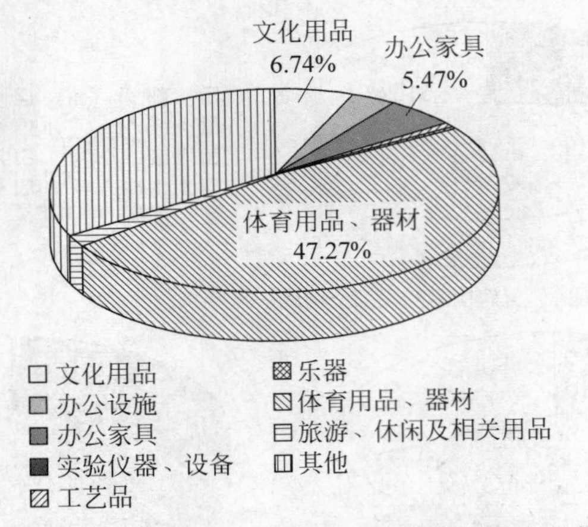

图 7.20 伤害病例涉及文化教育、体育休闲类产品构成

(1) 年龄分布

在文化教育、体育休闲产品相关伤害中，居前三位的年龄组依次为 25～44 岁(42.38％)、15～19 岁(18.75％)、20～24 岁(16.31％)(图 7.21)。

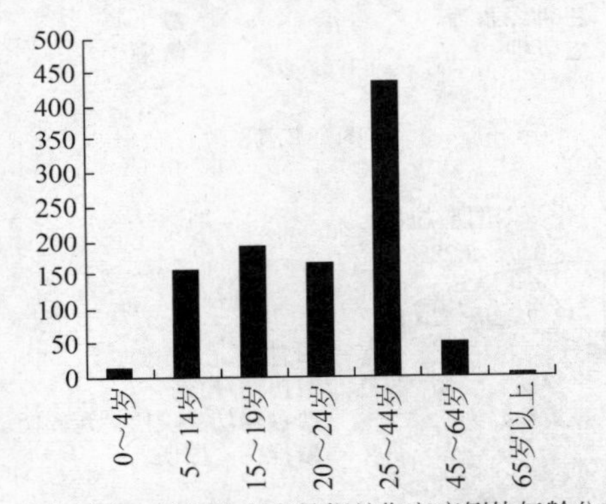

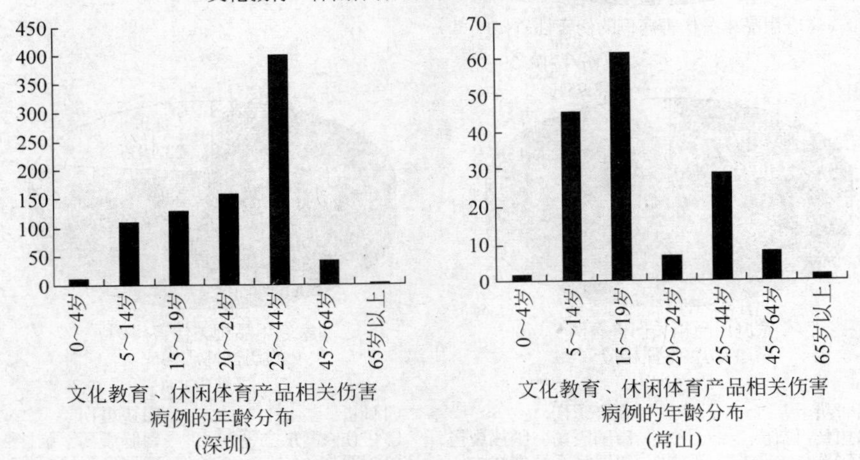

图 7.21

(2) 伤害发生原因

在文化教育、体育休闲产品相关伤害中，居前三位的伤害发生原因依次为跌倒/坠落(41.50%)、钝器伤(39.45%)、刀/锐器伤(11.43%)(图 7.22)。

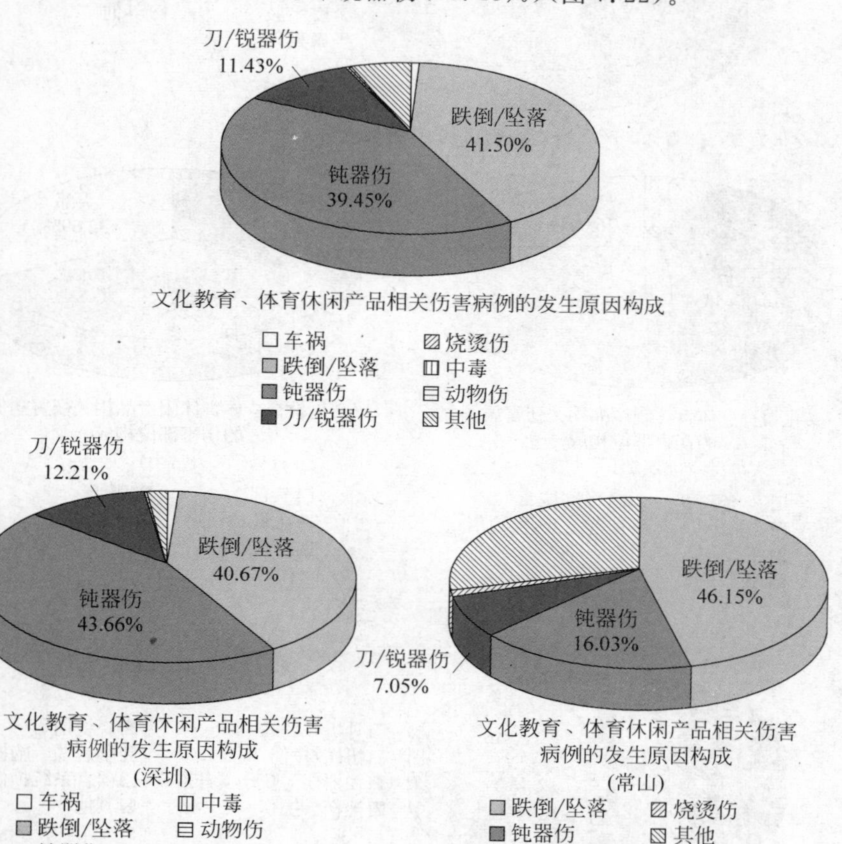

图　7.22

(3) 伤害部位

在文化教育、体育休闲产品相关伤害中，居前三位的伤害部位依次为头部(27.05%)、上肢(25.88%)、下肢(25.10%)(图 7.23)。

(4) 伤害性质

在文化教育、体育休闲产品相关伤害中，居前三位的伤害性质依次为挫伤、擦伤(40.92%)、扭伤/拉伤(26.46%)、锐器伤、咬伤、开放伤(25.39%)(图 7.24)。

5. 家电产品

在家电产品相关伤害中，居前三位的家电产品依次为小家电(32.62%)、热水器、微波炉、吸油烟机(31.21%)、电视、空调、冰箱、洗衣机(9.93%)(图 7.25)。

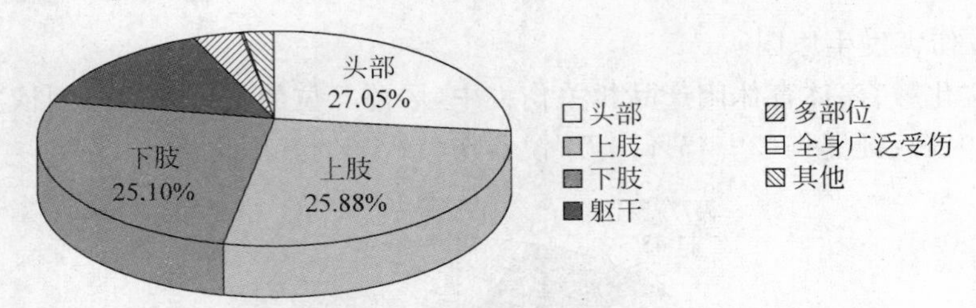

文化教育、体育休闲产品相关伤害病例的伤害部位构成

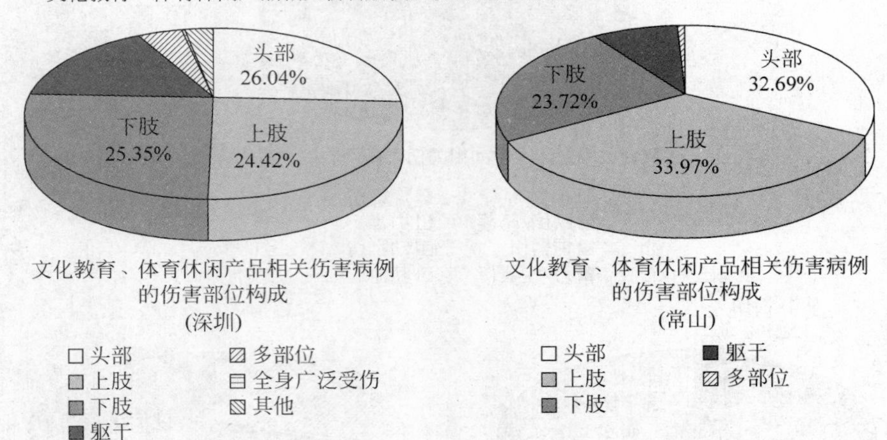

图 7.23

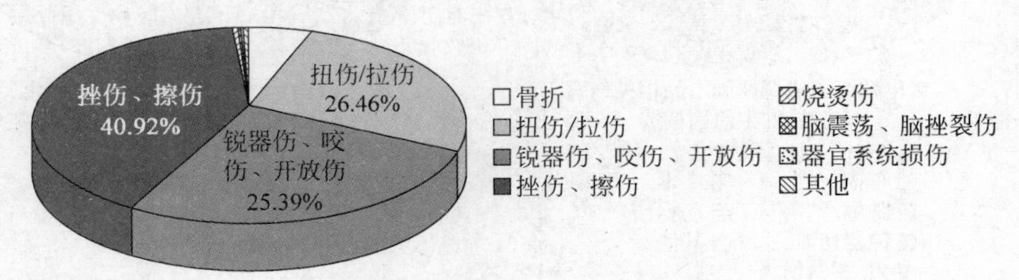

文化教育、体育休闲产品相关伤害病例的伤害性质构成

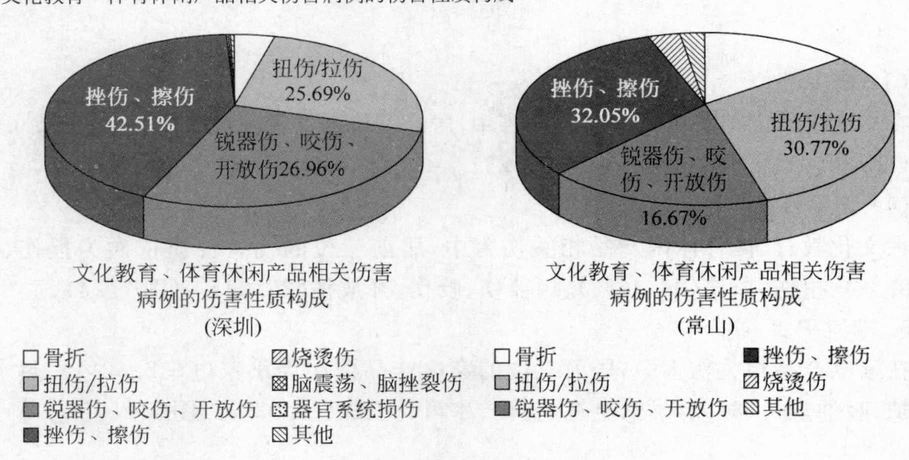

图 7.24

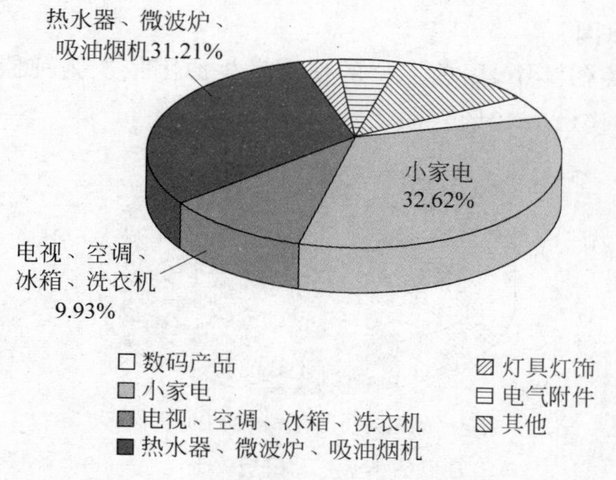

图 7.25　伤害病例涉及家电产品构成

(1) 年龄分布

在家电产品相关伤害中，居前三位的年龄组依次为 25～44 岁(41.13%)、20～24 岁(18.44%)、15～19 岁(13.48%)(图 7.26)。

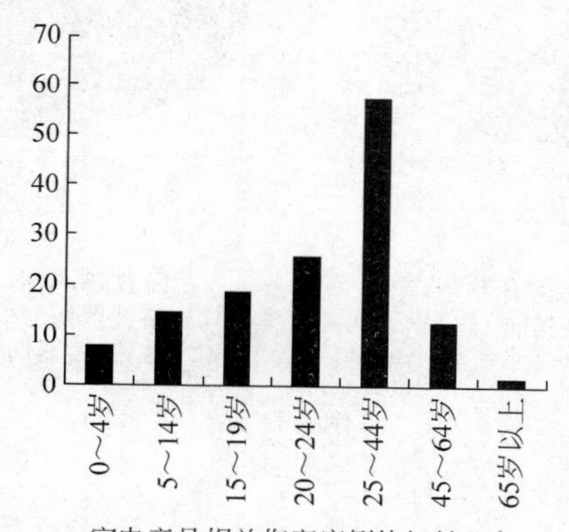

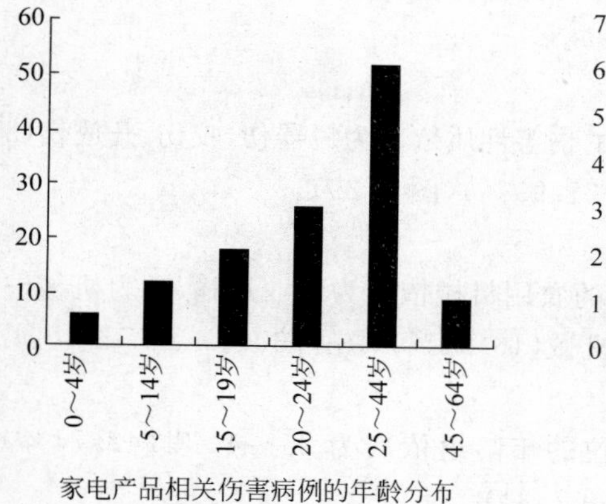

图　7.26

(2) 伤害发生原因

在家电产品相关伤害中，居前三位的伤害发生原因依次为钝器伤(30.50%)、中毒(25.53%)、刀/锐器伤(23.40%)(图 7.27)。

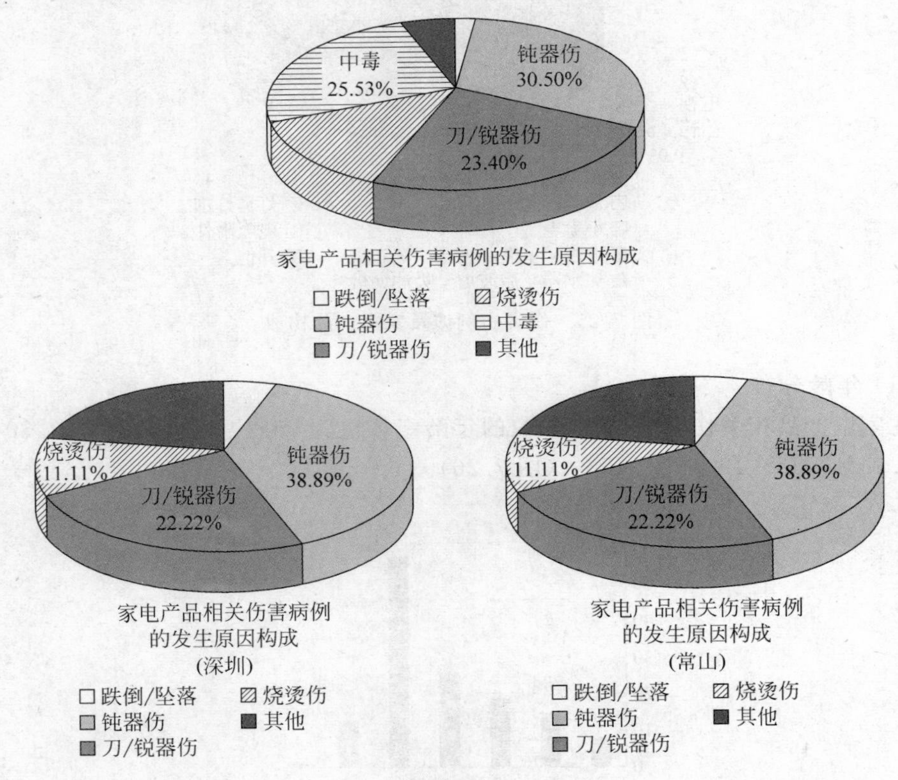

图 7.27

(3) 伤害部位

在家电产品相关伤害中，居前三位的伤害部位依次为上肢(39.72%)、全身广泛受伤(24.82%)、头部(20.57%)(图 7.28)。

(4) 伤害性质

在家电产品相关伤害中，居前三位的伤害性质依次为锐器伤、咬伤、开放伤(31.21%)、器官系统损伤(24.11%)、挫伤、擦伤(21.99%)(图 7.29)。

6. 农用机械

在农用机械相关伤害中，居前三位的农用机械依次为农业运输、动力机械(31.45%)、林业、林木加工机械(19.35%)、农业机械(16.94%)(图 7.30)。

(1) 年龄分布

在农用机械相关伤害中，居前三位的年龄组依次为 25～44 岁(42.74%)、45～64 岁(40.32%)和 20～24 岁(8.87%)(图 7.31)。

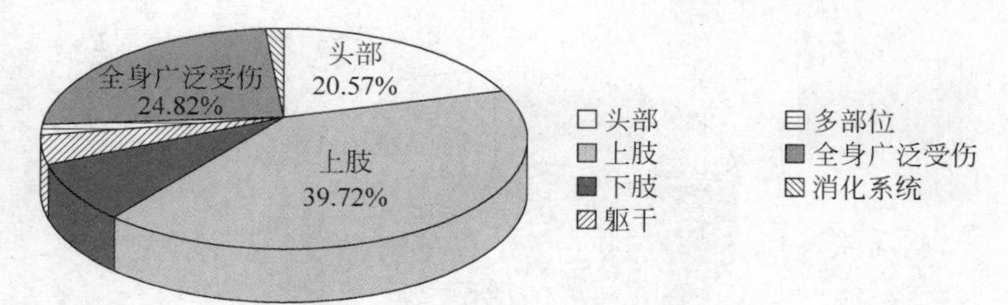

家电产品相关伤害病例的伤害部位构成

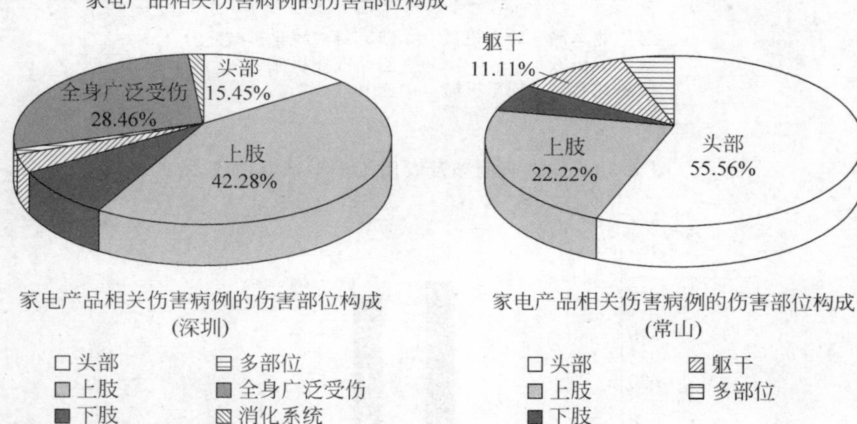

家电产品相关伤害病例的伤害部位构成
(深圳)

家电产品相关伤害病例的伤害部位构成
(常山)

图 7.28

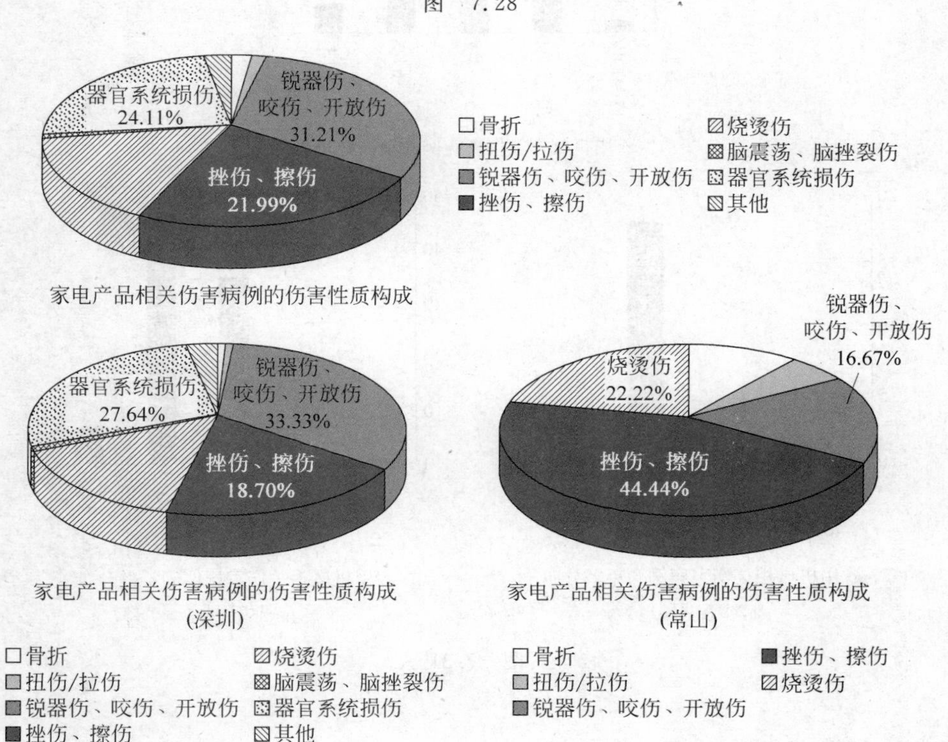

图 7.29

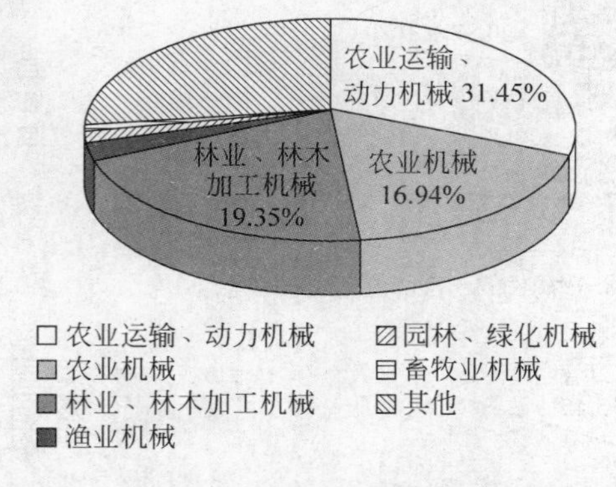

图 7.30 伤害病例涉及农用机械类产品构成

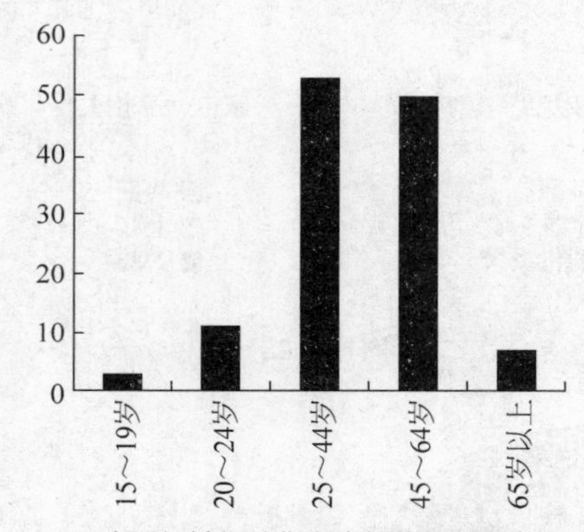

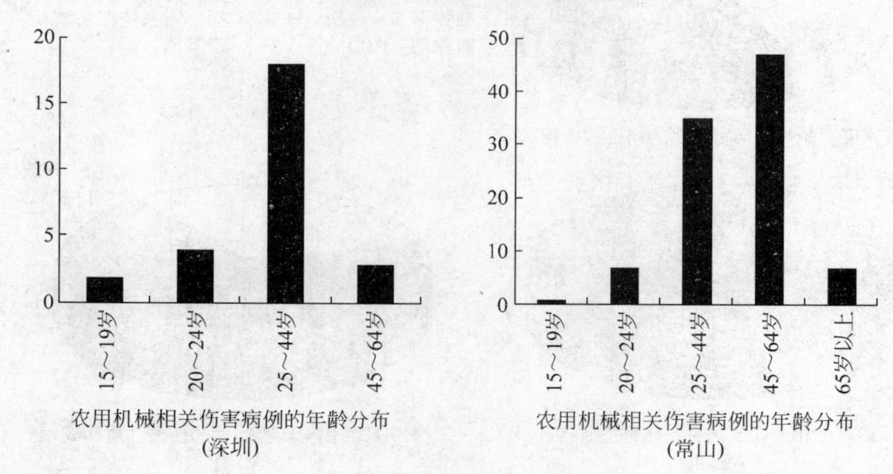

图 7.31

（2）伤害发生原因

在农用机械相关伤害中，居前三位的伤害发生原因依次为跌倒/坠落（32.26%）、刀/锐器伤（24.19%）、钝器伤（19.35%）（图 7.32）。

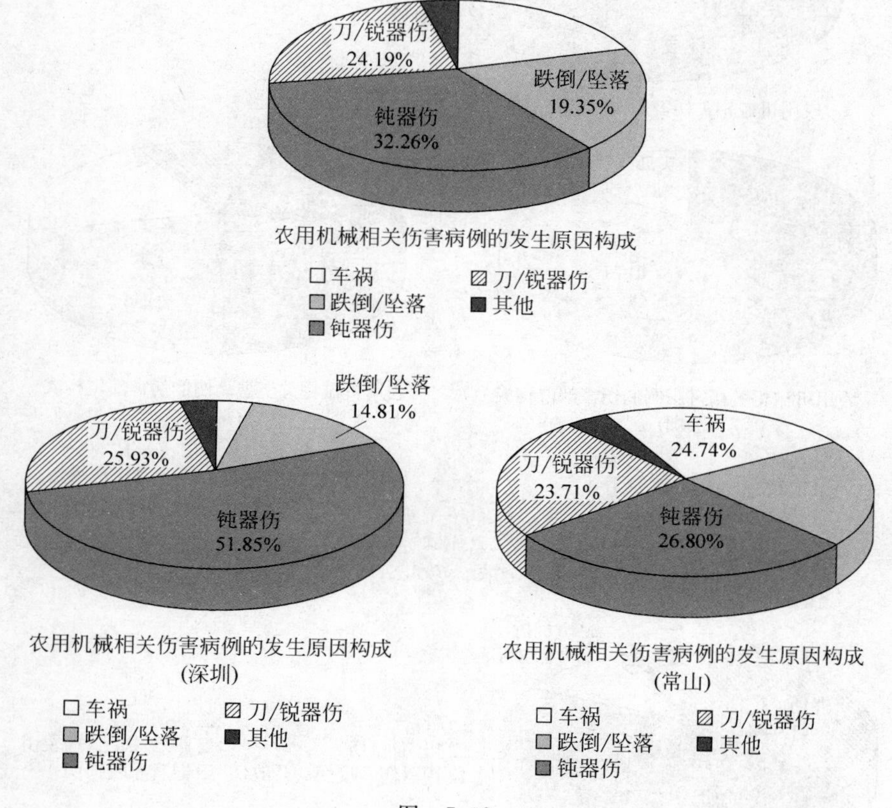

图 7.32

（3）伤害部位

在农用机械相关伤害中，上肢和下肢为第一位伤害部位，均占 25.81%，其次为头部（19.35%）（图 7.33）。

（4）伤害性质

在农用机械相关伤害中，居前三位的伤害性质依次为挫伤、擦伤（41.94%）、锐器伤、咬伤、开放伤（41.13%）、扭伤/拉伤（10.48%）（图 7.34）。

7. 儿童用品

在儿童用品相关伤害中，居前三位的儿童用品依次为童车（39.68%）、文体用品（20.63%）、家具、装饰用品（20.63%）（图 7.35）。

（1）年龄分布

在儿童用品相关伤害中，病例集中在 0～4 岁（58.73%）和 5～14 岁（34.92%）年龄组，其他年龄组病例很少（图 7.36）。

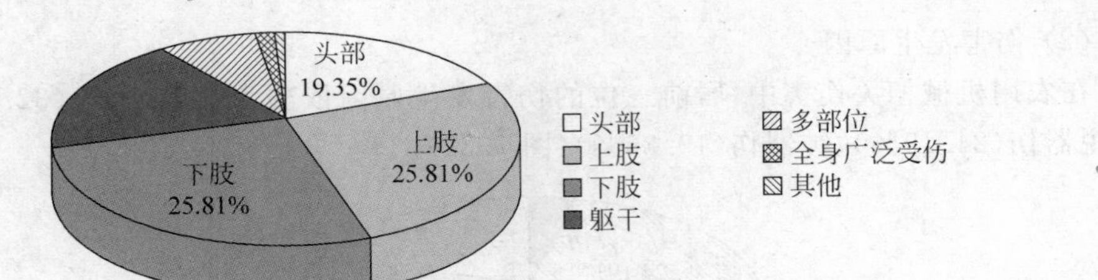

农用机械相关伤害病例的伤害部位构成

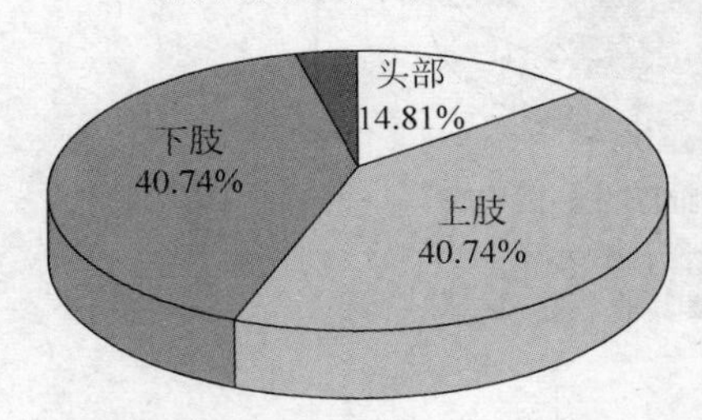

农用机械相关伤害病例的伤害部位构成
(深圳)

□头部 ■下肢
□上肢 ■躯干

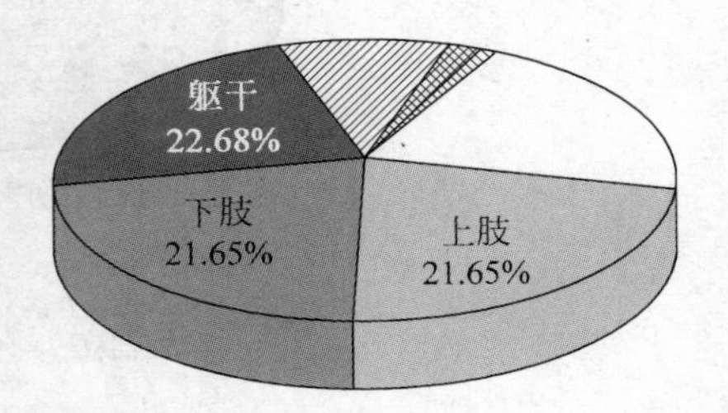

农用机械相关伤害病例的伤害部位构成
(常山)

□头部 ▨多部位
□上肢 ▩全身广泛受伤
■下肢 ▧其他
■躯干

图 7.33

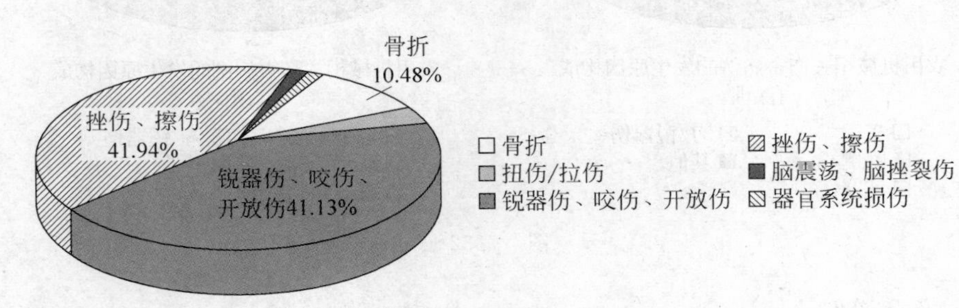

农用机械相关伤害病例的伤害性质构成

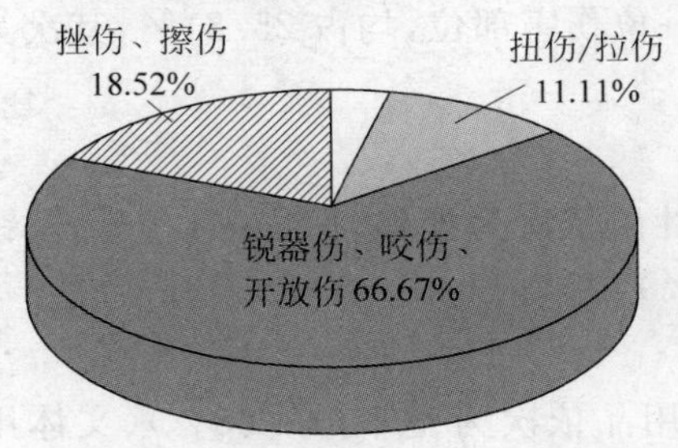

农用机械相关伤害病例的伤害性质构成
(深圳)

□骨折 ■锐器伤、咬伤、开放伤
□扭伤/拉伤 ▨挫伤、擦伤

骨折
12.37%
挫伤、擦伤
48.45%
锐器伤、咬
伤、开放伤
34.02%

农用机械相关伤害病例的伤害性质构成
(常山)

□骨折 ▨挫伤、擦伤
□扭伤/拉伤 ■脑震荡、脑挫裂伤
■锐器伤、咬伤、开放伤 ▧器官系统损伤

图 7.34

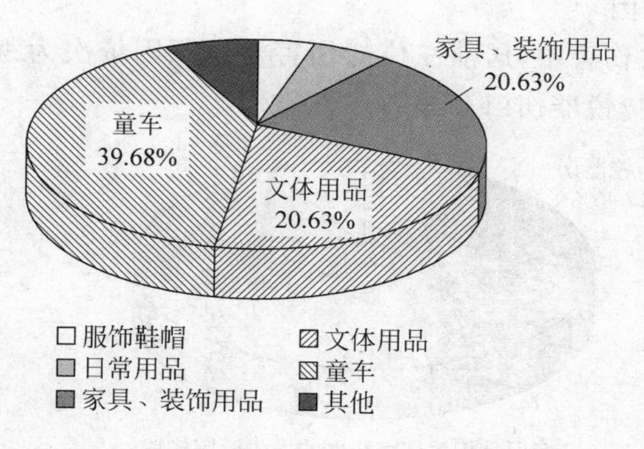

图 7.35 伤害病例涉及儿童用品类产品构成

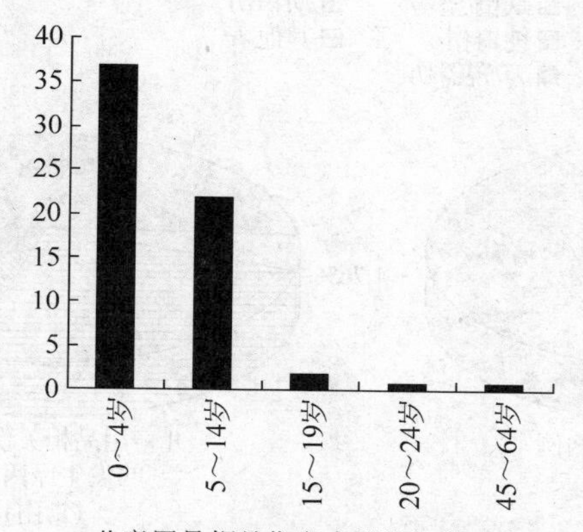

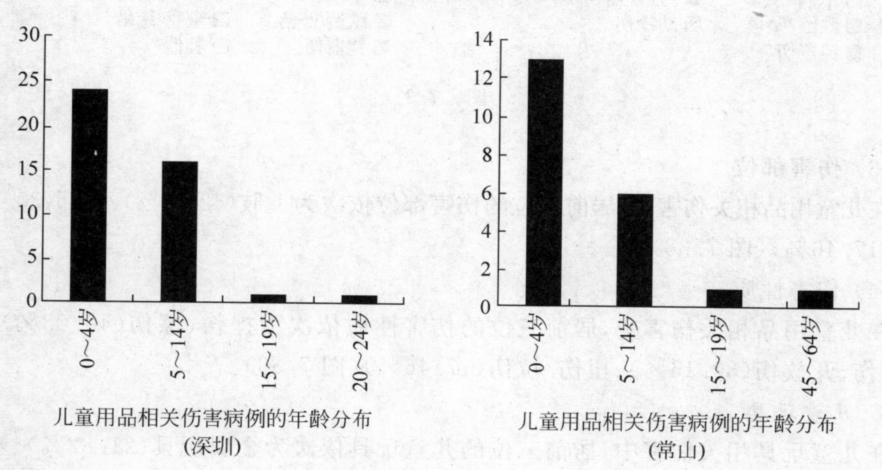

图 7.36

（2）伤害发生原因

在儿童用品相关伤害中，居前三位的伤害发生原因依次为跌倒/坠落（46.03%）、钝器伤（17.46%）、刀/锐器伤（17.46%）（图 7.37）。

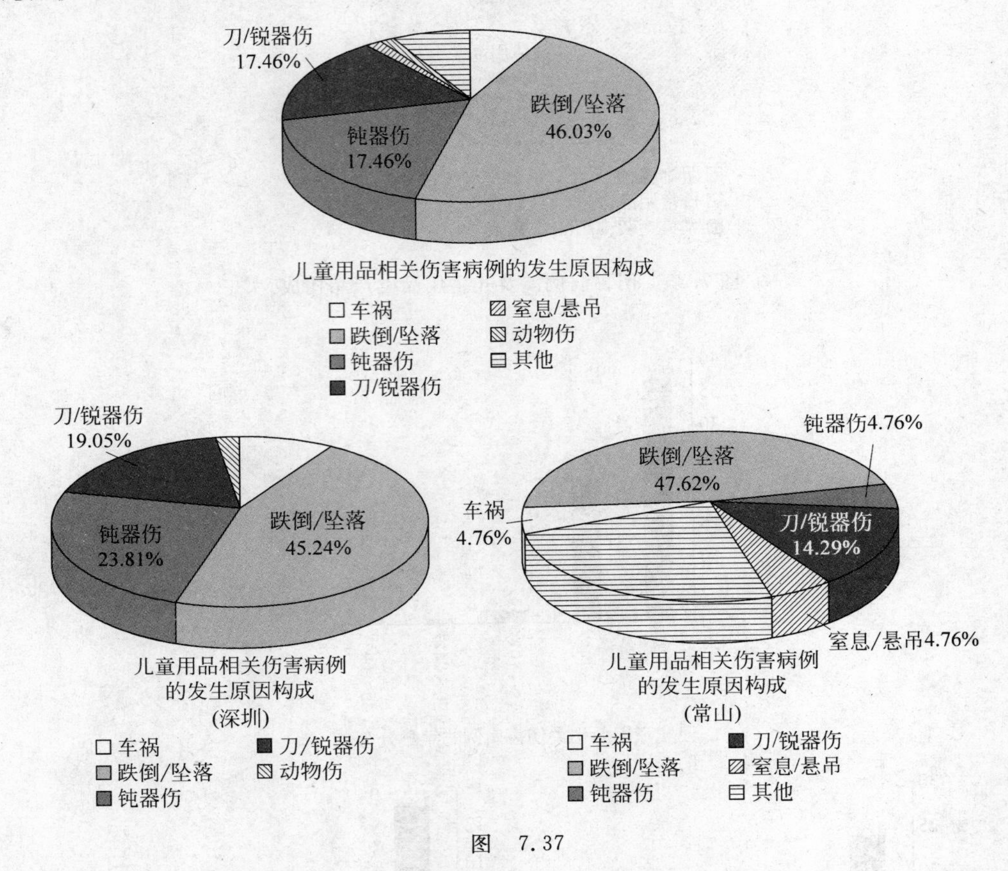

图 7.37

（3）伤害部位

在儿童用品相关伤害中，居前三位的伤害部位依次为上肢（42.86%）、头部（30.16%）、下肢（17.46%）（图 7.38）。

（4）伤害性质

在儿童用品相关伤害中，居前三位的伤害性质依次为挫伤、擦伤（46.03%）、锐器伤、咬伤、开放伤（30.16%）、扭伤/拉伤（17.46%）（图 7.39）。

8. 儿童玩具

在儿童玩具相关伤害中，居前三位的儿童玩具依次为金属玩具（21.82%）、塑胶玩具（20.00%）、被儿童玩耍的小物件（20.00%）（图 7.40）。

（1）年龄分布

在儿童玩具相关伤害中，病例集中在 0～4 岁（54.55%）和 5～14 岁（38.18%）年龄组，其他年龄组病例很少（图 7.41）。

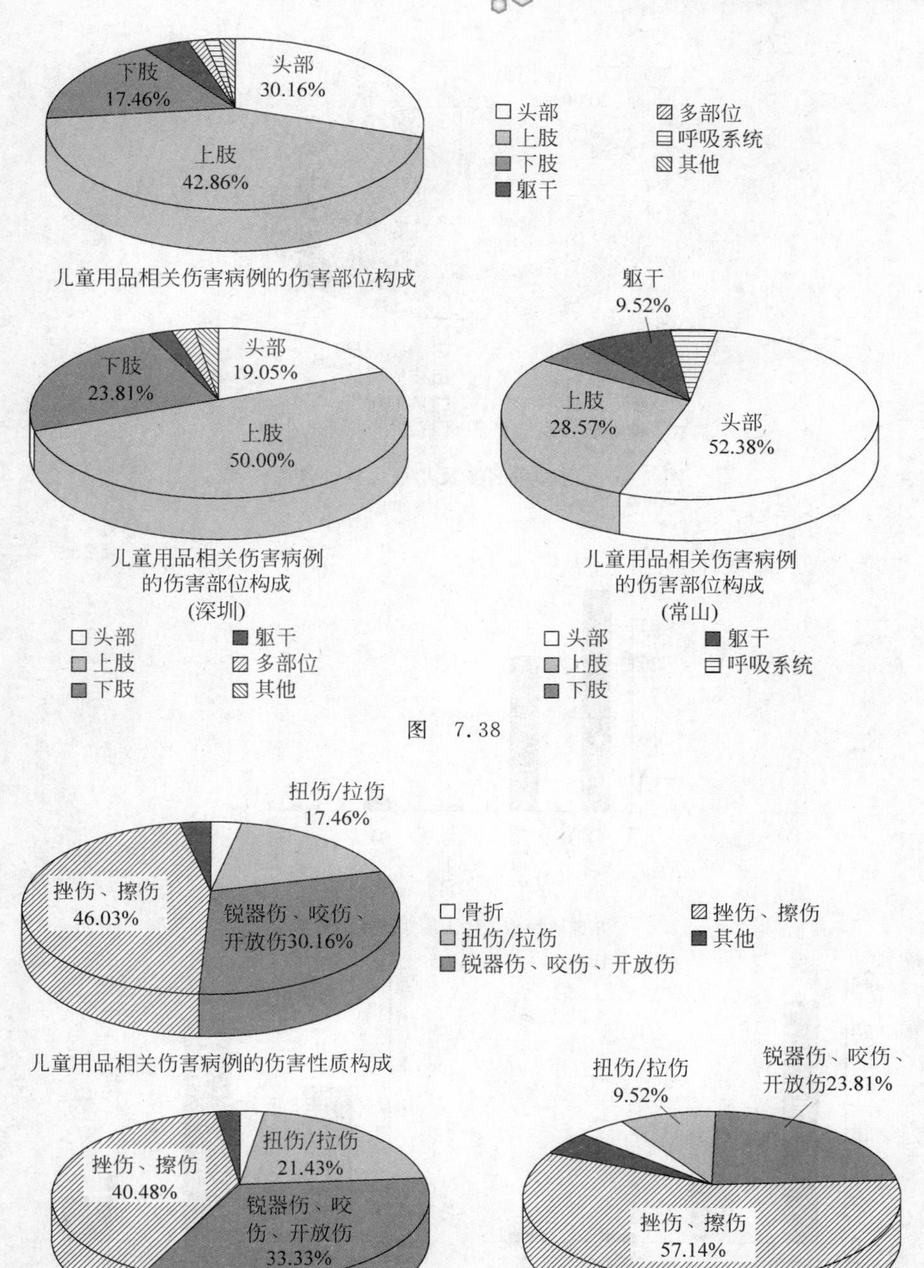
头部
30.16%
下肢
17.46%
上肢
42.86%
头部
上肢
下肢
躯干
多部位
呼吸系统
其他
儿童用品相关伤害病例的伤害部位构成
下肢
23.81%
头部
19.05%
上肢
50.00%
躯干
9.52%
上肢
28.57%
头部
52.38%
儿童用品相关伤害病例
的伤害部位构成
(深圳)
头部
上肢
下肢
躯干
多部位
其他
儿童用品相关伤害病例
的伤害部位构成
(常山)
头部
上肢
下肢
躯干
呼吸系统

图 7.38

扭伤/拉伤
17.46%
挫伤、擦伤
46.03%
锐器伤、咬伤、
开放伤30.16%
骨折
扭伤/拉伤
锐器伤、咬伤、开放伤
挫伤、擦伤
其他
儿童用品相关伤害病例的伤害性质构成
挫伤、擦伤
40.48%
扭伤/拉伤
21.43%
锐器伤、咬
伤、开放伤
33.33%
扭伤/拉伤
9.52%
锐器伤、咬伤、
开放伤23.81%
挫伤、擦伤
57.14%
儿童用品相关伤害病例
的伤害性质构成
(深圳)
儿童用品相关伤害病例
的伤害性质构成
(常山)
骨折
扭伤/拉伤
锐器伤、咬伤、开放伤
挫伤、擦伤
其他
骨折
扭伤/拉伤
锐器伤、咬伤、开放伤
挫伤、擦伤
其他

图 7.39

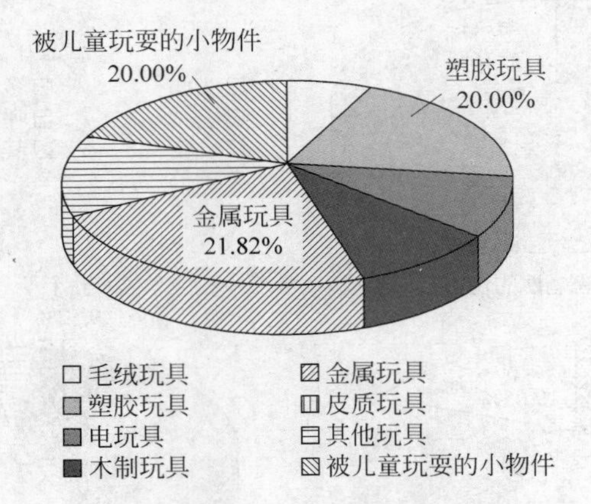

图 7.40　伤害病例涉及儿童玩具类产品构成

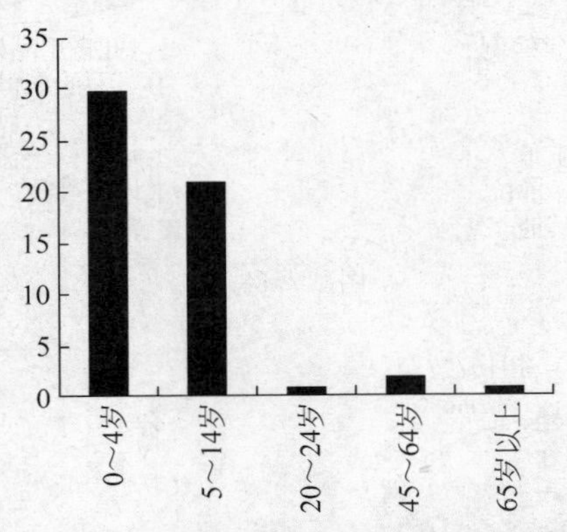

儿童玩具相关伤害病例的年龄分布

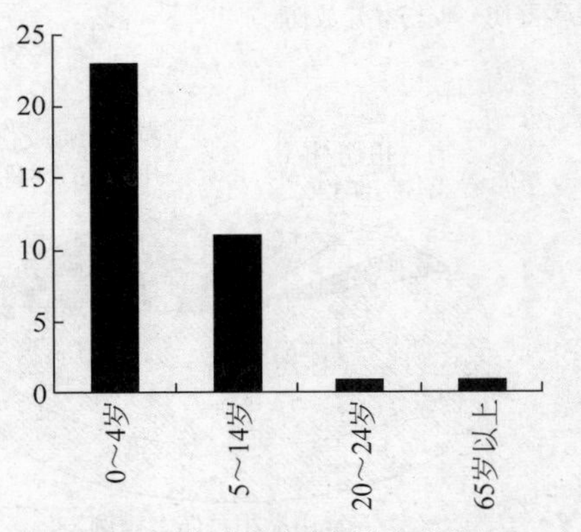

儿童玩具相关伤害病例的年龄分布
(深圳)

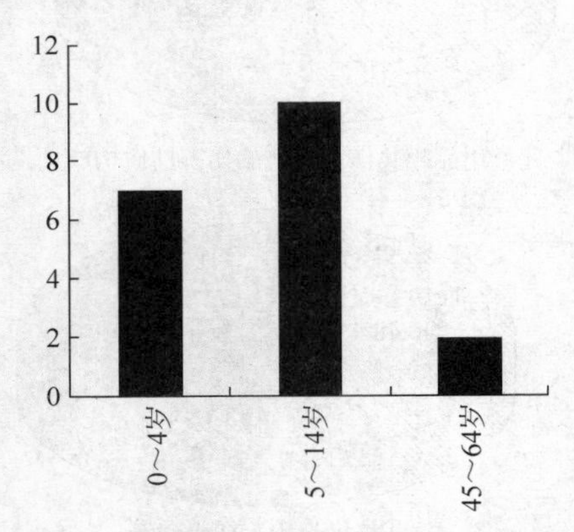

儿童玩具相关伤害病例的年龄分布
(常山)

图　7.41

(2) 伤害发生原因

在儿童玩具相关伤害中,居前三位的伤害发生原因依次为钝器伤(34.55%)、跌倒/坠落(25.45%)、刀/锐器伤(20.00%)(图 7.42)。

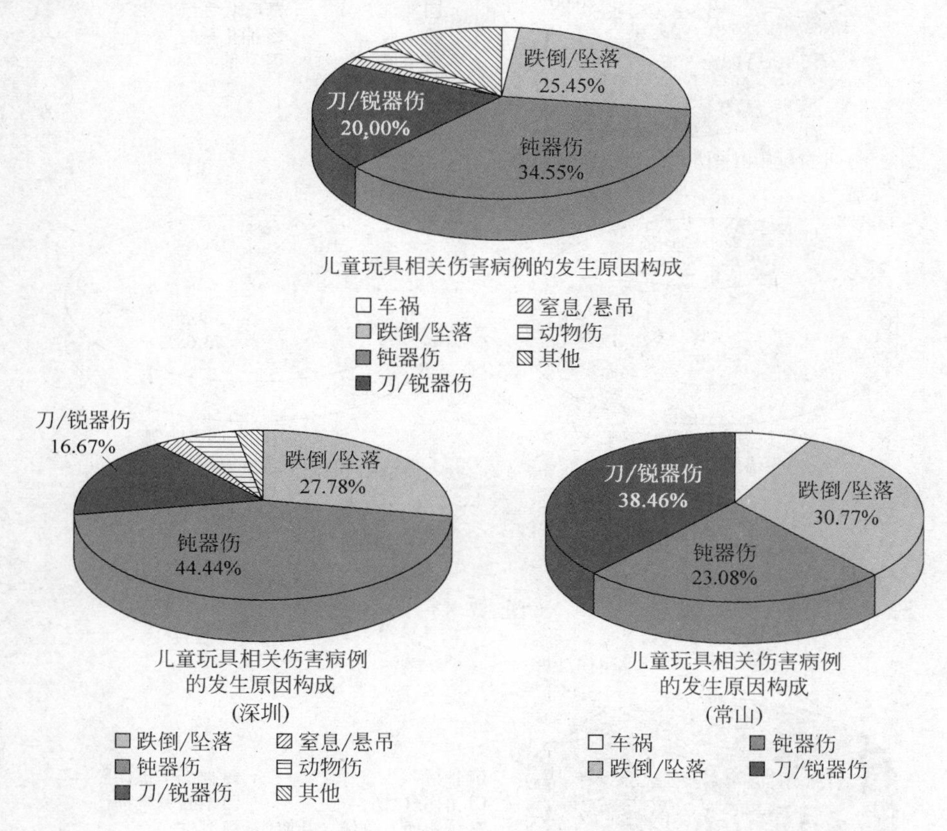

图 7.42

(3) 伤害部位

在儿童玩具相关伤害中,居前三位的发生部位依次为上肢(43.64%)、头部(40.00%)、下肢(9.09%)(图 7.43)。

(4) 伤害性质

在儿童玩具相关伤害中,居前三位的伤害性质依次为挫伤、擦伤(52.73%)、锐器伤、咬伤、开放伤(32.73%)、扭伤/拉伤(5.45%)(图 7.44)。

9. 其他产品

在其他产品相关伤害中,居前三位的产品类别依次为工业设备或生产机械(74.90%)、食品、药品、化妆品(16.98%)、热物质(4.90%)(图 7.45)。

(1) 年龄分布

在其他产品相关伤害中,居前三位的年龄组依次为 25~44 岁(51.72%)、20~24 岁(22.91%)和 15~19 岁(12.13%)(图 7.46)。

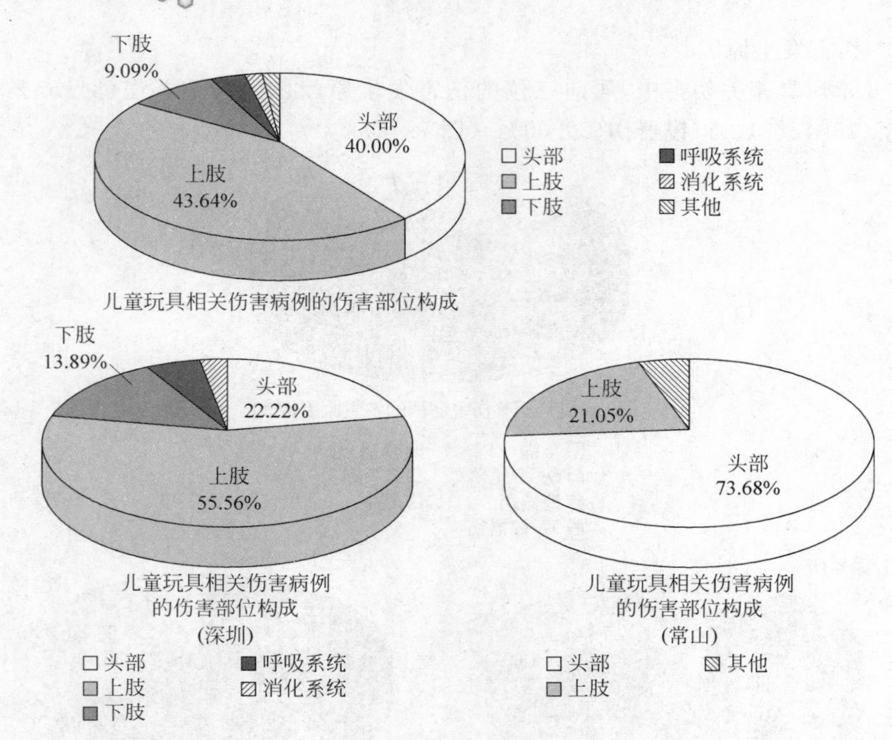

下肢
9.09%
头部
40.00%
上肢
43.64%
头部
上肢
下肢
呼吸系统
消化系统
其他
儿童玩具相关伤害病例的伤害部位构成
下肢
13.89%
头部
22.22%
上肢
55.56%
上肢
21.05%
头部
73.68%
儿童玩具相关伤害病例
的伤害部位构成
(深圳)
儿童玩具相关伤害病例
的伤害部位构成
(常山)
头部
上肢
下肢
呼吸系统
消化系统
头部
上肢
其他

图 7.43

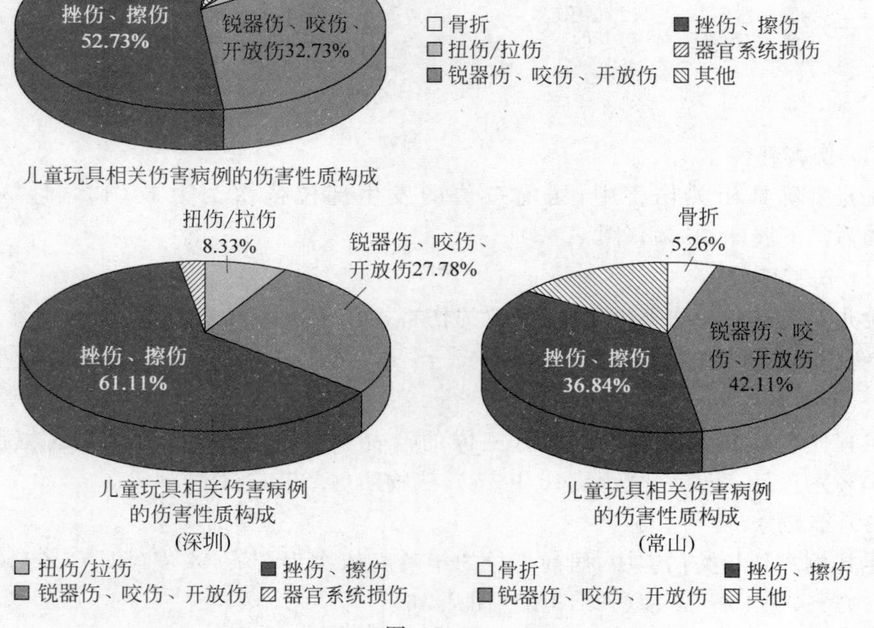

扭伤/拉伤
5.45%
挫伤、擦伤
52.73%
锐器伤、咬伤、
开放伤32.73%
骨折
扭伤/拉伤
锐器伤、咬伤、开放伤
挫伤、擦伤
器官系统损伤
其他
儿童玩具相关伤害病例的伤害性质构成
扭伤/拉伤
8.33%
锐器伤、咬伤、
开放伤27.78%
挫伤、擦伤
61.11%
骨折
5.26%
锐器伤、咬
伤、开放伤
42.11%
挫伤、擦伤
36.84%
儿童玩具相关伤害病例
的伤害性质构成
(深圳)
儿童玩具相关伤害病例
的伤害性质构成
(常山)
扭伤/拉伤
锐器伤、咬伤、开放伤
挫伤、擦伤
器官系统损伤
骨折
锐器伤、咬伤、开放伤
挫伤、擦伤
其他

图 7.44

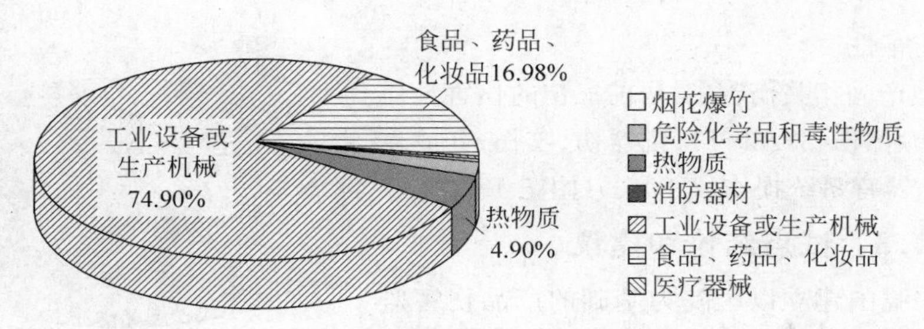

图 7.45　伤害病例涉及其他类产品构成

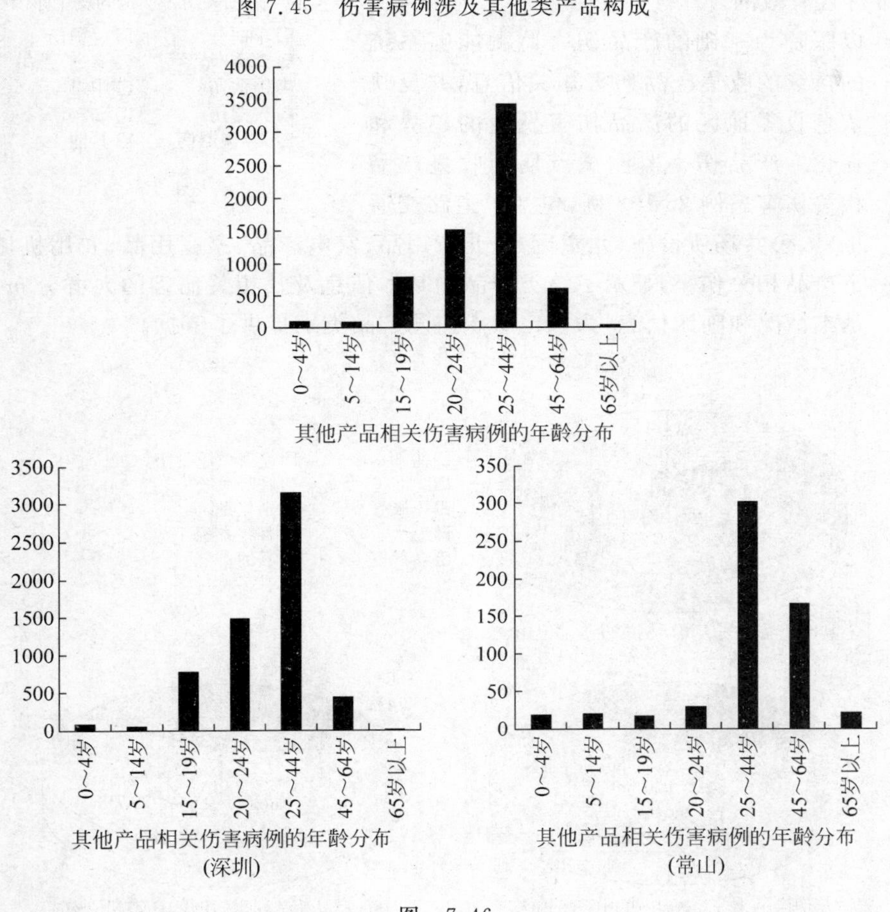

图　7.46

(2) 伤害发生原因

在其他产品相关伤害中，居前三位的伤害发生原因依次为钝器伤(52.43%)、刀/锐器伤(19.68%)、中毒(9.07%)(图 7.47)。

(3) 伤害部位

在其他产品相关伤害中，居前三位的伤害部位依次为上肢(56.15%)、下肢(13.75%)、头部(9.57%)(图 7.48)。

(4) 伤害性质

在其他产品相关伤害中,居前三位的伤害性质依次为挫伤、擦伤(37.89%)、锐器伤、咬伤、开放伤(37.66%)、器官系统损伤(7.80%)(图 7.49)。

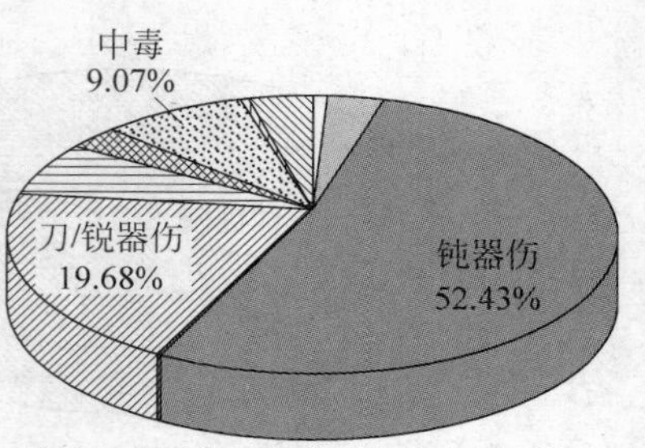

其他产品相关伤害病例的发生原因构成

图 7.47

7.3.7.3 试点结论和建议

(1) 在我国建立以医院为基础的产品伤害监测是可行且有效的。

- 以医院为基础的产品伤害监测能够系统的持续的收集产品伤害相关信息,并反映信息收集地区的产品伤害发生的趋势和变化。产品伤害监测试点期间收集产品相关伤害病例 25 102 例,包括了道路交通工具、公共场所设施、儿童玩具、儿童用品、家电产品、家庭用品、农用机械等多类产品相关伤害,显示了该类产品的基本信息及其相关伤害的人群分布、伤害基本情况和临床信息,为确定重点监测产品类别提供了依据。

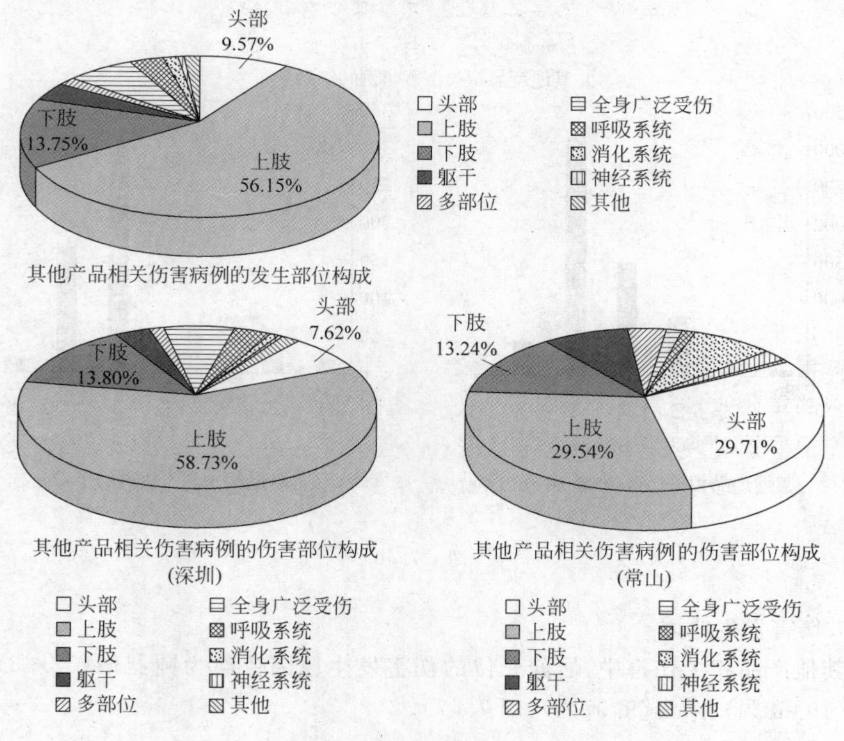

其他产品相关伤害病例的发生部位构成

其他产品相关伤害病例的伤害部位构成(深圳)

其他产品相关伤害病例的伤害部位构成(常山)

图 7.48

- 相对于消费者投诉、媒体投诉信息收集等质量投诉信息来源,产品质量管理部门能够通过产品伤害监测系统及时发现普遍性和趋势性问题,采取应对措施,

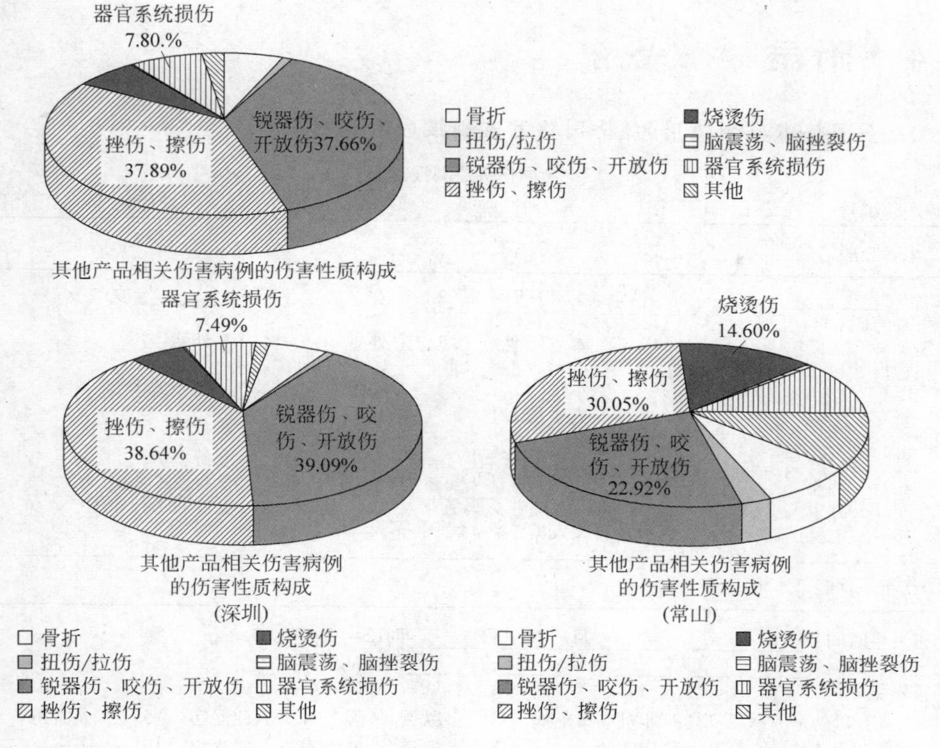

图 7.49

保护消费者利益和公共安全。

(2) 确定典型产品伤害案例进行深入调查,能够及时采取措施,消除伤害隐患。

- 监测过程中,如果能够结合产品相关伤害发生的普遍性和严重性,及时发现、确定典型产品案例进行深入调查,如试点期间发现的广告用氢气球爆炸、高压锅爆炸、电视机爆炸等典型案例,将会成为产品质量管理部门启动产品缺陷调查的重要线索,为其开展缺陷产品管理提供依据。因此,建议在下一步监测工作中要针对典型产品案例进行深入调查。
- 进一步探索产品伤害患者回访联系方式采集的方式方法和技巧,是进行典型案例深入调查的关键环节。

(3) 产品伤害监测应在全国范围内推广,进行系统建设,以全面、持续的反映我国产品伤害情况,进一步开展产品质量安全管理工作。

- 现行的国家产品伤害监测试点是以全国伤害监测系统为基础的。产品伤害监测的对象、方法以及监测内容中的产品相关伤害信息与全国伤害监测系统是一致的,以现有全国伤害监测系统为基础,建立国家产品伤害监测系统,有利于资源的整合和公共产品的利用,符合成本效益原则。
- 目前产品伤害监测只是在两个地区六家医院进行,有一定局限性。建议扩大产品伤害监测试点范围,使监测数据尽可能具有科学性和权威性。

7.4 附录

1. 全国伤害监测使用的《全国伤害监测报告卡》(图 7.50)

全国伤害监测报告卡

监测医院编号:□□□□□□□□□　　卡片编号:□□□□□

Ⅰ 患者一般信息

姓名:________　性别:1. □ 男　2. □ 女　年龄:______岁
身份证号码:□□□□□□□□□□□□□□□□□□□□
户籍:1. □ 本市/县　2. □ 本省外地　3. □ 外省　4. □ 外籍
文化程度:(八岁以上填写此档)
1. □ 文盲、半文盲　2. □ 小学　3. □ 初中　4. □ 高中或中专
5. □ 大专　6. □ 大学及以上
职业:
1. □ 学龄前儿童　2. □ 在校学生　3. □ 家务
4. □ 待业　5. □ 离退休人员　6. □ 专业技术人员
7. □ 办事人员和有关人员　8. □ 商业、服务业人员　9. □ 农牧渔水利业生产人员
10. □ 生产运输设备操作人员及有关人员　11. □ 军人　12. □ 其他/不详

Ⅱ 伤害事件的基本情况

伤害发生时间:________年______月______日______时(24小时制)
患者就诊时间:________年______月______日______时(24小时制)
伤害发生原因:
1. □ 机动车车祸　2. □ 非机动车车祸　3. □ 跌倒/坠落　4. □ 钝器伤　5. □ 火器伤
6. □ 刀/锐器伤　7. □ 烧烫伤　8. □ 窒息/悬吊　9. □ 溺水　10. □ 中毒
11. □ 动物伤　12. □ 性侵犯　13. □ 其他________　14. □ 不清楚
伤害发生地点:
1. □ 家中　2. □ 公共居住场所　3. □ 学校与公共场所　4. □ 体育和运动场所
5. □ 公路/街道　6. □ 贸易和服务场所　7. □ 工业和建筑场所　8. □ 农场/农田
9. □ 其他________　10. □ 不清楚
伤害发生时活动:
1. □ 体育活动　2. □ 休闲活动　3. □ 有偿工作　4. □ 家务/学习
5. □ 驾乘交通工具　6. □ 其他________　7. □ 不清楚
是否故意:
1. □ 非故意(意外事故)　2. □ 自残/自杀　3. □ 故意(暴力、攻击)　4. □ 不清楚

Ⅲ 伤害临床信息

伤害性质:(选择最严重的一种)
1. □ 骨折　2. □ 扭伤/拉伤　3. □ 锐器伤、咬伤、开放伤
4. □ 挫伤、擦伤　5. □ 烧烫伤　6. □ 脑震荡、脑挫裂伤
7. □ 器官系统损伤　8. □ 其他________　9. □ 不清楚
伤害部位:(最严重伤害的部位)
1. □ 头部　2. □ 上肢　3. □ 下肢　4. □ 躯干
5. □ 多部位　6. □ 全身广泛受伤　7. □ 呼吸系统　8. □ 消化系统
9. □ 神经系统　10. □ 其他________　11. □ 不清楚
伤害严重程度:1. □ 轻度　2. □ 中度　3. □ 重度
伤害临床诊断:________
伤害结局:1. □ 治疗后回家　2. □ 观察/住院/转院　3. □ 死亡　4. □ 其他________

填报人:
注:此卡不作为医学证明。　　填卡日期:________年______月______日

图 7.50

2. 产品伤害监测试点使用的报告卡(图 7.51)

全国伤害监测报告卡

监测医院编号：□□□□□□□□□□ 卡片编号：□□□□□□

Ⅰ 患者一般信息

姓名：________ 性别：1. □男 2. □女 年龄：______岁

联系电话：________ 身份证号码：□□□□□□□□□□□□□□□□□□□□□□

户籍：

1. □本市/县 2. □本省外地 3. □外省 4. □外籍

文化程度：(八岁以上填写此档)

1. □文盲、半文盲 2. □小学 3. □初中 4. □高中或中专 5. □大专 6. □大学及以上

职业：

1. □学龄前儿童 2. □在校学生 3. □家务 4. □待业 5. □离退休人员
6. □专业技术人员 7. □办事人员和有关人员 8. □商业、服务业人员 9. □农牧渔水利业生产人员
10. □生产运输设备操作人员及有关人员 11. □军人 12. □其他/不详

Ⅱ 伤害事件的基本情况

伤害发生时间：________年______月______日______时（24 小时制）

患者就诊时间：________年______月______日______时（24 小时制）

伤害发生原因：

1. □机动车车祸 2. □非机动车车祸 3. □跌倒/坠落 4. □钝器伤 5. □火器伤
6. □刀/锐器伤 7. □烧烫伤 8. □窒息/悬吊 9. □溺水 10. □中毒
11. □动物伤 12. □性侵犯 13. □其他________ 14. □不清楚

伤害发生地点：

1. □家中 2. □公共居住场所 3. □学校与公共场所 4. □体育和运动场所
5. □公路/街道 6. □贸易和服务场所 7. □工业和建筑场所 8. □农场/农田
9. □其他________ 10. □不清楚

伤害发生时活动：

1. □体育活动 2. □休闲活动 3. □有偿工作 4. □家务/学习
5. □驾乘交通工具 6. □其他________ 7. □不清楚

是否故意：

1. □非故意（意外事故） 2. □自残/自杀 3. □故意（暴力、攻击） 4. □不清楚

Ⅲ 伤害临床信息

伤害性质：(选择最严重的一种)

1. □骨折 2. □扭伤/拉伤 3. □锐器伤、咬伤、开放伤 4. □挫伤、擦伤
5. □烧烫伤 6. □脑震荡、脑挫裂伤 7. □器官系统损伤
8. □其他________ 9. □不清楚

伤害部位：(最严重伤害的部位)

1. □头部 2. □上肢 3. □下肢 4. □躯干
5. □多部位 6. □全身广泛受伤 7. □呼吸系统 8. □消化系统
9. □神经系统 10. □其他________ 11. □不清楚

伤害严重程度：

1. □轻度 2. □中度 3. □重度伤害

临床诊断：________________

伤害结局：

1. □治疗后回家 2. □观察/住院/转院 3. □死亡 4. □其他________

图 7.51

全国伤害监测报告卡

Ⅳ 伤害涉及物品信息

伤害涉及物品类别（可多选）

1. □儿童玩具
1.1 □毛绒玩具
1.2 □塑胶玩具
1.3 □电玩具
1.4 □木制玩具
1.5 □金属玩具
1.6 □皮制玩具
1.7 □其他玩具
1.8 □被儿童玩耍的小物件

2. □儿童用品
2.1 □服饰鞋帽
2.2 □日常用品
2.3 □家具、装饰用品
2.4 □文体用品
2.5 □童车
2.6 □其他

3. □道路交通工具
3.1 □小型载客汽车（不超过9座）
3.2 □大中型客车（9座以上）
3.3 □货车
3.4 □专用汽车
3.5 □摩托车
3.6 □非机动车
3.7 □车载零部件
3.8 □其他

4. □家电产品
4.1 □数码产品
4.2 □小家电
4.3 □电视、空调、冰箱、洗衣机
4.4 □热水器、微波炉、吸油烟机
4.5 □灯具灯饰
4.6 □电气附件
4.7 □其他

5. □家庭用品
5.1 □日用化学品
5.2 □厨房用具
5.3 □卫生洁具
5.4 □家具
5.5 □室内固定建筑设施
5.6 □衣着用品
5.7 □装饰用品
5.8 □家用工具
5.9 □其他家居生活用品

6. □文化教育、休闲体育
6.1 □文化用品
6.2 □办公设备
6.3 □办公家具
6.4 □实验仪器、设备
6.5 □工艺品
6.6 □乐器
6.7 □体育用品、器材
6.8 □旅游、休闲及相关用品
6.9 □其他

7. □公共场所设施
7.1 □交通设施
7.2 □娱乐设施
7.3 □体育设施
7.4 □商业设施
7.5 □文化设施
7.6 □社区设施
7.7 □其他设施

8. □农用机械
8.1 □农业运输、动力机械
8.2 □农业机械
8.3 □林业、林木加工机械
8.4 □渔业机械
8.5 □园林、绿化机械
8.6 □畜牧业机械
8.7 □其他农用机械

9. □特殊物品及其他
9.1 □烟花爆竹
9.2 □危险化学品和毒性物质
9.3 □热物质
9.4 □消防器材
9.5 □工业设备或生产机械
9.6 □食品、药品、化妆品
9.7 □医疗器械
9.8 □动物、植物
9.9 □其他

伤害涉及物品名称：　　伤害涉及物品品牌：

A.＿＿＿＿＿＿　A：1. □无　2. □有，品牌：＿＿＿＿＿＿　3. □不详

B.＿＿＿＿＿＿　B：1. □无　2. □有，品牌：＿＿＿＿＿＿　3. □不详

受伤时的情景描述（30字以内）

＿＿＿＿＿＿＿＿＿＿＿＿＿＿＿＿＿＿＿＿＿＿＿＿＿＿＿＿＿＿

填报人：＿＿＿＿＿＿＿＿＿＿＿＿＿＿　**填卡日期：**＿＿＿＿年＿＿月＿＿日

注：此卡不作为医学证明。

图 7.51(续)